半世
烟雨

王笑宁——

著

山东城市出版传媒集团·济南出版社

图书在版编目(CIP)数据

半世烟雨/王笑宁著. —济南:济南出版社,
2019.3(2024.2 重印)
ISBN 978－7－5488－3794－7

Ⅰ.①半… Ⅱ.①王… Ⅲ.①长篇小说—中国—当代
Ⅳ.①I247.5

中国版本图书馆 CIP 数据核字(2019)第 116978 号

出 版 人　田俊林
责任编辑　胡长粤　许春茂
封面设计　胡大伟

半世烟雨　王笑宁 著

出版发行　济南出版社
地　　址　山东省济南市二环南路 1 号(250002)
发行电话　0531－86922073　67817923
　　　　　　　86131701　86131704
印　　刷　山东百润本色印刷有限公司
版　　次　2024 年 2 月第 1 版第 2 次印刷
成品尺寸　170 mm×240 mm　16 开
印　　张　20.75
字　　数　290 千
定　　价　68.00 元

(济南版图书,如有印装质量问题,请与印刷厂联系调换)

序

我曾长期从事报纸、杂志内容的编写工作，对于文字的喜爱已经深入骨髓。在着手写这部长篇小说之前没有考虑特别多，就是本着"想写"的原则去做的。

我是说做就做的性格，小说的大体情节只花了十几天就构思出来了，但是具体细节很伤神，因为故事设定的时间是在20世纪20年代初期，因而故事情节涉及的事件、发生时间及事件背景等都必须要符合逻辑，不能与历史相悖。

我现在是一名心理咨询师，所以总喜欢站在心理学的角度来分析问题。我是潍坊人，在潍坊著名的十笏园边长大。十笏园是古典园林袖珍式建筑，有"鲁东明珠"的美誉。还记得小时候十笏园的门票是五分钱一张，我经常去玩。我还经常跟奶奶去她娘家。奶奶的娘家是做私塾的，在潍坊也算是大户人家，他们家的院子是典型的北方院子：屋顶有神兽；房前有石鼓；院外院衔接处有花瓶门。这所院子至今我还印象深刻。所以，在这部小说中米家那皇帝御赐的贵气又雅致的院子，在我的潜意识里或许是一直存在的；米家开设的私塾或许也是一直存在的。

在小说的撰写过程中，有很多值得回忆的片段，比如在设置慕云鹤与佩瑶之间的爱情时，究竟是直入主题还是循序渐进，我斟酌了很久。写作开始后，我才发现小说写作很难。因为写书不是读书，写书要前后照应，要符合逻辑，要有真情实感，还要符合每个人的个性。

以上就算是我对这部小说的一些"交代"吧，水平有限，难免有不妥之处，敬请广大读者朋友不吝指正。

作　者

2019 年 6 月

目 录

引　子

1909 年,农历三月,北方胶州湾畔,青城。

北方的三月虽然已经有了初春的迹象,但寒冷的冬季似乎并没有真的过去。

这会儿,忽然起风了。湿冷的空气夹杂着阵阵尘土吹在路人的脸上,让人分辨不出是风吹的还是沙土打的,虽然有些许疼痛,但这些仿佛都阻止不了人们的行色匆匆。这才刚近中午,天忽然阴了下来,又要下雪了。买卖人纷纷收拾摊子,如果被大雪搁在这里,麻烦就大了。北方的大雪,领教过的都知道,铺天盖地、气势汹汹。只是这都三月了,还会有这样的大雪吗?买卖人有些不甘心,这才刚来一会儿,就得回去。大家一边收摊子,一边低声嘀咕着、谩骂着。

一

今天，城东头的米家热闹非凡，敲锣打鼓、张灯结彩，进进出出的客人很多。有的相互致礼，寒暄着，说着一些祝福的话；有的却在私下里交头接耳地谈论着什么，眼神儿都怪怪的，边谈边不时将目光飘向主人，像是在偷看主人的脸色。奇怪的是，从主人的脸上仿佛也看不到今天这个如此盛大的家宴给他们带来的喜悦。米老爷子夫妻俩一边笑容可掬地接待着来客，一边却是大声呵斥着丫头们。嫌她们手脚慢了、礼数不周了，反倒弄得客人们都有些尴尬。

今天米家到底是什么喜事啊？来客都心知肚明，今天是米家不受待见的三小姐过百岁。

这三小姐怎么就不受待见？说来话长。

米家在这个小城中算得上是名门望族了。现在的掌门人米再善的父亲曾经做过翰林院侍读学士，虽然只有四品，那也是侍奉过皇帝和太子的人，是见过大世面的文官。而米家现在住的这所大宅子就是米再善的父亲晚年荣归故里时，皇帝念其任劳任怨、忠心耿耿一辈子，奖励他的。米再善的父亲是个明理之人，又见惯了后宫嫔妃争宠暗斗的事情；因而，为他的子嗣们定下了听起来还算合理的规矩：不许纳妾。米再善秉承了父亲的意愿，只娶了一房太太，把更多的精力用在开书院、讲经颂德上。一辈子虽然没有挣下什么庞大的家业，却也桃李满天下。稍感遗憾的是，在这偌大的宅院里，米再善的夫人只给他生了一个儿子，也就是说米再善年近六十，膝下却只有一个独苗儿子。米再善原想着一个儿子就一个儿子吧，大不了过几年多生几个孙子，那也算是子孙满堂了。可是没想到，儿媳妇过门四五年了，肚子一直不见有动静，这真是急坏了老两口啊。可不能在他这里断了米家的香火啊。老两口没有办法只得求祖上保佑了。烧了三天三夜的香，说是得到了祖上的许可，给独苗儿子娶回了一房姨太太。这姨太太还算是争气，不出两个月怀孕了。全家人大喜，不管生男

半世烟雨

BANSHIYANYU

2

生女米家总算是有后了。 这姨太太有福气了，被全家人当神一样供着、伺候着，到了日子，顺利地生下了一个胖丫头。 一家人自然是把胖丫头当宝贝一样捧在手心里了，为她起名如意，称心如意的意思。

一年后，姨太太不负所望又怀孕了，但这次，米老爷两口子却不是上次的态度了。 他们对姨太太有了新的要求，要孙子，一定要孙子。 现实往往事与愿违，米家姨太太又生了个丫头。 二丫头的降生其实已经没有了之前姐姐降生时一家人那发自肺腑的喜悦。 米老爷子为二小姐起名如男，可见此时他是多么想抱孙子啊。

两年以后，姨太太又怀上了。 四邻八方，认识不认识的人都知道米家缺孙子，姨太太怀孕的消息一天时间就传遍了整个小城。 米老爷的学子学孙们纷纷登门相贺，大家都做出善意的判断：这次一定是个小少爷！ 米老爷又何尝不想呢。 自此，米老夫人是日日烧香、夜夜拜佛，求菩萨祖宗保佑：这次一定给老米家添个小少爷吧！毕竟她的独苗儿子俊卿也已经是三十出头的人了。 十月怀胎，瓜熟蒂落。 这个三小姐不知是命硬还是添乱，竟然在大年三十晚上出生，一家人忙里忙外的，连个年都没过好。 年没过好不要紧，生个儿子就好啦，可是事与愿违，又是个丫头。 当听到产婆"生了个小姐"的喊声时，米老爷子那是明显地浑身颤抖，好在下人眼疾手快，一把扶住了老爷子；要是没人扶，此时他一定会瘫坐在地上。

三小姐生下来好多天了，老爷子连看都没看一眼。 老夫人知道老爷子心里不舒服，可这也是自家的孩子啊，名字总得给取一个吧。 老爷子想都没想，脱口而出，"叫如萍吧。""哪个平啊？老爷。"老夫人不明白该用哪个字。"浮萍的萍。"可见这三小姐在老爷子心中已如秋水浮萍，不受待见了。

那此时此刻米家为何要给这不受待见的三小姐大摆百日宴呢？ 米老爷是这样想的：三小姐的百岁要过，还要好好地过，大张旗鼓地过，不能让邻里乡亲看米家笑话。 生少爷当然好，生小姐也无所谓的，米家有时间有耐心等待四少爷、五少爷。

二

这会儿，快到中午的饭点了，天还是阴沉沉的，来的客人大部分已经就座。可能是因为心情并不是真正好，米老夫人感觉有些疲惫，肩膀一阵阵的酸痛。老夫人不由自主地捶了捶肩，招呼旁边的丫头可儿过来，悄悄地说了几句话。可儿立马向门口跑去，站在门口不停地向街口张望着，并不时地看看天上的乌云。真的要下雪了，慕公子一家怎么还没有到啊，急死人了，别被大雪堵在路上啊。

这慕公子慕云鹤可是米家的贵客，慕家与米家的关系也是很有渊源的。据说慕云鹤的父亲与米再善的父亲曾同朝为官，米再善的父亲负责给皇上诵读经书。有一次因为等候久了，这米侍读又累又困，竟然没有发现皇上进了学堂，而他还在朝拜周公，朝拜周公也就罢了，还在呼呼地打鼾。米侍读的鼾声直接惹怒了刚刚退朝而来的皇上。皇上那天心情本来就不好，于是二话不说，立马把米侍读剥去官袍投进了监狱。慕云鹤的父亲当时是皇上的四品带刀贴身侍卫，为人仗义，与米侍读又是同乡，一向互有照应，关系不错。为免老乡在狱中受苦，他一面打点狱卒，一面找机会在皇上面前说米侍读之前的好处云云；最终米侍读被皇上赦免了不敬之罪。米家是个礼仪之家，一直到米再善，都对慕家的这份恩情念念不忘，把慕云鹤视为米家上宾。

慕云鹤祖辈习武，自幼受家世熏陶，又拜米再善为师学文，可以说是一个文武兼备的美男子。说慕云鹤是美男子一点不夸张，他五官端正、气宇轩昂，像鹤一样挺拔的身姿，走起路来虎虎生风，脚不点地；说起话来，声如洪钟，绝不拖泥带水，是个标准的北方男人。

此时，慕云鹤一家四口乘坐的马车正在赶往米家的途中疾行。慕云鹤自己赶着马车，有些心不在焉，一副心事重重的样子。马车内，慕太太桂芝长相娇柔妩媚，靓丽可人，她的眼神也是满含不安和焦灼；只有两个小儿子在无忧无虑地嬉闹着。两个儿子，一个五岁，一个三岁，正是调皮可爱的年龄。儿子们都随了慕云鹤的长相，眉清目秀、神采奕奕。这一家人一出现就是一道好看的风景，引来无数羡慕的眼光。

慕云鹤自知今天米家的宴请他来得有些晚了，但的确事出有因。今天一大早慕云鹤收到东北的生意合作伙伴姚家明的来信，说他得了不治之症，恐怕时日不多了。其实姚家明得这病已经有几年的时间了，因为他自己本身是做药材生意的，略懂些医术，所以对自己的身体状况很是清楚。几年来他一直依靠稀有药材维持生命，之前没有性命之忧，因而此事一直没有告诉慕云鹤。但这几日他已经无法进食了，怕是不行了。信中还说，在这世上他最信任的人就是慕云鹤，他担心自己时日无多，希望慕云鹤这几天能够去一趟东北，关于自己的生意和家室的安排，他想当面向慕云鹤交代交代。

这封信让慕云鹤心潮跌宕、思绪万千，再无心参加米家的百日宴。姚家明虽说是慕云鹤的生意伙伴，但实际上却也是他的救命恩人，生死之交。慕云鹤生意做得这么好，也是托了姚家明的福。多年来姚家明对慕云鹤关爱有加，帮着慕云鹤一步一步把生意做了起来。对慕云鹤来讲，姚家明何尝不是他命中的福星呢？

时光荏苒，白驹过隙，与姚家明相识已有十年的时光。时光虽然流逝，但往事在慕云鹤的脑海中却越刻越深。

三

十年前，慕云鹤刚开始学习做生意。老板想历练一下他，让他单独带马队去东北采购草药。二十出头的慕云鹤以为自己读过几年书，又会点拳脚，一副天不怕地不怕的样子。经过半个月的长途跋涉，慕云鹤终于来到了东北。很快他就找到了老板事先约好的卖家，可是卖家却说现在没货。这几天山里下了大雪，无法进山取药，卖家让他住下来等天暖一点再来取货。慕云鹤年轻气盛，以为卖家骗他，于是赖着不走，还跟店里的一伙计争论了起来。这时一位路过的神秘商人悄悄把慕云鹤拉到一边，告诉他别着急，好货他有。慕云鹤当时一点经验都没有，他信以为真，便跟着去取货。慕云鹤到了仓库一看，果然有他要的各种药材，心下高兴的，还以为自己遇到了救世主。他千恩万谢地交了钱，点好货、装车、上马，出门准备回家。

马队还没走多远，便听到后面有急促的喊叫，并伴随着刺耳的鸣笛声音，慕云鹤回头一看，大惊失色，看到一队警察远远向他追来，他赶紧勒马停了下来。不等慕云鹤回神，一队手持装有刺刀的步枪的警察已将慕云鹤的车队团团围住。几名警察动作麻利地飞跃上车，用刺刀挑开了包装好的麻袋，找到了他们要找的东西。年轻的慕云鹤当时已经被这场面吓傻了，只觉得一股热血冲到了脑袋上。警察队长并没有责难他，只是淡淡地跟他说："你车上装的是我们找了很久的违禁药品，现在已经被全部没收了。要不是他及时报告给我们你是冤枉的，我们将会以非法买卖违禁药品的罪名将你治罪、药留下，你可以走了。"警察队长指着旁边一小伙子对慕云鹤说："是他救了你，你应该感谢他，一旦这些药品被运出城去，你就是死路一条，不是被黑帮砍死就是被警察打死，你明白吗？"

虽然出身武学世家，但这场面对于二十岁的慕云鹤来讲，那也是五雷轰顶的感觉。多年来，慕云鹤只要一想起当时那一幕还是浑身打战，一身冷汗。

那个报案的小伙子就是在药店跟慕云鹤吵架的伙计，也就是姚家明。姚家明在这一行里干了好几年了，知道有些违禁药材，黑帮都是利用外乡客人运货的机会给送出去的。最近又有一批违禁药品被黑帮藏了起来，想找机会运走，警察这几天也查得很紧。当善良的姚家明看到慕云鹤跟那神秘商人走后，他就知道这个外乡来的小伙子被私运药品的黑帮盯上了，要有麻烦。于是他报了警，并一路追随至此。

事情并没有结束，姚家明请吓傻了的慕云鹤吃了饭，安排他住下，又一趟趟地帮着慕云鹤去警察局索要药款。从警察局要钱不是好要的，到手的鸭子谁都不想让它飞走。最终还是姚家明的东家郑老板出面才要回了一部分药款，慕云鹤也才得以回家。

这件事情让慕云鹤的人生产生了巨大的变化：失去了东家的信任，被东家无情地扫地出门；结识了姚家明这个生死挚友，建立起了自己的生意渠道。

既然是生死挚友临终想要见他一面，以慕云鹤的性格是恨不得长对翅膀飞到姚家明的身边；但在看到妻子桂芝梳妆时的喜悦、孩子欢乐的笑脸时他犹豫了，再想到与米家的特殊关系，他决定还是去米家走一趟。早去早回，争取明天一早一家人启程去东北，他感觉这趟去东北可能一年半载回不来，所以带家眷去是最好的选择，只是事关重大，不知道妻子是否愿意跟自己去。

等桂芝梳妆完毕，慕云鹤把姚家明的来信拿给了桂芝。桂芝看完信后，脸色大变，表示米家不能不去，但是快去快回，回来后立马收拾行装，带着儿子陪丈夫去一趟东北。她这样决定有两方面的原因：一方面她想跟丈夫的这位恩公见上一面，当面说声谢谢；再一方面既然接手姚家生意，恐怕丈夫一时半会回不来，这男人的心，撒出去容易收回来难啊。

在慕云鹤的心里，桂芝就是一个贤淑、干练又明事理的女人，这也正是慕云鹤喜爱她的地方。

但是此时的慕云鹤却不知道，他们的这一趟米家之行，在十多年乃至更多年之后给他两个儿子的情感生活带来了莫大的伤害和痛苦。 一直到慕云鹤离世，他都一直生活在深深的懊悔和自责中，感叹命运捉弄人。 正是：

梦断香消四十年，沈园柳老不吹绵。此身行作稽山土，犹吊遗踪一泫然！

四

此时，米家的百日宴也在人们的祝福中进行着。俊卿的大太太柳夫人正在忙前忙后地张罗着，厨房不停地派人来询问，饭菜已经准备完毕，是否上菜。柳夫人有些等不及了，本来这天就不好，再说客人们也都到齐了，不能为等慕云鹤一家把其他客人晾在这吧。于是她过去询问米老夫人："娘，厨子们酒菜都已经备好了，催着上菜呢，天不早了，不等云鹤他们了吧？""噢，再等等吧，应该马上就到了。云鹤不会不来的，一定是被什么事耽误了。"老妇人从小看云鹤长大，了解云鹤的秉性，于是对贴身的丫鬟可儿说："扶我到门口看看吧。"一边说着一边往门口走去。也就同时，一阵急促的马蹄声由远而近，地上溅起一片尘土。"来了，老夫人，慕老爷来了，他终于来了。"可儿语无伦次地高声喊了起来。"他们终于来了。"米家老夫人深深地舒了一口气，感觉这下子真是踏实了。该来的都来了，圆满了，下一个一定生孙子了。只是今天这个家里还会发生一件大喜事，甚至都不次于抱孙子的喜事。想到这里，老太太禁不住神秘地笑了起来。

慕云鹤见老太太亲自在门口等候着，自是过意不去，连忙扶着夫人下车跪拜米老夫人，"师母，是侄儿的罪过，让您老人家久等了，我和夫人给您赔罪了。"米老夫人一见连忙上前迎起。还没等两口子起身站稳，慕家的两位小公子就蹦跳着跑了进来，差一点撞在了老夫人身上。亏得旁边的可儿眼疾手快，一把扶住了老夫人，这才虚惊一场。云鹤和夫人一面向老夫人赔不是，一面大声地呵斥着两个儿子。

老夫人倒是没当回事，见到云鹤的两个儿子，脸上都笑出了花。"好孩子，好宝贝，好孙子，奶奶就喜欢你们，这才半年没见，都长这么高了，以后你们可要带他们常来，让我好好看看他们。"听闻此言，云鹤和夫人的脸上都露出了尴尬的笑容，不知道该怎样跟老夫人说他们明日启程去东北的事情。正尴尬着，柳夫人带着米家大小姐、二小姐赶了过来。两位夫人不免又是一阵子寒暄，孩子们倒是自来熟，早就手拉手玩到一起去了。老夫人看到孩子们远去的身影，那份神秘的笑容不自然地又出现在了脸上。

正在接待客人的米家独子米俊卿见到慕云鹤一家，也是热情地迎了上去，"慕兄、嫂子，你们来迟了，要罚酒三杯啊。快，来人，把慕兄和嫂子迎到堂屋去，把老爷子也请来一起叙叙旧吧。"

米老爷子的这个独生儿子，做了十几年的学政，但是最近两年却赋闲在家，无事可做了。原来清廷自实行"新政"后，取缔了科举考试，将育人、取才合于学校一途，因而他这个学政也就顺应"潮流"下岗待业了。米俊卿自己很清楚，他已经回不到过去了，目前要做的是为自己另谋出路。虽然老爷子曾经不止一次提出，让他继承祖上的学堂，但米俊卿却仿佛志不在此，根本不看好继承学堂这个事，虽然他清楚地知道，自己受人尊重爱戴的时代已经永远地成为过去了。

米家堂屋，米老爷子、米老太太、米俊卿、柳夫人等人都到了，大家七嘴八舌地聊着多久没见了，身体可好，孩子如何乖巧之类的话题。乱归乱，米老太太的目光却始终没有离开在院子里人群间穿梭奔跑着的四个孩子。自己的两个孙女，虽说不上是花容月貌，却也是受百般宠爱的书香世家的大小姐。慕家这两个儿子自是不必说了，人见人爱，跟云鹤小时候一样，那份清秀、洒脱让人想从骨子里疼爱。老太太的心里其实一直都想着一件事情，要是能跟慕云鹤家结成儿女亲家，对两家来说岂不是件大好的事情？不如趁此机会提出此事。

打定主意，米老太太悄悄地把老爷子米再善拉到一边，说出了自己心中的想法。米老爷子一听，正合心意，论才学、家世，米家是配得上慕家的，慕家定没有拒绝的可能。马上就要开饭了，米老爷子吩咐可儿去院里把小姐、少爷们都带过来，他准备在开饭前宣布此事。

一会儿工夫，饭菜已陆陆续续摆满了一大桌子。米家、慕家的主要成员也都已经入座，姨太太抱着三小姐也出现在众人面前。毕竟三小姐是今天的主角，一出现便引起了大家的围观和赞叹。一身粉红色的绸缎小袄、粉色虎头帽，映出了一个粉头粉脸的小玉人儿。小人儿的眸子黑黑的、睫毛长长的，小红嘴唇微微翘起，一逗还发出咯咯的笑声。百岁的孩子已经是个十足的美人胚子了。对于大家的赞叹，米老夫人却置若罔闻，只是叹了一口气，可惜了是个女孩。

五

四个孩子正是爱玩闹的年龄，让可儿把他们带回来吃饭可不是件容易的事情，追上这个又跑掉了那个，忙活半天。 孩子们或许是感到饿了，终于被带到了饭桌前面，按照规矩孩子们先向长辈一一请安。 毕竟是大户人家里的小姐少爷，基本的规矩孩子们还是懂的。 见孩子们这么乖巧听话，再想到刚刚夫人的心意，米老爷子心情大好，叮嘱下人加四把座椅，让孩子们和长辈坐一起进餐。 这规矩原来在米家可是没有的，家中有客人的时候，孩子一般是不能上桌的。 这不是今天米老爷子有话要说嘛。

大家落座后，米老爷子与米老夫人交换了一下眼神，决定由米老夫人说出此事。 米老夫人是个慈眉善目的老太太，她平时乐善好施、吃斋念佛、救济穷人，在小城也是很有威望的人，连米老爷子也要让她三分。 此刻，米老夫人环顾四座，看大家该来的都来了，也算是子孙满堂了，一阵欣喜，一阵激动，眼眶突然湿润了起来。 她一面轻轻地擦拭着眼角，一面用颤抖的语气说："今天虽然是我的三孙女过百岁，但也是我另外两个孙女的大喜事。"老太太直入主题，搞得大家都摸不着头脑，纷纷好奇地看着老太太，不知道她葫芦里卖的什么药。

老太太有些激动，接过可儿递来的茶抿了两口，意味深长地看着大家。"想必你们也知道，我们米家与慕家世代修好，慕家祖上对我们家有恩，我们米家一直想找机会报答。 可是老天他不遂我的愿啊，这一辈子只给了我一个儿子，想再要个女儿都没给。 其实这不怪老天，要怪就怪我没有修好，功德不够圆满，老天不想成全我。"

这下，大家听得更糊涂了，不知道老太太想要表达什么，私下交头接耳地揣摩老太太的用意。 这时老太太的声音忽然高了起来，"云鹤父母去世早，他自小在我们家长大，我是从心眼里喜欢这孩子，还想着自己要是能生个女儿一定要让云鹤做我的女婿，可是老天他没有成全我。"

话说到这里，大家似乎明白了老太太想说什么。

老太太又抿了一口茶，声音依然有些颤抖，"我想要女儿，老天不眷顾我，我认了；我想要孙子，老天还是不眷顾我，不管我念多少经，还是给了我三个孙女，我也认了。今天我要问问老天，我想要云鹤的两个儿子做我的孙女婿，你该眷顾我了吧？"

老太太说完一通话，长舒一口气，两眼直盯着慕云鹤。慕云鹤也是聪明人，其实从老太太提到没有女儿开始他就已经明白老太太的想法了。因为小时候在米家上课的时候，米老太太不止一次摸着他的头，像是自言自语又像是对他说话，"我要是再生个女儿，一定让她嫁给你。"所以，此刻老太太的话，并没有让慕云鹤感到意外。相反，倒是慕云鹤的夫人桂芝被惊得不轻，因为事情来得太突然，事先没有一点征兆。没有媒人、没有看生辰八字，这样就给两个儿子定下媳妇，是不是有点太草率？！还有一点就是米家这两个小姐是庶出的，跟自己的儿子……一时间桂芝脑子里想了很多，但这事米老夫人已经提出来了，实在是让人无法拒绝，怎么办，怎么办呢？这件事情对于桂芝来讲太纠结、太突然、太无所适从了。桂芝觉得此时似乎好多双眼睛正在盯着她，而她一定很失态。在众人面前，在大事情突然来临面前失态了，没能保持住大户人家太太该有的处事不惊的姿态。这件事情也让她清楚地认识到自己其实还不够成熟，关键时刻还不能很镇定地帮丈夫处理事务。她强作镇定，脸上挤出了一丝笑容，扭头看着丈夫，希望从他那里得到答案。

遗憾的是，从云鹤脸上并没有得到她想要的答案，丈夫还是在谈笑风生，似乎老太太的话对他根本没有什么影响。可能是慕云鹤察觉到夫人脸色不对，私下里用手握了一下夫人的手，但是力量很大。桂芝明显感觉有些痛，但就是这个动作，让桂芝明白，云鹤让她保持镇静，不要失态，还有，她此刻的想法，云鹤都明白。这两口子在关键时刻就是那么心灵相通。

有了丈夫的理解，桂芝冷静了不少，面部肌肉也开始放松了下来，只是她不敢正眼看米老太太，她知道，此时米老太太正满心欢喜地等着她和云鹤的答复。

慕云鹤确实是见多识广、文武兼备的生意场上的悍将。此刻他不慌不忙，起身向米家老爷子老夫人行礼，"承蒙老夫人厚爱，不嫌弃我们慕家只是生意人家，愿意将孙女嫁于犬子，我和夫人自是觉得惭愧，不敢推诿，在这里先行谢过了。只是这事来得太突然，我们夫妻二人也没有准备，不如今天我们就先把这事情定了，等回头找个良辰吉日，按照程序，交换孩子生辰，依照祖上的规矩请媒人下定礼，首先从礼节上不能亏了二位小姐。"

米老爷一听，也觉得慕云鹤说得有道理，于是赶紧招呼俊卿去查一下皇历，看看最近有没有好日子。

云鹤一听连忙摆手，"俊卿稍慢，此事急不得。"于是，慕云鹤便将今天早上发生的事情，以及与姚家明之间的恩恩怨怨都告诉了在座的米家人。米家二老自是懂得礼数的人，在这时候不会强人所难。虽然感觉孙女们的婚事从程序上还不完整，但好歹也算讨得了一门好归宿，了结了自己的一桩心事。老两口明白，这娃娃亲是跑不了了，今天的百岁宴没有白请。

六

　　三月的东北，风萧萧，雪满天，慕云鹤一家在这种恶劣的天气里已经走了半个月了。一家四口，蹅缩在马车里，两个孩子靠在妈妈身上已经睡着了。慕云鹤知道，那座熟悉而陌生的城市就要出现在眼前了。

　　姚家明的家位于这个城市的边缘地带，周边安静，不远处是一座不高但看上去却很俊秀的小山头。姚家明的家很是显眼，是一座中式和苏俄风格相结合的二层带独院的小楼。据说这所院子是姚家明的岳父从一个苏俄医生手中买来的，因为女儿喜欢，就送给女儿结婚用了。那时候的东北人很少住这样的房子，院子除了小楼之外，还有前后两个中式庭院，两种风格相结合，彰显出宁静中的华丽。

　　姚家明的岳父郑秋实其实就是十年前为慕云鹤找警察局索要药款的那位好心的药铺老板。郑老板为人忠厚，做生意也本分，对于跟他性格相似的姚家明自然是喜欢得不得了。从小在郑家药铺当学徒的姚家明对郑家小姐倾心仰慕，而郑小姐对姚家明也是情到深处，最终有情人终成眷属。

　　由于郑老板身体不好，在姚家明和郑小姐成婚之后，生意上的事情郑老板基本上都交由女婿姚家明来打理。姚家明也不负信任，联手慕云鹤把这个药材生意做得有声有色。郑老板看在眼里喜在心里，三年后，独生女儿又生下了一男一女两个孩子，使他在闲退之后，充分享受到了天伦之乐。郑老板特别满足，他只想好好享受这种生活。

　　但是，这一切的美好都随一年前的那个看似普通的夜晚消失殆尽了。

　　事情是这样的。

　　退出了生意场的郑老板一直保持着每天去铺子结账关门的习惯，因为他不愿意女婿忙活到很晚，他想让女婿有更多的时间陪女儿和孩子们。

那天，天已经黑了下来，像往常一样，他来到铺子准备关门。伙计告诉他，姚家明下午一直在房间待着，到六点还没有出来。郑老板立马觉得不对，凭他对女婿的了解，这个时间他应该在家里陪女儿和孩子们了，一丝不祥的感觉涌上了郑老板的心头。郑老板来到家明的办公室，轻轻敲了下门，门没锁，自动开了。家明趴在桌子上，郑老板喊了两声也没有动静。他走上前去，用手一摸发现家明在发高烧，已经处于昏迷的状态。他赶紧让伙计取来温水和毛巾对家明进行物理降温，并吩咐伙计立马去找医生。不一会儿，医生就到了，把脉查看过后，悄悄把郑老板喊到一边，犹豫着，不知道该怎样开口。郑老板看出事情的严重性，让医生直截了当地说明女婿的病情。医生斟酌半天，支支吾吾，看郑老板急眼了，才说出了缘由。原来这几天在这个镇上，已经出现了不止一起这样的病例了。这病表面上是发热，却和正常发热出现的症状不一样，病人面部呈现青紫，而正常发热病人的面部呈现微红。这种病发病特别突然，病人都是昏睡，有的直接就昏睡不醒了，更奇怪的是他们的内眼睑不是正常的红色。说着，医生走到家明身边，掀开了家明的眼皮，示意郑老板走近看。郑老板走近一看暗暗倒吸了一口凉气，家明的内眼睑竟然呈现出淡绿色的血丝。做了这么多年的药材生意，郑老板对医术还是略知一二的，但家明这样的眼睛他还是第一次看到。

看到家明的样子，郑老板是又心疼又害怕，不知道该怎么办了。医生是郑老板多年的朋友，深知郑老板对这个女婿的疼爱之情，忙开出药方，递给郑老板并叮嘱说："这是一服猛药，抓好赶紧去煎熬，晚了就来不及了。"好在家里就是开药铺的，很快药就煎好了。医生亲自喂家明把药喝下，一刻钟的功夫，家明醒了过来。郑老板上前摸了摸家明的额头，似乎没有之前热了，他长吁了一口气，连忙向医生致谢。

医生回礼说："郑老板别谢我，这病我是治不好的，只是暂缓一下，别让病情发展下去，要想彻底根除，我还真是没有什么办法。"

听了这话，郑老板一惊，忙问："这家明到底得的什么病啊，你刚才好像说还有其他人也得了这种病，这到底怎么回事?"

医生说:"怎么回事我不清楚，只是他们都是中了一种非常罕见的毒，这种毒郑老板应该听说过的，就是失传多年的绿丹。 绿丹是没有解药的。 从姚老板这种情况看，他应该只是接触了一点点，否则此毒一旦发作，定是没有救的。"

姚家明此刻已经清醒了，听了医生的这一番话，他也摸不着头脑，自己怎么凭空就中了毒呢，还是失传多年的无解药的绿丹。 做药草生意的姚家明对绿丹还是有了解的，这种毒真是没有解药，只是中毒量小的话，就是一种慢性毒，会在二到五年甚至更长的时间里慢慢侵蚀人的血液，直到死亡;而中毒量大的话，就会立马毙命。 他曾经在药书上见过这种毒药的使用方法，可以直接服用，也可以通过空气传播，气味微辣。 想到这里他忽然浑身打战，难道是那天……

七

由于清廷的无能，这时候的东北是非常混乱的。1905 年，日本和俄国为争夺在中国东北驻军的权利爆发了日俄战争，战争最终以俄国失败而告终，日本获得了在中国东北驻兵的权利。战争期间，战争的主战场在中国东北，而软弱的清廷却宣布中立，东北人民因此遭受了战争的灾难，死伤无数。

此时姚家明想到的，是日军间谍在码头暗杀俄军司令员的一幕。姚家明那天是偶然路过码头，他清楚地记得那天他跟一客户谈完生意回家，当黄包车走到码头大道时，车夫说前面有大批的俄国军队正向码头撤离，路封了走不动了。当时码头的人很多，想退回去也不是很容易，姚家明只得下车步行，以便随时躲避。他知道，历时近两年的日俄战争刚刚结束，胜利的日军很可能会对从码头上撤离的俄国军队进行围攻。

姚家明随着人流快速向外移动，只想离这帮军人越远越好。或许真是在劫难逃，又或许天意如此，就在姚家明快要挤出人群时，不远处传来了爆炸声。声音不是很大，但是烟雾却不小，这烟雾随着海风向姚家明这边吹了过来。因为战争，姚家明对这种爆炸司空见惯，当时只感觉这阵烟雾里面好像有丝丝的辣意，但并没有多想，只是赶紧捂着鼻子，离开了。现在回忆起来才搞明白，原来日本人为了暗杀俄军司令以及摧毁俄国的作战部队，在那次爆炸中直接使用了毒气。

想到这里，姚家明一阵头晕，日本人简直太阴毒了，在码头上公然做出这种丧尽天良的暗杀事件，还以为神不知鬼不觉。但是自己只是一老实本分的生意人，又没得罪谁，没欺负谁，这种事情怎么就让自己给遇上了呢。痛恨日本人又有什么用，自己根本没有一点能力去跟日本人抗争。自己从小命苦，爹娘早早地就死在了八国联军的屠刀下，多亏郑老板收留，并有幸娶到了心爱的妻子，又有了两个可爱的孩子。还以为此生得老天眷顾，没想到，好日子还没过几年，竟然遇到了这种劫难。两个年幼的孩子、年轻的妻子、年迈的老丈人，还有这一摊子的生意，想到这些，姚家明悲从心来，忍不住痛哭了起来。

哭过之后，擦干眼泪，日子终究还要过下去。姚家明知道，一时半会他还死不了，他中的这毒属寒性，虽然没有解药，但是可以用属性热的药物来暖着，不让它发作或是延迟发作。每天喝一碗参汤成了姚家明的必修课，只是他和岳父达成了共识，此事不要让妻子知道，能撑多久算多久。他不想让妻子过这种痛苦的日子，只是跟妻子说他最近生意忙，压力大，需要大补；妻子信以为真，每天都会按时熬好参汤，为他进补。

这种情况持续了一年，虽然病情没有大的恶化迹象，但是姚家明却明显感觉自己的身体越来越没有力气，生龙活虎的年纪却连抱孩子的力气都没有了。最近，他的饭量也小了，他清楚地意识到自己的生命正在慢慢地走向终点，就像桌上那一盏油灯，油将尽灯将灭，仅剩的那一点生命之光摇摇欲熄。他多么不舍得这个家，他挣扎过，努力过，可他明白，这一劫他是逃不掉的，他的时日也许并不多了。这一大家子和自己的生意怎么办呢？孩子还小，岳父本来身体就不好，再加上自己的事情，在这一年里，岳父承受的压力甚至比他更大，身体已经比他先垮了。想到此处，姚家明感觉自己真是对不住岳父。可这么大的家业，总得交给一个既放心又能顶起门户的人才行。等将来儿子长大了，他还能够将产业顺利交还给儿子，想来想去，他觉得只有慕云鹤能够做到这一点。虽然自己打拼多年，交的朋友也不少，但都是生意场上的，都是冲钱来的，没有几个交心的，但慕云鹤不一样。在姚家明心中，慕云鹤是典型的北方男人，为人正直、豪爽、讲义气，做生意有头脑，关键的一点是，他和岳父是慕云鹤的救命恩人。于是，姚家明跟岳父说明了自己的想法，岳父也表示赞成。岳父也很看好这个慕云鹤，要不当年也不会帮这个愣头小伙子了，这也算是缘分吧。事就这么定了，家明连夜给慕云鹤写了信，然后天天盼着慕云鹤的到来。

八

那天早上，白雪茫茫，慕云鹤一家人披着满身的寒气和积攒了半个月的尘埃，走进了这个院子，揭开了他们此生的新篇章。

那天早上，姚家明感觉特别精神，他把五岁的儿子和三岁的女儿叫到跟前，仔细地看着他们的脸，仿佛要把这两张脸刻进自己的脑子里去一样。他边看边抚摸着孩子的眼睛、下巴、耳朵。两个孩子长得真是好看，特别是女儿，像极了她妈妈小时候。姚家明记得二十多年前，他刚来郑家药铺的时候，他的妻子也是女儿现在这个样子。他感觉从那时候开始他就喜欢上了大小姐，只是他什么都不敢做，他能做的就是勤勤恳恳干活，虚心学习，听老板差遣，得到老板的认可。只有这样他才能在药店立足，不被赶走，才有机会见到他喜欢的大小姐。

夫人佩瑶已经早早地把参汤熬好了，看到家明起来，赶紧吩咐下人把热好的参汤端了过来，又亲自扶起家明把参汤喝了下去，这是近一年来每天早上都要做的事情。姚家明的夫人佩瑶是个性格单纯、心地善良的女人。她从小生活环境优越，她的父亲生意做得不错，作为独生女的她自是衣食无忧。自有了懵懂的爱情之后，姚家明就是她的白马王子，姚家明能够满足她一切少女时代的幻想，唯一遗憾的是，她感觉姚家明好像更听他父亲的话，并没有把她当作女神来仰慕。

对于家明的病情，佩瑶其实一年前就已经从父亲和医生那里知道了。她跟家明从小一起长大，家明的一举一动，怎么能逃过她的眼睛。她看家明身体一天不如一天，心里十分着急。对于慕云鹤来东北一事，家明事先也是跟自己商量过的，一个女人此时也没什么主意，既然丈夫和父亲都赞同这么做，她也没有拒绝的理由。

看到家明今天心情不错，难得两个孩子又都在身边，佩瑶触景生情。想到家明的病情、年幼的孩子、卧病在床的父亲以及即将被接管的生意，佩瑶的眼泪忍不住哗哗地流了下来。她怕被老公和孩子们看到，赶紧扭头用衣袖擦拭着眼睛，但是今天不知道怎么了，眼泪就是不听话，不停地涌出来，竟然将袖口弄湿了一大片。家明从未见过佩瑶这样子，在他的印象中，佩瑶就是个整天没有心事，乐呵呵的，被宠坏的大小姐。佩瑶这么一哭，家明也是悲从心来，把佩瑶拥在怀中，为她擦去眼泪，但是佩瑶的眼泪却越擦越多，仿佛承受了莫大的委屈一般。姚家明此刻突然明白了，佩瑶其实什么都知道，只是从来没有说过，今天这一哭是要把这一年的委屈都发泄出来。佩瑶已经不再是那个无忧无虑的大小姐了，她已经长大、成熟、坚强起来了。想到这里，家明心中有了少许安慰，自己一旦离去，佩瑶是顶得起这个家来的。两个孩子看到父母抱在一起哭泣，也上前与他们抱在一起。家明紧紧地拥抱住佩瑶和两个孩子，一家四口在这天的早上无所顾忌地痛哭了一场。不知是离别还是宣泄，哭过之后他们的心情似乎没有那么沉重了。

慕云鹤一家就是在此时进门的。下人早已获悉慕家四口进城的消息，本想告知主人一声，可看到主人一家哭在一起不好打扰，所以直到他们到了家门口，才去通知姚家明。家明两口子有些慌乱，虽然盼着慕云鹤他们来，但是真正到了家门，却又感到无所适从。一切都是定数，该来的早晚会来。

两口子在内屋收拾停当，擦干眼泪，带着孩子们出来相见。佩瑶原来跟慕云鹤是见过面的，跟慕夫人却是初次相见。两位夫人见面相互拉住手，嘘寒问暖一番。姚家明和慕云鹤却什么都没有说，只是久久地抱在一起，多年的生死之交，在相互交替的眼神中就明白了一切。佩瑶看到慕云鹤一家子很疲惫，于是安排下人带他们去早已经准备好的后院休息。

后院的房间是一字排开的标准的中式庭院，园中有石头桌椅，墙上还有已经干瘪的看不出是藤萝还是蔷薇的植物，桂芝只是觉得整个院落干净雅致。对于这个新环境她很满意。原以为东北人都是粗犷的，没想到姚家明夫妻却是那样斯文，特别是姚太太，端庄秀丽、落落大方，一副大家闺秀的样子。这个家被收拾得井井有条、干干净净，和姚太太相比，桂芝顿感自惭形秽。令桂芝感到不安的是，姚太太好像跟自己的丈夫早就认识，丈夫看她的眼神貌似也不对，姚家明要是真走了，这样住在一起，他们俩会不会……刚想到这里，思绪就被进屋来的慕云鹤打断了。 慕云鹤告诉她丫头蓉儿已经为她准备好了洗澡水，去洗漱一下，好好休息休息。 桂芝点点头，却没有动，看着慕云鹤，似乎有话要讲。 其实桂芝此时很想问问有关佩瑶的事情，但是话到嘴边又不知从何问起。 慕云鹤拉起夫人的手，看着她的眼睛，温柔地说："怎么了，怎么不去啊，是不是一路太累了？ 要实在累了就先休息吧，不着急洗漱。"边说边用手在夫人的鼻头间轻轻划过，"你就是再脏，我也不嫌弃你。"桂芝最受不了的就是丈夫那无比细腻的温柔，她为自己刚刚的胡思乱想而惭愧。

很快到了吃午饭的时间，姚家四口子早就坐在桌前等候慕家四口，以尽地主之谊，为他们接风洗尘。 慕家四口因为连日奔波的确累坏了，洗漱完毕之后，各自回房间睡了一觉，这会儿醒来，大家备感精神。 两个儿子可能是饿坏了，看到一桌子好吃的，都兴奋地跑到桌边，动手想吃，但立马招来了桂芝的一顿呵斥："不懂事的孩子，伯父、伯母、弟弟、妹妹都没打招呼，净抢着吃饭。"两个孩子这才看清楚桌前还坐着四个人，除了姚伯伯、姚伯母，这两个跟自己差不多大的小孩子一定就是姚文龙、姚文秀了。 于是已经五岁的哥哥拉着弟弟走到姚家明一家面前自我介绍起来："伯父、伯母好，我叫慕致清，这是我弟弟致白，我们从很远的北方来的。"说完他把目光移向前面的两个孩子，"我知道你们两个，你是文秀，你是文龙，我爹常跟我们提起你们。 虽然没见过，但是我觉得跟你们已经很熟悉了，以后我们就是好朋友，我们一起玩，好不好？"坐在桌边的文秀其实早就不耐烦了，赶紧从椅子上跳下来，拉起致清的手说："好，我和哥哥有朋友了，以后你就住在我们家，我们天天一起玩。 我最喜欢荡秋千，可是哥哥不帮我，一会儿我带你去看看，你把我荡高点。 但是你必须先吃饭，要不会饿得没有力气荡不动我的。 我爹就是不好好吃饭，都抱不动我了。"边说边看向姚家明。 孩子的一席话，说得几个大人心酸不已，相互安慰几句后，就匆匆开始吃饭。

九

　　慕云鹤是个急脾气，看到正值壮年的好友身体状况如此恶劣，根本顾不得一路劳累颠簸，午饭后就询问起了家明的病因。家明也没有再隐瞒什么，就把事情一五一十地都告诉了云鹤。当云鹤得知家明并没有得什么病，而是中了日本人的毒气弹时，肺都气炸了。他愤怒、震惊，甚至迷茫了。在山东老家听说东北不太平，日本、俄国为争抢中国的地盘打仗，但没想到他们竟然恶劣无耻到这种地步，在中国的土地上公然开战，还伤害到那么多无辜的中国百姓。特别是日本人，竟然还丧心病狂地使用了毒气弹，这帮该死的，太猖狂了，太无法无天了。此时，慕云鹤那种被压在心灵深处的，遗传自祖先血液中的英雄气势仿佛突然被惊醒了一般。这件事情让他深深地感悟到，在这种乱世之中，要想做一个普通的老百姓也不容易。他暗下决心，一定要让这件事情大白于天下，还家明一个公道，还中国百姓一个公道。

　　姚家明的身体如同风中的落叶，最终将回归到泥土中，也许这样生命才会更完整。如枯枝一般的身躯即便再留恋着红尘凡事，也无力回天。姚家明的生命就这样一天一天，一点一点地熬尽了。

　　家明走了，在冰雪融化、万物复苏的时候。佩瑶虽然在心里想象过无数次这个场面，但是出殡那天，她还是完全崩溃了。她已经承受了太多的压力，在这一刻她要彻底地释放。她顾不得接待来吊唁的宾客，几次在灵堂上哭晕过去。昏天黑地的，她甚至都能感觉到自己不受控制，飘浮在空中，俯视着自己和满屋子的人。她知道这是自己想跟着家明的灵魂走。灵魂就是自己的心，心要走，留不住。恍恍惚惚中，她感觉到一双温暖的小手在轻轻抚摸她的脸颊，那样轻柔，她在享受着这种感觉。忽然，一阵疼痛袭来，怎么回事？一双大手压在她的唇上，那样有力。她想喊却张不开嘴，她想逃开，却又跑不动。

这是怎么了，口干舌燥的，如同骄阳炙烤。 水，有水吗？好想喝水，仿佛有人听懂了一般，一股甘泉缓缓地流进了口中，有些凉凉的，但是喝在嘴里无比舒畅。 也就在此时她感觉浑身颤抖，忽然，前面站着家明，他向自己走来，还是那么温柔，但只是远远地看着自己。 她毫不犹豫地向家明奔跑过去，她以为家明会过来拥抱她，但出乎意料，家明竟然用力地推了她一把，她想再往前靠拢，家明却不见了。 她仿佛撞到了一面无形的墙，猛地被撞出去很远。 她感觉到了疼，立马睁开了双眼。 首先进入眼帘的是压在她唇上的手，手是慕云鹤的，沿着这双手看上去，是慕云鹤一张憔悴而焦急的脸。 慕夫人，致清、致白兄弟俩，儿子，女儿也在，孩子们的小脸上还挂着泪水。 此刻佩瑶明白了，刚刚是自己伤心过度，晕了过去，亏得慕云鹤及时抢救才得以清醒。

年仅三十岁的姚家明走了，留下了一家老幼、一摊子生意，还有无尽的遗憾。

十

不知不觉，慕云鹤接管姚家的生意已有七年的时间。这七年里，慕云鹤不但把药店的生意做得有声有色，还跟他的老师米再善学习办起了新式学堂。创办学堂的主意其实还是来自太太桂芝。当时，桂芝考虑孩子们已经到了入学的年龄，但这世道兵荒马乱的，与其让他们每天往外边跑，不如在家里办个学堂，再花钱请个老师，也省得整天担心孩子们的安全。这个主意立马得到了慕云鹤和佩瑶的支持，说办就办，反正家里还有空房子。学堂办起来了，不仅四个孩子有学可上，连附近的孩子也有不少来家里上课，家里一时间还算是平安、热闹。只是郑家老爷子自姚家明走后，身体每况愈下，这几年更是一病不起了，因为有女儿在身边照顾着还算是没什么大碍。生意上的事情，慕云鹤总是毕恭毕敬地请示老爷子，老爷子首肯之后慕云鹤才放心去做；对于这一点，老爷子很满意。没事的时候老爷子也常鼓励女儿多跑跑药店，毕竟是自己家的生意，将来终归还是要自己经营的。佩瑶明白父亲的苦心，按父亲的要求，就像父亲当年一样，每天傍晚去店里结账、打烊。

这样一来，慕云鹤倒是省了不少心，不用每天在店里盯着，也有时间管理学堂的事务和孩子们的学业了。但桂芝却多心起来了，与佩瑶相处的这几年，虽然没发现她与慕云鹤有什么出格的事儿，但桂芝老感觉慕云鹤看佩瑶的眼神不对，凭女人的直觉她断定慕云鹤喜欢上了佩瑶。从七年前来郑家的第一天开始她就有这种感觉，虽然两人表面上客客气气，慕云鹤对自己也是一如既往地温柔体贴，但是她就是不放心。佩瑶的长相、气质、性格、修养好像都比自己强，丈夫没有理由不喜欢佩瑶，而且姚家明也已经去世七年了，一个三十岁出头正当妙龄的少妇难道真的不想那些夫妻之事吗？自己的老公慕云鹤，不是自己夸的，没人能比得上，模样人品样样一流，那是人中吕布、马中赤兔啊，这样一个男人整天晃动在一个寡妇身边，寡妇能不动心？难道她佩瑶从来没有打过老公的主意？想到这些，桂芝更加不安，特别是夜晚，对她真是一种煎熬啊。只要慕云鹤不在身边，她就会胡思乱想，因为她知道此时佩瑶一定在药铺，那慕云鹤是不是也在药铺，他们要真是都在药铺，天这么晚了，伙计也该回家了，剩他们俩在一起，那岂不是烈火干柴。每当想到这里，她就坐立不安，连呼吸都要停止，但只要见到慕云鹤回家的身影，她这一股子怨气又很快地被咽了下去，之前的种种猜疑立马消失殆尽。她无法入眠，不管多晚，她都要等着慕云鹤回家，并且故作关心地问问今天的生意如何？怎么回来这么晚？跟谁在一起了？谈的什么生意？有时候实在控制不住，她还会跟在佩瑶后面来到药铺，看到慕云鹤不在，她就会放心地离开；只要慕云鹤在，她就会故意晚一会儿再进去，表现出也想关心生意的样子，询问最近生意怎样，有没有需要她帮忙的。佩瑶是个聪明人，桂芝时常跟踪自己哪能不知道，只是女人那点心思她不愿意说破，免得大家都不好收场。而慕云鹤想得似乎很简单，每当这时，他总是体谅妻子的苦心，会尽快忙完手头的活陪着夫人回家，留下孤独而落寞的佩瑶。

周而复始，天天如此，桂芝自己都不明白她这到底是得了一种什么病？为什么要这样折磨自己，不去想他们不行吗？但她根本控制不了自己的情绪。眼看着自己被这种病态的阴霾不断地侵蚀，甚至连佩瑶的孩子在她眼前晃动她都觉得别扭，特别是佩瑶的女儿文秀。这几年小女孩越长越像她的妈妈，那高高翘起的小鼻子、嘟嘟的小嘴，还有那弯弯的眼睛，笑起来无拘无束的样子，怎么看都觉得别扭，都不像个大家闺秀。才十岁出头的女孩子就已经开始发育了，微微隆起的胸脯，毫不掩饰地任其凸起，两条长长的又黑又亮的辫子总是在胸前晃来晃去的。隔壁来家里上课的素素就很朴实，少言寡语的，从来不像她那样放声大笑，一看就是个良家女孩。更令桂芝气愤的是，她发现自己的大儿子致清好像，不是好像，一定是喜欢上了文秀。自己也是从这么大过来的，明白这些十几岁的孩子心里在想什么，致清看文秀的眼神，跟云鹤看佩瑶的眼神一样。 儿子喜欢上文秀对桂芝来讲简直是晴天霹雳。 她绝对不能让这种事发生，她暗自寻思着要找个机会跟慕云鹤好好聊聊，儿子可是定过娃娃亲的啊。 此时她甚至庆幸那天在米家发生的事情，幸亏当时没有被她一时冲动而推掉，或许一切都是缘吧。

十一

最近郑家学堂来的孩子逐渐多了，教室有些拥挤了，慕云鹤想与佩瑶商量如何解决这事。佩瑶是个爽快人，开门见山地说出了自己的想法，"我看就别让女孩子上了，在家里学点女红，请个老师学点刺绣、插花什么的，都十多岁的女孩子了，总是跟些男生混在一起也不好。"

慕云鹤觉得也有道理，只是怕文秀不高兴。文秀毕竟是大家闺秀，学点四书五经也是应该的，更何况她的父亲去世又早，不能亏了孩子，至于上不上学，最好跟文秀商量一下。于是慕云鹤给佩瑶说了自己的想法。

佩瑶一时也没有什么好的主意，但想到家明不免又伤心起来。云鹤一看这话题触到了佩瑶的伤心事，有些自责，看到那一脸的泪水，忍不住拿出自己的手帕走到佩瑶面前为佩瑶轻轻地擦眼泪。动作虽然不大，但慕云鹤明显感觉佩瑶的身体颤抖了一下，云鹤慌忙收回了手，却把手绢留在了佩瑶的手中。佩瑶握着云鹤的手绢有些茫然，不知道该用还是不该用，正巧，孩子们放学回来了，佩瑶连忙把手绢藏了起来。

文秀永远是第一个进门的，进门便喊："渴死了，渴死了，今天刚来的这个老师总是针对我，净问我一些奇奇怪怪的问题，弄得我一上午紧张得要死，要不是致清哥及时提醒我，都要尴尬死了。"

佩瑶一听，忙问："什么问题啊？难住了我的宝贝女儿。"

"他问我，日本和俄国为什么会在中国的土地上开战？这个我们又没学，我怎么知道啊。他还问我，为什么不在家里学女红，要上学读书？这个老师真是奇怪，亏得致清哥哥帮我，阿弥陀佛，菩萨保佑，致清哥哥真好，我喜欢你。"

闻听此言，佩瑶一惊，想到刚刚与慕云鹤的一幕，顿感浑身不自在，于是向慕云鹤这边看了一眼，蓦地发现慕云鹤竟然也用同样的目光在看着她，佩瑶的脸唰地一下红了。 孩子们并没有注意到什么。 文秀站起来，走到致清面前，拉起致清的手说道："走吧，咱们荡秋千去，不，去你屋，你昨天说要照我的样子做一个泥人，咱们快去做吧。 做得像一点啊，我知道你行的，你用泥巴做的那些小动物，我都保留着呢，快走吧。"边说边拉着致清的手往外走。 致清见父亲和佩瑶在场，有些不太自然，想把手收回来，但是不知道文秀哪里来的力气，收了几次都没有收成，只得乖乖地跟着文秀走了。 看到孩子们远去的背影，佩瑶和云鹤又交换了一下眼神，充满了无奈。

十二

　　五月初六是家明的祭日，每年这个日子，佩瑶总是一个人到附近的山头坐一整天。 这个山头离他们家不远，刚刚成亲那会，佩瑶和家明经常散步到这里，两人约好，家明外出回来的那天，佩瑶一定会在这里等他。 两人世界，那样甜蜜，没有悲伤、没有离别，可谁知他们的好日子却并不长，那时的幸福如今只能够回味。 自从家明走后，佩瑶很少到这里来，只是在家明的祭日这天，她一定会来，冥冥之中，她感觉家明这天也会来，她要在这里与家明相聚，哪怕是与他的灵魂相聚。

　　只是天不作美，这几天下了好几场大雨，上山的路有些湿滑，但佩瑶顾不得这些，她沿着原来的山路蹒跚着一步一步向山顶走去。 山顶上细雨蒙蒙，云雾很重，一会儿工夫，细雨就把佩瑶的头发淋湿了。 也许是触景生情，佩瑶此刻感到格外的孤独和伤感，仿佛她已经被整个世界抛弃了。 她多么希望姚家明真能够出现，那她一定会冲上去抱住他，她会打他一顿，会骂他一顿。 他把她一个人留在这个世界上，承受这么多的孤独和无奈。 但是七年过去了，家明从没出现过。 不知是泪水还是雨水，顺着佩瑶的脸颊急流而下，无法控制地流淌着，就像家明去世那天一样。 想到家明的去世、父亲的病体，还有被人不断地猜忌，佩瑶忽然失声痛哭起来。 在这荒芜的山顶上，她肆无忌惮地发泄着自己的情绪，可能是哭得太投入了，也可能是感动了苍天，夜色中，家明真的出现了。 这一瞬间她仿佛真的看到了家明，还是那样子站着不动，还是用那样温柔的眼神看着她。 佩瑶慌忙张开双臂向他奔跑过去，她感觉此时太需要这个拥抱了，而家明却轻轻地摇了摇头，转身走开了。 佩瑶清楚地看到，家明的眼中流下了一行泪水。"家明，你别走好吗，你等等我，我好想跟你走啊。"她猛地向前追去，突然，脚下一滑，一个趔趄就顺着山石滑了下去。 她觉得头很痛，浑身都痛，仿佛听到有人在喊她的名字，"佩瑶，醒醒，你别吓我啊，快醒醒啊，你怎么了。"她刚想睁开眼睛，却忽然感觉自己的嘴唇被什么压住了，湿湿的，但很有力量，自己的身体也好像不那么冷了，被一个温暖的身子包裹着，很舒服。此刻不管是什么，她都无力反抗，她只想暂时休息一会儿。

佩瑶醒来的时候，已经是第二天早上了，她躺在自己的房间里，感觉像做了一场梦。不知道昨晚发生了什么事情，更不知道自己是怎么回来的，只是感觉身上好像受了伤，一动就痛。她强忍着又动了一次，随即便听到有人轻声喊她，"妈妈，醒醒啊，妈妈。"她知道是女儿在身边，但她懒得睁眼睛。"佩瑶，你终于醒了，没事就好。"听到这个声音，佩瑶知道是慕云鹤，难道他也在这里陪了我一晚上吗？佩瑶心里暗想。"醒来就好啊，你也不用在这陪着了，快回去睡一会儿吧，都折腾一晚上了。"这个声音是慕夫人的，看来慕云鹤的确陪了自己一晚上，既然醒了，就该让大家都回去休息了。佩瑶睁开了眼睛，重新回到了现实，但是她真的不舍得刚刚睡梦中的那种温暖，她情愿活在梦中永远不醒来。

慕云鹤回到自己院子，顿感一身的疲惫，很想好好休息一下，甚至想象着夫人是不是已经把洗澡水准备好了。昨天是家明的祭日，他知道每到这一天佩瑶都会去附近的山上待一天，但是今年有所不同，连着下了几天的雨，就连自家院子里都进水了，别说那山路了，而且昨天一整天那丝丝的小雨就没有停过。这种小雨危害性很大，最容易引起山体滑坡。慕云鹤见天色已晚，心里挂念佩瑶的安危，早早关门回家，他想着只要见到佩瑶心里就踏实了。

回到家，慕云鹤没看到佩瑶，于是问夫人佩瑶回来没有，没想到夫人竟然回了他一句，"回不回来关你什么事，一天不见就想她了。"

云鹤当时急着找佩瑶，心下觉得夫人最近说话有些怪怪的，但并没有在意，而是直接向附近那座山头跑去。山路异常难走，泥泞加上山顶向下流淌的泥水，根本看不到有什么可走的路。他凭着记忆在泥泞中向上爬着，边爬边喊。忽然，他隐隐约约地听到了一阵哭声，心中一惊，这一定是佩瑶，在这种恶劣天气上山的不会有别人。 佩瑶的哭声那样凄凉绝望，这些年她一定承受了很多委屈。 顺着哭声慕云鹤很快就找到了佩瑶，在他喊佩瑶名字的时候，正好看到佩瑶从山顶上摔了下来。 他拼命地跑过去，把佩瑶抱在了怀里，看到佩瑶已经没有了知觉，他想都没想，直接对她做人工呼吸进行抢救，直到佩瑶有了呼吸。 他把佩瑶背在肩上，一步一爬地回了家。 此时看到佩瑶醒了过来，慕云鹤长舒一口气，是该好好休息一下了。

桂芝却不这样想，她早就怀疑丈夫跟佩瑶有私情，虽然一时找不到证据。这段时间，她加紧了对丈夫和佩瑶的盯梢，甚至派出了丫头蓉儿。 那天她看到慕云鹤回家之后又匆匆地出去，便感觉不对，于是喊来蓉儿跟着慕云鹤。 慕云鹤一心想找佩瑶，哪知道后面有人跟踪，所以他和佩瑶在山上所发生的一切，都被蓉儿看在了眼里。 在两人回家之前，蓉儿已经回来了，她把慕云鹤怎么抱着佩瑶，怎么给佩瑶做人工呼吸，怎么喊佩瑶的名字都一一向桂芝做了汇报。桂芝本来就已经被妒忌的火焰烧昏了头脑，听了蓉儿的话更是五雷轰顶，特别是在看到丈夫满脸焦虑地抱着佩瑶回房间，衣不解带地守护了佩瑶一夜后，心都碎了。

桂芝在房中想象着他们在山里搂抱在一起的情景，又想到慕云鹤守护了佩瑶一夜和他那满脸的焦虑，怒火再一次冲上了心头。 她看到桌上摆放着几个儿子刚刚给文秀做的肖像，想都没想拿起来就摔在了地上。 慕云鹤从佩瑶处回到院子里，听到房间里传出摔碎东西的声音，心中一惊，不知道发生了什么事情，赶忙进到房间。 他看到夫人正在摔什么东西，仔细一看摔碎的是致清给文秀捏的肖像，一时间有些发蒙，不知道夫人为什么发这无名怒火。 他没有时间细想，连忙上前一步抢下桂芝手中的其他泥塑，充满了抱怨地责问道："你放手，好好的东西摔它做什么，孩子费了多少心血，你不是不知道，为什么要这么做，你不知道心疼吗？"

桂芝此刻已经失去了理智，说："心疼？不是我心疼，是你心疼吧，我摔碎的是文秀的泥塑不错，可是在你心里这是文秀吗？这就是她那个故作正经的母亲吧。"

慕云鹤听到此处，仿佛明白了什么，又想到昨晚自己出门找佩瑶时，夫人说出的那句不咸不淡的话，感觉事情有些严重了。夫人误会了他和佩瑶，在吃他们的醋，此事要是被佩瑶知道，自己怎么再跟佩瑶相处，是该跟夫人好好解释一下了。

于是慕云鹤强作镇定，面带微笑，扶着气得颤抖的夫人，"夫人，你这都是说了些什么，来，坐下，喝口茶消消气。我说这些日子，你总是奇奇怪怪的，原来是在怀疑老公有了外遇啊，你既然怀疑我，为什么不问问我，整天疑神疑鬼，把自己气成这样子，儿子也跟着遭殃。"说着捡起地上摔碎的泥塑，仔细地拼在一起，慕云鹤发现果然很像佩瑶。慕云鹤此时并没有生气，夫人嫁给自己这么多年，任劳任怨，凡事都为自己着想，从没有发过这么大的火，此时，她更需要自己的安慰和解释，于是他接着说："夫人，七年前，咱们来东北是为了什么你忘了吗？家明和郑老爷子是我的救命恩人，我们来就是为了报恩的，家明临终前把生意和家眷都托付给了我们，是信任我们。这几年我在这里很有成就感，没有辜负家明的嘱托，虽然没有替家明报仇，但是至少他的生意、他的家眷没有受到伤害，我深感对得起家明。夫人，你是明白人，以后不要在这些莫须有的事情上给我添麻烦，这样对佩瑶的名声也不好啊。"边说着边把手中的泥人拼在一起，放回到桌上，"等致清回来，就说风吹下来的，让他自己修补一下吧。"听了丈夫的话桂芝也是百感交集，觉得自己不该怀疑丈夫，可是一想到蓉儿的话，她又觉得丈夫根本就是在骗她，问道："既然跟她没有私情，为什么在山上还吻她？"

慕云鹤一听知道夫人派人跟踪了自己，也有些生气了，"我那是看到佩瑶晕过去了，给她做抢救，咱们做了这么多年药，对行医你也应该了解一些，那种情况下，我不这样做行吗？"听丈夫这样说，知道丈夫真生气了，桂芝也没再说什么，但是她始终认为他们有私情。

十三

　　慕云鹤和夫人为佩瑶争吵的事情，在下人间传开了，最终传到了郑老爷子那里。郑老爷子又急又气，一口气上不来，气血攻心，晕了过去。下人们赶紧告诉了佩瑶，佩瑶找来了医生，医生看过之后摇摇头，"准备后事吧，老爷子没几天了，只剩一口气了。"佩瑶寸步不离地守在父亲身边，以防父亲不测。那天早上阳光很好，老爷子有些清醒，拉着佩瑶的手依依不舍，支支吾吾半天却说出了"云鹤"两个字。佩瑶明白老人的意思，赶紧找人去喊慕云鹤。慕云鹤来到老爷子床前时，老爷子已经处于弥留之际，但在见到慕云鹤时，却不知道哪来的力气，一手拉着云鹤，一手拉着佩瑶，把他们两人的手握得很紧。郑老爷子口中念念有词，但他们却听不清楚他在说什么。桂芝听蓉儿说老爷子快不行了，让慕云鹤过去，心里觉得奇怪，赶过来看看发生了什么事，没想到恰巧看到了这一幕。她忍不住大声嚷嚷起来，"郑老爷子，没想到你这快死的人了，还想给女儿找个女婿是怎么的？要是真想把女儿嫁给云鹤，我也不在意多一个姨太太帮我伺候他。"老爷子本来就讨厌桂芝，一听此话，气得当场吐出一口鲜血，气绝身亡了。

　　老爷子去世之后，家里倒是安静了很多，没有父亲的督促，佩瑶就不再去铺子了，一方面不想引起不必要的猜忌，另一方面也是在逃避慕云鹤。她一想到那个雨夜，就面红心跳，根本不敢正视慕云鹤的眼睛，更别说单独跟他在一起了。

　　慕云鹤明白佩瑶的心思，不来就算了，自己把这一摊子打理好了，等家明的孩子长大了，生意还给他们后，自己还是要带着夫人和儿子回老家的，只是现在家明的孩子尚小，一家人在东北还要再待上几年。

十四

此时，远在青城的米再善心情非常不好，原因是他的独生儿子米俊卿最近神神秘秘的不知道在做什么，总是早出晚归，有时候甚至几天都不回家。米再善承认对这个儿子他确实是有些娇惯和纵容了，以至于现在翅膀硬了不听自己的话了。本想自己年事已高，不想插手学堂的事情了，学堂这一摊子也就顺其自然地由儿子来接手，没想到儿子根本不听自己的话，对学堂的事情一点都不感兴趣。如今世道这么乱，他可不想让儿子在外面乱混，万一与革命军扯了边，那可是杀头的大罪。前几天衙门在前街砍了几个年轻人，那血都喷出十几米远，刘老爷家的三少爷就是其中之一。看到儿子被砍，刘家三姨太太当场就撞死了，那惨象啊，想想都可怕。刘老爷都没敢出来为儿子和姨太太收尸，只是花了点钱请人买了两张席子，卷了扔后山了。不是刘老爷心狠，是不敢啊，他还要顾及家里其他的人呢。唉，世道乱了，俊卿可别出什么事啊。

米俊卿最近还真是没闲着，因为他惹上了一桩棘手的事儿。平日里他赋闲无事，前些时日偶尔到大舅子开的钱庄处闲聊。那天，他刚走到钱庄巷口，看到大舅子和一男子下车后迅速从后门进了钱庄，米俊卿觉得奇怪，大舅子是做钱庄买卖的，从来不做亏本的生意，看今天这神秘的劲头，一定是谈了个大客户。于是他也从后门进了大舅子的办公室，没想到他一进去，竟然被伙计拦在了门外，说是掌柜的今天没来，等抽时间再过去。米俊卿纳闷了，明明看他进来的，怎么还说没来，一定有鬼。米俊卿可不是好糊弄的，于是他躲在附近，想搞清楚大舅子今天到底见了什么人。不一会儿，跟大舅子一起进去的中年人自己出来了，手里提着一个不大的箱子。这人西装革履的像是有钱人的样子，只是他出来的时候很小心，帽子压得很低，出来后迅速地钻上车子，飞驰而去。

见陌生人走后，米俊卿拍拍衣服上的灰尘，大大方方地从正门进入了大舅子的办公室，此时已经没人再拦他了。柳永福见到米俊卿没有像往日一样热情地迎上来，而是微微抬起头看了他一眼，说了一句"随便坐吧"，便独自坐在椅子里陷入了沉思，不再理会米俊卿。僵持一会儿，米俊卿首先开口，"大舅哥，这是怎么了，遇到麻烦事了不成，说出来让妹夫听听也好帮你出出主意。"

柳永福叹一口气，说："你还是少知道的好，回家跟你老爹好好开书院，今非昔比，时局这么混乱，过好自己的日子吧。"

这样一说，米俊卿更想不通了，"好歹我也是做过司政的人，大世面我也见多了，你这话就小看我了。"

"你真是的，我不告诉你是为你好，你别再问了，快回去吧。"柳永福有些不耐烦。

柳永福越是不说，米俊卿越是想知道，于是忍不住问："刚刚跟你一起进来的是什么人？神神秘秘的，我可都看到了。"

米俊卿本来也就随便一问，没想到柳永福却脸色大变，慌忙站起来出门看了一眼，然后回头关好门，神态非常严肃地看着米俊卿，说："你刚才还看到了什么？听到了什么？我告诉你，刚才的事情绝对不能向外透露一个字，否则，我们全部玩完。"边说边做了一个砍脖子的动作。

米俊卿一听，倒吸一口凉气，明白了，"刚刚那位是革命党？他们找你干什么啊？你该不会也是……"

"呸，胡说八道，既然你已经看到他了，我就告诉你，前几天有两个人找到我，说现在国家处于危难，我们每个人都有责任起来反抗，人民应该有钱出钱，有力出力，他们希望我能出两千块大洋赞助革命。我怕家里人被吓着，就说到时候到我钱庄取就成。只是一时凑不齐这么多钱，只给他们凑了五百块，还差一千五百块大洋，我这不正急着呢。你那有没有，给我凑点，要神不知鬼不觉的，千万不要让别人知道了，这事你既然知道了，那你就也有份，明白吗？"说着又做出一个砍头的动作。

米俊卿从大舅子那里出来后悔得直打自己的脸，不让问吧，非要问，这下子麻烦大了，浑身的虱子，抖擞不清了。看大舅子那样子，他要是有个好歹，自己会不会也受牵连啊？米俊卿越想越害怕，看在大舅子平时对自己不错的分儿上，回家弄点钱给大舅子解急吧。

要说钱他们米家倒是有，但是都在老爷子手里，自己能支配的钱不多。现在他真有些后悔，早点接手学堂就好了，这样他就能够支配家里的钱物了。但是现在后悔已经来不及了，柳永福让他一周之内凑足一千块大洋，这简直是要他的命啊，但是他又不敢不帮这个大舅子，大舅子真出了事，自己恐怕也脱不了干系。这几天，他把自己手头的字画凑了凑，找了几个卖家，卖了将近两百块，可这离一千块大洋还差得远啊。米俊卿正寻思着上哪再弄点钱，就见管家米宝匆匆走来仿佛有什么急事，米俊卿赶忙拦住他，"米宝，你跑这么快，急着干吗去？"

米宝见是大少爷，慌忙停住脚，看看左右没人，做出一副挺神秘的样子，"老爷找我有点事，不方便告诉少爷，少爷有什么事吗？"

"你小子，老爷的事情怎么就不方便告诉我，快说，不说看我以后怎么收拾你。"说着上前故意做出一副要踢米宝的样子来。

"少爷，您别生气，您还记得咱家有一同治皇帝给咱们祖上下的圣旨吗？"

"怎么不记得，那是咱家的祖传宝贝啊。"

"是啊，这不最近有个德国人，不知道从哪里得到了这个消息，非要老爷把这个宝贝卖给他，老爷说什么都不卖。"

"慢点，德国人怎么会知道这事，他们买这东西干什么？"

"听说这些黄毛鬼子，到处搜刮咱们祖上传下来的东西，他们叫什么文物，说是拿到国外相当值钱。"

"老爷子叫你去干什么？"

"老爷子想找个地方把这东西好好藏起来。"

"藏什么地方？"

"这我可不知道，老爷子只是让我过去一趟，先不跟您聊了，老爷子等急了。"

米俊卿摆摆手，让米宝赶紧走开。

说者无心听者有意，要不是米宝今天说起这事，米俊卿差点把家里这个值钱的玩意儿给忘了。这个同治皇帝的圣旨可不是一般的值钱，就像头上的脑袋一样，有钱你买不到啊。米俊卿暗自寻思着，要是能把这个东西搞到手，那一千大洋就不成问题了，可是这东西在老爷子手中他搞不到啊。算了，救大舅子的命又不是救自己的命，祖传的宝贝就先留着吧，给他凑这两百块大洋也算是对得起他。

米俊卿带着两百块大洋来到柳永福的钱庄，刚走到巷口，就跟匆匆而来的柳永福撞了个满怀。柳永福手中的箱子掉在了地上，里面着实装了不少大洋。米俊卿赶紧帮柳永福将箱子捡了起来，见他神色慌张，问道："这是干什么去?"柳永福接过箱子抱在怀中，"废话别说，赶紧跟我出去一趟。"话音未落，旁边疾驰而来一辆马车，下来两个人，动作麻利地将二人塞进车子里。米俊卿本是文人出身，哪见过这场面，早就吓得浑身不停地颤抖起来。柳永福见米俊卿被吓成那样子，心中有些好笑，用肩膀蹭了蹭他，示意他不用害怕。见柳永福不害怕，米俊卿也渐渐平静了下来，暗想自己怎么这么倒霉啊，没事找事来送什么钱啊，这就是自投罗网，到如今也只能听天由命了。

十五

两人的眼睛被年轻点的人用一布条蒙住了，但米俊卿凭感觉可以断定，车子应该是向城外小树林的方向驶去的。 他在这个小城生活了三十多年，这儿的大街小巷闭着眼他都能走对。 车子大约走了半个小时，感觉有一段路特别颠簸，米俊卿心下已经很明白了，这应该是小树林前面的一段乱石岗，路况很差。 小树林的东头有一个土地庙，他想，不会要把我们带到土地庙吧。 果然，没过一会儿，马车停住了，他和柳永福下了马车，被领着走进了一处宅院，然后，进了一间屋子。 他眼睛上的布条并没有被拿掉，只听到一个中年人说话的声音："柳老板，这样带你们过来，实在不好意思，只是身为一个中国人，救国救民，是我们每个人的本分。"稍微一停顿，此人又开口，"这个人是谁？"

米俊卿知道那人问的是他，但不知道他们想拿他怎样，只听大舅子说道："伙计，是我们店里的伙计，上次去钱庄时你见过的，我怕他走漏风声，也跟我搭个伴，自己人，不会坏事的。"

"大哥，他见过你？ 会不会有危险？"是年轻人的声音。

米俊卿一听吓坏了，赶紧喊叫起来，"我不是什么伙计，我是他妹夫，我根本不知道你们是谁，我也没有见过你。"

那人一听，对柳永福说："柳老板不是说不会让任何人知道吗？"

"不是我告诉他的，不，不，是我告诉他的，这不是我钱不多，让他帮我凑点嘛，他谁都没说，你们放心吧。 我们都是有家有室的人，不会出卖你们的。"

这时，年轻人突然跑了进来，"大哥不好了，外面好像有政府的官兵，我们快走。"说着提了钱箱子，拉上大哥从小庙的后门急逃而去，临走时留下了一句话，"柳老板，这次的事情感谢你，待革命成功，我定如数奉还。"

米俊卿知道他们走了，于是把蒙眼的布条扯了下来，此时两个革命军已经消失得无影无踪。

这群官兵，其实真的不是来抓人的，只是碰巧路过而已。原来，刚刚上任不久的县知事正陪同德国领事康拉德在小城周边巡视。德国人此时在此处可谓是要风有风要雨有雨，从上级政府到地方上的官员，见到德国人都恭恭敬敬，不敢造次。此次陪同康拉德出行，县知事那是极其不情愿，可是当差不自由，不敢得罪德国鬼子。现在到处都在闹革命，外面实在是不安全，而这个天生爱游山玩水的德国人就是不怕死，非要走这些个偏僻小道，说是就爱寻找中国的古典文化的遗迹。他听说附近有个土地庙，是隋唐时修建的，想去看看里面有没有什么值得保存的文物。县知事暗骂康拉德，"该死的德国鬼子，整天惦记中国老祖宗的东西，我看你死了就成遗迹了。"骂归骂，还得保护他的安全，他感觉这种僻静小路最容易有土匪、革命军出没，于是叮嘱大家路上一定小心。刚走到土地庙路口，一个手下跑来汇报说是庙门口发现一辆马车。这荒山僻壤的怎会有马车，于是吩咐手下过去看看。不一会儿米俊卿和柳永福就被官兵带了出来。两人一见果然是官兵，又是高兴又是害怕，高兴的那两人已经走了，害怕的是今天这事说不清楚了。县知事见到两人也有些纳闷，于是问他们："你们干什么的，荒山野岭的，来这里干什么？快说。"

"我们来上香的。"柳永福慌忙抢着回答，害怕米俊卿说出实话。

"胡说八道，荒山野岭的，连个人影子都没有，哪来的香火，上什么香，说实话，你们干什么的？"县知事不依不饶的。

米俊卿倒是机灵，赶紧说："我母亲小的时候在这附近长大，那时候这里香火很盛，她几乎天天来。这不是老母亲眼看要过七十大寿了，她突然想起小时候常来的这家小庙特别灵验，非要让我来小庙一趟，送点钱，烧点香，这才安心。我们也是母命难为，这不就来了。"

"烧香？你的香呢，拿出来我看看。"

"这，我也是应付老母亲，香已经烧了，现在，只带了点钱。"说着，米俊卿拿出了带来的两百块大洋递给了县知事，"这两百块大洋，还没有孝敬菩萨，就先孝敬了大人吧。"

"你不老实，你在这里一定不是为了烧香，既然你老母亲七十大寿，你告诉我你是哪家的，我想拜访一下。"一直没有说话的康拉德突然开口说话。

"大人，小人真是来为母亲烧香的。这是我表哥，他怕我一个人来这荒凉小庙害怕，所以跟我一起来的，你看我们身上除了这二百块大洋，啥都没有，不信你翻翻看。"

县知事接过大洋在手中掂了一下，寻思着，二百块大洋不少了，就饶了他们吧，看他们的样子也不像是革命军。于是说："今天的事情就算了，别让我再抓到你们，赶紧走，别耽误我们进庙。"

"你们也是来上庙的，我母亲说得对，看来这荒庙真的起死回生了。"米俊卿不失时机地巴结着。

"少啰唆，赶紧滚吧。"

两人驾着马车，飞驰而去，一路上心惊胆战，害怕官兵反悔追来。跑了一会儿，看后面没有追兵，两人这才将心放下来，为顺利脱险而庆幸。想到刚发生的事情，柳永福对米俊卿赞不绝口，称他关键时刻没有慌乱，要是真被带去衙门，不死也得脱层皮。米俊卿顿感得意起来，"我是有学问的人，关键时刻心不慌，脑子不乱，应付他们小事一桩。嗨，还不是你害的，差点被你害死。"

"我可没有害你，你自己找的，我怕把你掺和进来，约好了今天给他们送钱，都没有通知你，哪知你，还真是邪乎了。你这是来干什么的？你怎么总是撞在枪口上，看来这都是你的命啊。"面对米俊卿的指责柳永福也很无奈。

米俊卿也觉得自己最近怎么就这么晦气呢。

十六

话说米家的那道圣旨不知道怎么被德国领事知道了，说是要买，那可是祖传的宝贝啊，多少钱都不能卖啊。这事把老爷子急坏了，吃不好睡不着，想找儿子来商量一下吧，可这儿子关键时刻却不知道跑哪里去了。

正在火头上，管家米宝进来了，说："老爷，还在为圣旨的事情发愁吧?"

"废话，愁得我脑子疼啊。"

"我有个主意不知道行不行。"

"有主意就说，别啰唆。"

"咱们米家跟慕家不是多少代都交好吗，你干脆就说，为感谢慕家救命之恩，奉老祖宗之命已经将圣旨送给了慕云鹤的父亲。慕云鹤几年前闯关东时，把这宝贝带走了，他们要是不信，咱们就把慕家大院的钥匙给他，让他们去搜好了。"

米老爷子一听，这倒是个办法，只是怕这个德国佬他不信啊。

"信不信由不得他啊，咱把宝贝找个地方藏起来，他上哪去找啊。"

"现在也没有什么好的主意，也只能用这个办法试试看了。"

两人正说着话，儿子俊卿回来了，看上去有些憔悴，脸色也有些不对，老爷子叫住他，"你干什么去了，到处找不到你，我这有重要的事情想跟你说说，你来一下。"米俊卿还没从刚才的惊吓中回过神来，现在哪有工夫听老爷子叨叨重要事情啊，心想赶紧回房间，蒙头大睡一觉，但愿这一切都只是个梦。于是没搭理老爷子，转身走了，气得老爷子直拍桌子。

米俊卿来到大太太房间，大女儿如意正和柳氏聊得起劲。如意从小跟着柳氏长大，自然跟柳氏关系好一些，只要是有什么好吃的好喝的好玩的，柳氏都要先给这个大丫头。大丫头在米家就是个福星，老太太一天见不着如意，都会到处找，念叨着"我的如意呢"。

看到米俊卿回来了，如意忙迎上去，"爹，你看啊，这是大娘刚给我做的新衣服，缎子面的，你看这花型，是杭州来的面料，太好看了，爹你看是不是？"米俊卿此刻没有心情看如意的衣服，只想好好休息一下，可如意还是不放过他，"爹，你看我今天梳的这个头发，是可儿姑姑刚跟德国师父学来的，你看配上这个发卡，好看吧？"

"好看，好看，你们玩吧，我出去了。"米俊卿边应付着边往外走。

"刚来就走，你这人真是的。"柳太太埋怨道。

后院是个很清静的地方，姨太太悠兰是个安静少言的人，在嫁给米俊卿之前也读过几年书。真正令米老爷子、米俊卿佩服的是悠兰能写一手娟秀的小楷，就是这娟秀的小楷，触动了米老爷子的心，让米老爷子不顾违抗祖制给米俊卿娶来做了姨太太。悠兰倒是也喜欢米家的书香之气，并不觉得委屈了自己。过门十多年了，虽然有时候大太太会为难她，比如生了如意后不让她碰，不让她抱，但悠兰也不计较，好在又接着生了老二、老三，但悠兰与大女儿的接触的确是少了一些。

俊卿进门的时候，悠兰跟三女儿如萍正在写字，她俩都那样投入，以至于他走到门口都没被发现。俊卿纳闷，六七岁的孩子竟然能够做到那样专注。

看到米俊卿，悠兰赶紧放下笔，拉着如萍迎了过来。如萍性情乖巧，长得像极了悠兰，眉毛细细的、鼻子高高的、嘴唇薄薄的，轻柔可爱。如萍用很柔和的声音向父亲问安，"爹爹，如萍好久不见您了，您看看我写的字是不是有进步了。"俊卿随孩子来到桌前，看到如萍的字确实有悠兰的风范，娟秀、大气，只是缺少些力度，毕竟只是个孩子，不能够要求太高。"写得很好，多跟你娘学，爹今天有点累，要进屋睡一会儿。"

"好的，爹，我给您铺床。"悠兰一看，忙说："你去写字吧，娘来就行。"

如萍不再说什么，乖乖地回到桌前。躺在床上，米俊卿想到刚刚在大太太处见到的如意，又想到如萍，这两个孩子是一个爹娘生的性格差别怎么就这么大呢。想着想着，又想到上午发生的事情，顿感一身冷汗，得亏自己机灵，要不然后果不堪设想。米俊卿想着想着，就这样不知不觉地睡了过去。

十七

米俊卿醒来时已经到了下午吃饭的时候了，一家人围着饭桌就等他开饭。俊卿边揉眼睛边埋怨着悠兰，"吃饭了怎么不叫醒我啊。"

悠兰笑笑说："看你睡得正香，想必是累坏了，不舍得叫醒你。"

听此话大太太不愿意了，"累坏了？我看就是没事闲的，这都闲了好几年了，不找个正儿八经的事干干，整天出去瞎转。"

"是啊，我看你还是把学堂接过去吧，你爹上年纪了，现在政府又支持私人办教育，你就好好干。"米老夫人接过话来。

"我再想想吧。"米俊卿最烦的就是一家人吃饭的时候都把矛头指向他。

"快吃饭吧，吃完饭，到我房间一趟，找你有点事。"老爷子又开口了，米俊卿不知道老爷子找自己什么事，猜想一定又是接手学堂的事情，一顿饭吃得没滋没味的。

饭后，俊卿来到老爷子房中，老爷子神秘地关上了房门。俊卿纳闷起来，到底什么事情啊，这么神秘。

老爷子叹口气说："儿子啊，爹这些日子，茶不思饭不想，就想一件事，咱们家祖上伺候过皇上，这事街坊邻居都知道，可是咱家有同治皇帝的圣旨，怎么大家也都知道了呢？"

米俊卿一听，想起之前米宝对他透露过此事，于是说："没有不透风的墙，这宅子是御赐的，还能没有圣旨？"接着又听老爷子说："这不是前些日子，新来了个抚军，还带来了一个德国人，说是要买咱家这份圣旨，我骗他们，说没有了，他们不信，传话过来说是明天来取，一手交钱一手交货。圣旨不能卖啊，多少钱都不卖，那是我们祖上应得的，也是皇上赐予我们家这套宅子的凭据，就是拼了这条老命，都不能卖给他们啊。"

"是啊，爹。可是咱们家现在今非昔比了，得罪不起他们啊。"米俊卿有些无奈。

"儿子，我有个办法不知道行不行。"

于是老爷子就把米宝出的主意跟米俊卿说了一遍，米俊卿一听这倒也是个办法，死马当活马医，但也只能是试试看。

德国人一大早就来到了米家，米老爷子赶紧出来迎接，端茶行礼的，不敢得罪。

德国人有话直说，"老爷子，我已经派人跟你说了，我今天来买你家的圣旨，我喜欢中国的东西，我花钱买你的，钱给你带来了，东西赶紧拿出来让我看看，用你们中国人的话，一手交钱一手交货。"

老爷子见这德国人真带钱过来了，觉得这事有些闹大了，于是赶紧上前施礼，"大人，小民上次就已经说过，家中根本没什么圣旨，没有啊，让我去哪里给你弄啊。"

"嗯，老爷子，别敬酒不吃吃罚酒，赶紧点把圣旨拿出来，德国人现在咱们可惹不起啊。"旁边一个卫兵小心提醒米老爷子。

米老爷子正想把之前编好的说辞讲给这个德国佬听，忽然二小姐如男不知从什么地方跑了过来，边跑边喊："你们这帮强盗，滚出去，不滚出去本小姐给你们点厉害尝尝。"说着推开前面几个人，冲着几个士兵就是一阵子拳打脚踢。

卫兵们被这突然出现的小女孩吓了一跳，一时没有反应过来。如男跑到米老爷身边，搀扶住老爷子，冲着那帮卫兵大声嚷嚷，"你们就是强盗，我们家有圣旨也不卖给你们，那是我们中国人的东西，干什么要卖给你们德国人，你们赶紧滚出去。"

老爷子一听赶紧捂住如男的嘴，让下人把二小姐拉下去。二小姐可不是好惹的，从小就天不怕地不怕，家里根本没人能制服她。在米家人眼里，这二小姐简直就是一投错胎的假小子，从小不爱读书，就爱玩刀玩枪，最近还吵着让爷爷给她找一个武术师父，想正儿八经地学点功夫。

　　二小姐不但不走，还上去就抢最前面的那个大兵的枪。这还得了，这个大兵真恼了，上来就把二小姐按倒在地上。二小姐反抗不成，对着最近的一个大兵的手猛地咬了一口，大兵疼得嗷嗷乱叫，接下来米家的场面一片混乱。当兵的追着如男满院子跑，米老太太和两个儿媳妇听到前院的动静，也跑了出来，一看这场面，也是拉扯着追赶这些大兵想保护如男。米老太太毕竟年事已高，腿脚本来就不灵便，这一跑一追一着急可不得了，气血攻心，当场晕倒在地，不省人事。德国佬一看这场面，也怕惹出人命来，于是赶紧喊住他的部下，"别追了，今天先到这里，改天再来拜访。"

　　要不说米俊卿总觉得自己这几天特别不顺，事情说来也巧，就在德国佬准备出门的时候，米俊卿正好从外面跑进来，一看老母亲昏倒在地，心中慌乱，边跑边喊："娘，你这是怎么了，我才刚刚离开一会儿，你怎么就晕了?"正要出门的康拉德本来走就走了，可听到说话声回头一看，正好和米俊卿对了个正眼，立马明白了什么，于是对米老爷子说："你儿子，我认识，我先带走了，你呢，好好想想，三天后，我在抚军衙门等候米老爷子。"康拉德转身指着米俊卿对手下说："这个人是革命党，把他带走，交给抚军处置。"一听革命党，手下人二话没说，抓了米俊卿就走了。

十八

圣旨算是暂时保住了，但是独子却被带走了。

这么一闹腾，米老太太真的只剩一口气了，不吃不喝，万念俱灰，整天喊着，"俊卿，你回来，俊卿，回来。"但是见不到俊卿，这口气似乎也咽不下去。

事情到了这个地步也是老爷子始料未及的，他百思不得其解，儿子怎么就跟革命军扯上关系了？但是儿子最近行为是有些怪异，神秘兮兮的，要真是革命军，那就是死路一条，那他们米家也就完了。不行就把圣旨交出去算了，人在家就在，人要没了，也就不成个家样了，留个宝贝还有什么用呢。打定主意以后，老爷子喊下人去把亲家大舅柳永福叫来，在老爷子心中，柳永福在生意场上见多识广，嘴皮子跟上脑瓜子，是个谈判的好手，这件事情交给他出面放心。

此时的柳永福也在为米俊卿的事情烦恼，妹妹整天在他这里哭，让他赶紧想办法救人，可他有什么办法，这些事情本就是从他这里引出来的，他根本不敢轻易露面。万一让县知事和德国佬知道了他的事情，那他的钱庄还不得改名啊。而此时，下人来报，米家总管米宝来找了，说是米老爷子请他去一趟。其实他早已预感到老爷子会来找他，也大概知道是什么事情，但此时自己不能出面，绝对不能，可这种关系又不好推辞，怎么办？老滑头毕竟是老滑头，他绕着屋子转了两圈，想出了最好的办法，装病。于是他告诉下人，"去回米家管家，就说我这几天身体不好，出不了门，下不了床，米家去不了了。"下人如实告诉米宝，米宝铩羽而归。

米老爷子在家坐立不安，见米宝回来，忙问情况怎样，大舅子怎么没来？

米宝不无遗憾地说："老爷，柳老板病了，出不了门，下不了床，来不了了。"

"啊，病了，不会吧，昨天大儿媳妇去找他，还好好的，怎么就病了，一定是不想管这事。这还算是亲戚吗，见死不救。"老爷子愤愤地，气不打一处来。

"实在不行，我陪老爷跑一趟，咱先不提圣旨的事，就按原来的办法说说看，再送点银子过去，看行不行。"米宝小心地试探着老爷子的反应。

"俊卿都成革命军了，送宝贝过去都不一定管用，还送点银子，你真是不长脑子啊。"

"是啊，是啊，我不是担心您嘛，你那么喜欢这个宝贝。"

"那也不如儿子的命值钱啊。"老爷子叹口气。

米宝点点头，也只能如此了，走一步看一步吧。

第三天一早，两人带上圣旨来到了衙门。说来也怪，衙门的卫兵不像往日那样好好站岗，大家都在小声嘀咕着什么，貌似要发生什么大事。门口根本不让任何人靠近，戒备非常森严，老爷子急得不得了，冲着门口的大兵喊了半天，人家根本就不理会，这情景更让老爷子产生了发自内心的恐惧，是不是又要杀人了？

"爷爷，快看，今天的报纸，这下热闹大了，日本人和德国人打起来了，他们为了争夺在我们这儿的主权，该死的政府已经把我们青城让给日本了。德国人走了，日本人又来了，咱们的政府太无能，太软弱了。"二小姐如男拿着报纸边喊边跑了进来。

在米老爷子眼里，如男这名字真是起对了，这二丫头压根就是个假小子，根本不会走路，她只会跑。

"日本人又来了？政府无能，百姓受罪啊。我这么大岁数了，眼看着就要国破家亡了，我现在只担心你爹，不知道还能出来吗？听说，那日本人比德国人还要狠啊，在东北他们什么坏事都做得出来。"老爷子老泪纵横地说。

这时，米宝飞快地跑了进来，"老爷，老爷，少爷回来了，你看。"

老爷子回头一看，米俊卿果然回来了，而且一副仪表堂堂的样子，根本不像是从监狱出来的，倒像是在外功成名就衣锦还乡。 老爷子顾不上多问，见儿子回来，喜极而泣。 一家人都出来了，大家见到俊卿好好的，也都拥抱在一起，相互诉说着思念之情。 米老太太本来就只剩一口气了，见儿子好好地回来了，这口气也终于咽了下去，拉着儿子的手，舍不得放下，但终归还是驾鹤西去了。

十九

米家这一喜一悲，接二连三地出了这么多事情，老爷子被彻底打垮了，再也没有精力管理学堂。学堂关门了，俊卿整天不着家，一副忙忙碌碌的样子，看似颇有成就感，却与老爷子并不交流。

老爷子心知肚明，儿子已经在为日本人做事了，不然怎么会这么顺利地没伤到一丝一毫就被放了出来，而且现在出入有车，随身带着保镖，连穿戴都跟日本人一样。特别是老太太出殡那天，家里来了好多日本人，这说明儿子在为他们做事啊。自己的儿子自己知道，儿子不是个有骨气的人，这跟他从小娇生惯养有关系，该受谴责的是自己。可自己就是受不了街坊们指指点点见到他都绕着走的样子，他原来是多么受尊敬的一个老人，可现在……

因为这些原因，老爷子几乎不出门，爱上了看报纸。从报纸上知道，现在其实已经是"中华民国"了，他们以前所谓的那个清朝皇帝也已经于两年前退位，以后再也没有皇帝了。他清楚地意识到，那道同治圣旨现在更是宝贝了，因为以后再不会有这玩意儿了。想来想去，他越发觉得这宝贝在家里放着不安全，特别是最近儿子总是有意无意地打听圣旨的下落，该不会是想送给日本人吧？老爷子越想越害怕，这都大半夜了，还睡不着，于是喊来米宝，"宝儿，你在我们家三十年了，我对你比对儿子都亲，这件事情天知、地知、你知、我知，绝对不要让其他人知道。"

米宝一听，赶紧发誓，"老爷，我米宝的命都是您给的，老爷交代的事情，米宝一定办好。"

"米宝，要说我的心病还是那道圣旨，这几天我老感觉眼皮子跳，我害怕……不说了，你拿着圣旨，把他藏到慕家祠堂去。慕家已经好多年没人住了，虽然太太经常找人过去打扫，但是连小偷都知道他们家值钱的东西都带走了，不会有人想到宝贝会藏在那里。你现在就去，越快越好。"边说边从睡觉的枕头里拿出一个精致的小长条状的盒子交给米宝，"要神不知鬼不觉的，他家祠堂中间的排位是个活动的暗道，你移动它，墙上会出现一个密柜。这事只有我知道，他家盖房子的时候，我跟他爹一起商量的，他们家以前的宝物都放在那个地方。"

"我明白老爷，您放心吧。"趁着夜色，米宝悄悄地溜出了米府，夜深人静，街上没什么人，他放心地快步前行去到慕家。他打开门，进入慕家祠堂，一切都进行得那么顺利，仿佛真的神不知鬼不觉。其实不然，在他身后，有一双眼睛，从他出了米家的大门就一直在盯着他，只是后面这个人仿佛对此地很熟悉，跟踪米宝根本不费吹灰之力。

二十

东北是满族的发祥地，清廷对东北实行了一系列的优惠政策，因此在东北做生意的人很多，东北的经济贸易各方面也都比内地发达。因为清廷腐败无能，东北成了日、俄等国家争相抢掠的肥肉，在这种情况之下，东北众多爱国志士揭竿而起，为拯救在水深火热中的东北进行着殊死地斗争。

随着清帝退位，"中华民国"成立，东北的时局似乎也迎来了一些转机。但是好景不长，为争夺地盘，扩大自己的势力范围，各地军阀连年混战，百姓民不聊生。

岁月一天一天地流逝，时光悄悄地走远，慕云鹤一家到东北已有十多年了。慕家与姚家的四个孩子都已经长大成人，而且都上了大学，孩子们一起长大，亲密无间。在慕云鹤两个儿子的心中，东北才是他们的家。他们已经习惯了被皮袄裹住的温暖，习惯了围着热炕头吃着滚烫的炖菜，习惯了被北风吹拂的干冷，习惯了在那常年积雪的小道上奔跑着、追逐着、打打闹闹着。

只是这些日子在东北的慕太太身体不好，总是咳嗽，喝过几次药也不见好转。佩瑶这么多年吃斋念佛，一副心无杂念的样子，家里、铺子里的事情她什么都不管，仿佛自己只是个置身世外之人，只有在孩子们回来时，她才会离开佛堂。眼神从孩子们身上一一掠过，看到孩子们好好的，平平安安回到家，她也就放心了。

慕云鹤的药铺生意没有受到时局的影响，依然经营得有声有色；只是书院前几年关门了。一是孩子们大了，都进入了公立的学校，二是那个爱为难文秀的教师忽然不辞而别，时局这么混乱一时找不到像样的老师，学堂的事情也就不了了之了。慕云鹤这下反倒省心了。自从佩瑶的父亲去世后，佩瑶就再也不去管药铺了，从进货、收货、验货、出货、结算，都要亲力亲为，这一下子牵扯了慕云鹤的很多精力。他几次去找佩瑶谈，想让她出来帮忙，但都被婉言拒绝了。他知道佩瑶的想法，她是害怕一旦参与到生意中来，会给慕云鹤的家庭带来麻烦。这个女人在他看来性格单纯又倔强，是那种一旦拿定主意就不会轻易改变的人。佩瑶几次拒绝，慕云鹤也不想再违背她的意愿，只能自己多干点。

二十一

九月的天气在内地还是秋高气爽，但这时的东北却是绿色褪去，满目萧索。如同天气一样，东北的事态也是一片混乱，一片狼藉。

这天，有批重要的山货要入柜，一大早，慕云鹤就起来了，他很想让佩瑶过去帮忙。走到佩瑶的房门口，轻轻推了一下，门从里面锁了，他知道佩瑶还没起床。想到佩瑶的脾气，找也是白找，算了吧，大不了自己忙点，于是转身走了。

到了柜上，货已经到了。慕云鹤赶紧点货、验货，没发现问题，又指挥伙计们往仓库里搬运，开清单、结账。忙活完了，将近中午了，他就近找了一家茶馆，坐下来喝杯茶休息一会儿。忽然外面传来孩子卖报的声音，"卖报，卖报，特大消息，本市又发现鼠疫，确诊的已有数百人，卖报，卖报了。"慕云鹤一听，大惊失色，鼠疫可不是好玩的，这种病传播速度非常快，一旦染上，难逃厄运，死亡率百分之百。东北前几年已经有过一次鼠疫大爆发，死亡几百万人，有的甚至全家死亡，尸横遍野啊。那种惨象，慕云鹤至今想起来都惊恐万分。他赶紧喊来报童买了一份报纸，头版头条，白纸红字，一行非常醒目的字体"本地再次发生鼠疫，并以极快的速度大面积传播，望市民周知，以防传染"，慕云鹤倒吸一口凉气，想到东北现在的局面，外有列强的窥视，内有军阀的混战，不觉黯然神伤，真乃天不佑，国要亡啊。

忽然，外面传来一声枪响，一个身影从远处向茶楼的方向奔跑而来，像是受了伤的样子，一跑一颠的，身影看起来有些眼熟。容不得多想，眼看着这个身影就来到了茶楼门口，慕云鹤起身冲出，一把抓住此人，以极快的速度将他拉进了茶楼的一个包间。慕云鹤经常来这个茶楼，知道后窗有个斜坡，可以顺着下去。他两手托起此人把他从后窗送了下去，速度之快，动作之利落，连他自己都没想到。那人回头看了他一眼,双手抱拳,然后迅速地消失在后街的尽头。慕云鹤长吁一口气,整理了一下衣襟回到原地继续喝茶看报纸。不一会儿,一帮人追到了茶楼,不顾老板的劝阻硬是进门搜查。这帮人全部着便衣墨镜,来势汹汹,一看就不是什么好人。见此情景,慕云鹤拍拍长衫,起身结账后扬长而去。

东北的鼠疫给老百姓带来了极大的恐慌,学校停课,商场停业,平时热闹的街道,顿时冷清了不少,人们都不敢出门,唯恐惹上这个灭顶之灾。鼠疫造成的死亡人数无法想象,大街上到处都是尸体,药铺子按说应该关门的,但是这门慕云鹤实在是关不上,因为每天都有人抱着生的希望来买药。哪怕卖出去的药对治疗鼠疫毫无帮助,他也不想对老百姓关上这扇希望的门。

此种情景,慕太太桂芝受不了了,她害怕慕云鹤这样下去也会染上鼠疫,要是真的染上,这两家人就都完了。她劝慕云鹤关门歇业,但慕云鹤就是不听。她知道,自从郑老爷子吐血而亡以后,慕云鹤对自己就不像以前那么亲近了,她在慕云鹤心中的位置已经大不如前。但是她不能眼看着慕云鹤每天进进出出,不管不顾,怎么办?找找佩瑶,让佩瑶劝说云鹤,云鹤也许会听的。主意打定,桂芝来到佩瑶的房间。

佩瑶的房间干净优雅,有股幽幽的香气,没有男人的房间呈现出一种女性特有的神秘。紫色的窗幔柔然光滑,淡紫色的被褥整整齐齐地摆在床上头,有边有角的样子像是被修剪过一样,床单上没有一丝褶皱,平整的样子让人看了都不忍心用手碰一下,更何况是坐了。环顾四周,桂芝发现原来那股子幽香是来自一盆茉莉,小小的白花,并不扎眼,但是开得芬芳,满屋飘香。佩瑶见桂芝进来,赶紧起身喊丫头给她倒茶,桂芝连连摆手表示不用了。佩瑶心下暗想,这么多年她几乎没有来过我的房间,此时来一定有什么大事要说。

佩瑶是个知书达礼的人,虽然对桂芝抱有极大的成见,但抬手不打笑面人,人都走到她屋里了,她会笑脸相迎着。

桂芝一改往日冷冰冰的样子,微笑着走到佩瑶身边,拉起了佩瑶的手。她感觉佩瑶的手很凉，于是情不自禁地用两手握住了佩瑶的手，"妹妹，你的手很凉，让他们给你拿一个手煲过来吧，手凉，身上就冷，你要多注意身体，别像我，身体不好，整天的咳嗽，连云鹤都懒得碰我。"

听了这话，佩瑶心中莫名地感到别扭。

"我都习惯了，没什么的，姐姐有什么事就说吧。"来了东北之后，佩瑶和慕太太一直是以姐妹相称。

"妹妹是个爽快人，那我就直说了。你知道咱们这儿最近又闹上了鼠疫，每天都会死很多人。这鼠疫是极易传染的，一人感染上，一家人都要死，现在人人自危，能不出去就尽量少出去。"

"是啊，这是自然，孩子们现在都在家，学校也停课了。"

"可云鹤还天天去药铺，你说去拿药的都什么人，好人谁去药铺啊。这要一不小心感染上，我们这个家就完了，妹妹你的话在他心中是有分量的，你劝劝他吧，关门吧，不为他自己，也得为咱们这一大家子人想想啊。"

佩瑶也觉得这话说得有情有理，无可厚非，只是刚刚慕太太说在慕云鹤心中自己的话有一定的分量，是什么意思？难道现在慕太太还怀疑自己跟云鹤……她想解释，但又有什么可解释的。人慕太太又不是来指责你的，而是有事相求的，你要抓住这一句话来计较，是不是有些小心眼啊，唉，还是别想那么多了。关于慕太太让慕云鹤暂时关掉药铺子的事，佩瑶也觉得有道理，药铺是不应该再开了，慕云鹤的安全最重要，于是她很痛快地答应了，说是等晚上云鹤回来，大家一起劝劝他。在两人陷入沉思之际，外面传来了一阵笑闹声，还有什么东西摔倒的声音，她们赶忙来到窗前察看。不出二人所料，是文秀和致清。只见文秀坐在地上，长长的裙子似乎被扯破了一块，露出了白嫩的小腿，头发也有些凌乱，只是她自己浑然不觉，开心地笑着；旁边的致清正在仔细地查看文秀的腿，并轻轻地帮文秀拍打腿上和裙上的细土。看到文秀的腿没有大碍，他不由自主地用手帮文秀整理贴在额头前的头发，满脸的关怀和心痛。一辆半旧的自行车静静地躺在两人的旁边，仿佛在共享着他们洋溢在脸上的甜蜜和快乐。

这个场面被桂芝和佩瑶看在眼里，两人都有些尴尬，不知道该说什么好。

桂芝先开口打了圆场，"前几天致清吵着让云鹤帮他买辆自行车，说是很多同学都是自己骑自行车上学。 咱们家离学校也不是很远，骑自行车上学倒是节省时间，就答应他了，说是学会骑车后带文龙一起上学。 刚说了也没几天，车子就买来了，我都不知道什么时候买的。"

"是啊，男孩子学学骑车也不是件坏事，只是文秀怎么也学起来了，这孩子越来越不像个女孩子，上学上得心野了。"

"文秀这孩子上学是把好手，学习成绩也好，只是女孩子上那么多学有什么用啊，将来还不是要嫁人。 俗话说，女子无才便是德，像她这种除了上学什么都不会做的女孩子，将来大门大户的人家都不敢娶啊，没见过大家闺秀整天在外面抛头露面的，文秀是该学点女孩子的本分了。"桂芝似乎越说越来劲。

佩瑶本来也是觉得文秀有些过分，可是听慕太太这样一说，佩瑶觉得有些恼怒。 其实女儿的想法当妈妈的很明白，谁不想女儿幸福，要是文秀能跟喜欢的致清结合，这何尝不是件好事。 只是致清两兄弟在老家都已经定过亲了，女儿再把这份纯真的情感放在致清身上根本就是自寻烦恼，而且，从慕太太的言语里，答案已经非常明确，她根本不喜欢文秀，即便是她的儿子没有婚约，她也不会让儿子娶文秀的。 两个孩子的这份感情根本就是没有结果的，她必须把两个孩子的这份看似还青涩的感情斩断。 想到这里，佩瑶神色黯然起来。

"佩瑶，想什么呢？ 文秀年纪也不小了，隔壁素素娘已经为素素定亲了，你看文秀是不是也该订门亲事了，这事你这当娘的一定要上心啊，不然我帮你留意着你看怎么样？"

佩瑶一听，话都说到这份上，容不得自己推辞了，于是点头答应着，"也好，麻烦慕太太帮我留意一下吧，我这人不喜欢出门，对这种事情一点都不懂。"

"好，那就说定了啊，等鼠疫的情况好一点，咱们就把这事办了啊，这样一来大家都省心了，是不是？"慕太太说的最后那句话，佩瑶听起来很别扭，"什么叫省心了，难道把我的女儿嫁出去就是省心了吗？我的女儿让你操什么心了？"佩瑶没有出声，只是心里升起了一股莫名的委屈，眼泪涌上了眼眶，害怕被桂芝看出什么，赶紧找手帕擦拭了一下眼角，"慕太太，事情麻烦你了，请你回去吧，我这眼睛有些痒，想闭眼休息一下了。"于是招呼丫头送桂芝出门。

　　走出佩瑶的房间，慕太太心情大好，将慕云鹤的事情抛到了九霄云外，边往外走边哼着小调，想着哪家的少爷能够适合文秀。虽然自己不喜欢文秀，但也不能亏了她，想着想着忽然感觉背上仿佛被什么东西重重地打了一下，一阵剧痛。她回头一看，只见小儿子从远处跑来，边跑边喊："娘，看到我刚刚发射的子弹没有。"慕太太一听，明白是儿子搞的鬼。她低头一看地上躺着一发真的子弹壳，心里大惊，见致白手中还拿着一把木头手枪，手里还有几颗没有发射的弹壳，想想刚刚发生的事情真是太危险了，这么大一弹壳，幸亏是打在背上，要真打在了头上，那自己这老命不就玩完了。桂芝气愤地大声训斥致白："你这孩子，竟然玩起了手枪，从哪里弄的？不学好啊，这些日子学校停课，在家还反了你了，把枪给我，从哪弄的，快说！"

　　"我不告诉你。"儿子致白边说边捡起地上的子弹壳，头也不回地跑了。这孩子，气死我了，一定是文龙，一定是，这些日子，致白就喜欢围着文龙瞎转。这个文龙长得人高马大的，整天就喜欢鼓捣这些东西，前几天竟然在北院的角落里玩起了火，要不是致白、致清发现得早，带着下人们把火扑灭了，恐怕这个家都要被他点了。云鹤训斥了他，他还狡辩说是研究炸药，在学校的化学课上学的，这孩子啊，没个爹管着还真是不行，想想姚家这俩孩子，真是不省心啊。慕太太边走边想着些乱七八糟的事情，刚才的好心情荡然无存了。

二十二

　　慕云鹤从铺子里回家已经将近八点，这个点街上已经空无一人。他边走边想着今天来的几位客人都想买能够防治鼠疫的药品，大家都知道一旦感染上鼠疫便无药可治，可是大家似乎又不知道什么药能够预防鼠疫，慕云鹤也这样。世界上没有哪种病是治不好的，只是没有找到治病的药方，但是预防鼠疫的药物究竟是什么，他现在还真是不清楚。走着走着，他忽然想起郑老板的书房里有一些祖上留下来的医书，不知道上面会不会有关于鼠疫的治疗和预防办法，这样想着，脚下步伐加快，想赶紧找佩瑶一起去郑老爷子的书房查找一下。

　　刚走到拐弯处，慕云鹤猛然发现前面一个人影以极快的速度向他的方向跑来。慕云鹤想躲，却来不及了。那人上来就用毛巾堵住了慕云鹤的嘴，慕云鹤感觉毛巾上有一股怪味，知道可能是迷药，连忙屏住了呼吸。那人趁着夜黑无人，拽着慕云鹤来到拐角附近的一小黑屋，进屋后，把慕云鹤放到一个小床上，接着点上了一盏油灯。这时慕云鹤非常清醒，借着灯光他看清了这人的脸。这一看，慕云鹤被惊得差点喊出声来。原来这人竟然是四年前突然从他们家不辞而别的冷先生。冷先生怎么会在这里？这么多年他去哪里了？他绑我干什么？有什么事情不能好好找我？对于冷先生，慕云鹤有太多的疑问。在慕云鹤心中，冷先生一定大有背景，他慕云鹤看人不会走眼，当年冷先生到学堂来应聘，慕云鹤一眼就相中了，虽说不能以貌取人，但慕云鹤还是被冷先生潇洒端庄的气质吸引住了。这个冷先生当年也就二十岁出头，他不仅不像一般文人那样文弱细腻，而且他身材健硕，目光炯炯，精通中国的传统文化，四书五经倒背如流。他第一次上课就把孩子们迷住了，在他的课堂上孩子们始终是开心的，慕云鹤常常听见孩子们发出阵阵笑声。慕太太有时候会谴责慕云鹤，"找的这是什么老师，孩子们上课怎么那么乱啊。"慕云鹤为此还找来文秀和致白，测试他们上课学的内容，没想到他们对自己提出的问题竟都能对答如流。 慕云鹤不由得对这位冷先生产生了浓厚的兴趣，想找时间好好地跟冷先生聊聊，探探他的背景，但冷先生一直回避他，从不给他这种机会。 四年前，冷先生突然不辞而别，连封书信都没有留下。 这让慕云鹤很是意外。 由于再也没有找到像他这样受孩子们爱戴的老师，学堂不得不关了门。 慕云鹤没想到今天再次跟冷先生见面竟然是以这种形式，慕云鹤想到这里，顾不得再佯装昏迷，站起身来，走到冷先生背后冷不防地拍了一下冷先生的肩膀，"冷先生，好久不见啊。"

出于自我保护，冷先生快速出手想先发制人控制住慕云鹤，但是慕云鹤反应更快，他反手一扣，将冷先生的手硬压了下去，力气之大，不容冷先生还手。

"慕老板，你醒着啊，我还以为你被药迷了呢。"冷先生有些不好意思，摸摸手腕子，感觉疼痛，"没想到慕老板有这么好的功夫，跟您相处那么久，都没见您露过。"

"你还好意思说跟我相处那么久啊，你说说看，你为什么不辞而别，你到底是什么人？"

"中国人，有良心的中国人。"冷先生脸上露出了一种凝重的表情。

"你别跟我说这种话，谁不是中国人，谁没有良心，为什么用这种方式跟我见面，什么事情不能光明正大地说。"对于冷先生这样绑架自己，慕云鹤很是反感。

"你别急慕老板，听我慢慢说给你听。"

屋里烛光非常暗，慕云鹤隐隐地感觉冷先生这张脸最近好像见过。 猛地他想起来了，"你是不是前几天在茶楼被人追杀的那个人？"

冷先生微微一笑，点了点头。

"你，你赶紧说，你到底是什么人，为什么被人追杀？"此时的冷先生对慕云鹤来讲，简直就是一个巨大的谜团，慕云鹤太想解开这个谜团了，越快越好。

"别急啊，慕老板，我会告诉你的，但是首先你要拍着心口告诉我，你是不是一个有良心的中国人，这个问题必须回答。"

"我是。"

"慕老板，知道四年前我为什么到你家教书吗？因为姚家明，姚老板。"慕云鹤听了，仿佛被打进了迷魂阵。

冷先生接着说，"姚老板其实不是一个简单的药店老板，他是一个有良心的中国人。他是从关内来东北的，他的父母都死在八国联军的枪口之下，他痛恨帝国主义列强对我们中国人民的欺压和蹂躏，当他得知自己中毒之后，这种憎恨就更强烈了。现在所谓的政府不但不阻止日本人对老百姓的迫害，还坚持走亲日路线，巴结日本人，充当日本人的走狗。前几天，奉军还配合日军镇压了延吉民众的抗日活动。你是商人，根本无法想象现场的惨烈，尸横遍野，血流成河，侥幸活下来的，也是奄奄一息。现在鼠疫肆虐，那里的百姓快没有活路了。"冷先生看了一眼慕云鹤接着说，"以往，遇到这种情况，姚家明会给我们输送药物，有了他的药物我们的伤员就能以最快的速度康复。他还对日本人的毒气进行研究，虽然他没有找到他自己所中的毒的解药，但也研究出了一些解毒的秘方。我到你们家去就是希望能得到这些解毒的秘方，以备不时之需。因为在我们与日本人的较量当中，他们经常使用各种毒气弹……"

慕云鹤突然打断了他，"冷先生，你停停，听到这儿我明白了，原来你到我们家当老师是为了家明的药方。"他有些气恼，深吸一口气，冷冷地看着冷先生，"既然想要药方为什么不直接告诉我？"

见慕云鹤有些气恼，冷先生忙向他解释，"当时情况非常危急，我们对您实在是不了解，所以不敢轻易暴露。"

慕云鹤有些无奈，他问冷先生："在我们家待了那么久，药方最终拿到了没有？"

冷先生低着头笑笑说："其实我早就拿到了，但是组织上认为在你家当老师，便于隐藏我的身份。再说我也很喜欢你们家的那些孩子，于是就在你们家里待了下来。"冷先生有些不好意思。

"组织，什么是组织？"

"革命组织，一个为了国家和人民抛头颅洒热血的革命组织。我们每个人都有信仰、有追求，为了信仰我们会放弃自己的生活、家庭、亲人、甚至生命，所做这一切，都是为了追求这个革命的理想，解放全中国，解放全人类。"

这番慷慨激昂的陈词，对于四十岁出头的慕云鹤来讲，仿佛能够听懂，但又似乎没能全部领悟。他忽然感觉自己在这个年轻人面前是那么的狭隘，那么的不堪。一时间他不知道该怎样来表述自己的想法。这种组织，慕云鹤是早有耳闻，只是觉得什么抗日啊，救国啊都是政府的事情，在这乱世下，老百姓就应该好好做点生意，照顾好老婆孩子照顾好家里。至于那些不管亲人不要命的有组织的人，慕云鹤也佩服也敬慕，但是从来没有想过要和他们沾边，但现在看来还真沾上了，而且就在自己身边。想到这里，慕云鹤打了一个冷战，他知道与这帮人沾上边可不是闹着玩的，那结局就是一个字"死"字。慕云鹤暗下决心，不管他找我做什么，都不能跟他们有瓜葛。

"冷先生，我知道你是一个有血性的年轻人，我也知道你们的组织是为了国家和百姓的利益在战斗，但是，我只是一个生意人，没有你们那么多的理想抱负，你说的这些话我也听不懂，我只想关起门过自己的日子。我们家的情况你也知道，我不想惹麻烦，更不想给这个家带来灾难，你找我的事情，就不要再说了，恕我不能帮你。"说完，起身就要走。

"慕老板，你等等。"冷先生见慕云鹤起身要走，有些不甘心。

慕云鹤面向外，停住脚步，"冷先生放心，我们从没见过，我也没来过这个小屋。"说完就大步流星地走了出去。

"慕老板，你真的不想知道我找你是为了什么事情吗？是关于这场鼠疫的，你听我说完好不好。"冷先生一直追到门外，不想放弃这个机会。

但是慕云鹤没有理会冷先生，出了小屋，快速向家的方向走去。

此时，慕太太桂芝正焦急地等着慕云鹤回来，看慕云鹤回到家，她的心才踏实下来。 她让慕云鹤洗手更衣，然后亲自把饭菜端了上来。 桂芝看到慕云鹤吃饭时心绪不定，双眉紧锁，似乎发生了什么大事情，这会儿跟他谈关掉药铺的事恐怕不是时候，于是把想了一晚上的话又咽了下去。

二十三

第二天早上，慕云鹤起床洗漱之后坐在太师椅上思考着冷先生说的最后一句话，好像是想跟他谈这次鼠疫的事情；姚家明资助革命组织这么多年他竟然一点都不知晓；还有郑老爷子收藏的药书里面不知道有没有关于鼠疫的解药的药方，哪怕是预防的药方也可以啊。 虽然他不怎么喜欢冷先生和他的组织，但是治病救人却是他的职责。 想到这里，慕云鹤起身来到了佩瑶的房间，刚到门口，他便听到房间里传来嘤嘤的哭声。 他停下脚步，细听缘由，原来是文秀一个要好的同学的父母染上了鼠疫，同学的情况也不太好，她想去同学家看看，但是佩瑶死活不同意，文秀心中不服，就又哭又闹了起来。

慕云鹤叹口气，摇了摇头，心想，孩子大了，大人的话都听不进去了。

门是虚掩着的，慕云鹤轻轻推了一下就自动开了。 佩瑶见慕云鹤过来并不觉得意外，因为昨天桂芝刚找过她，她以为是桂芝让他过来的，佩瑶迎上去问："怎么就你自己过来了？ 慕太太呢？ 你俩怎么没有一起来？"

慕云鹤有些纳闷，心想，佩瑶怎么知道我要来找她的，于是赶紧解释道："我本来想找你有点事情，走到外面听见文秀在哭。"他回头看看文秀，"怎么回事？ 文秀，你娘惹你了？ 还是你惹你娘了？"

文秀见到慕云鹤就跟见了救星一样，"我就想出去看看素素，可是娘不让我去。 素素的父母前几天染上了鼠疫，她现在在家又害怕又紧张，那么可怜，我只想去看看她，安慰安慰她，给她送点吃的，送点钱，一会儿就回来，慕伯伯，我娘怎么一点同情心都没有。"文秀边哭边说着事情的来龙去脉。

佩瑶也是双眼发红，嘴唇微紫，一看就像是刚发了火，她生气地瞪着文秀，"鼠疫多可怕，难道你不记得了吗？ 前几年爆发的那一次，死了多少人，你也不记得了吗？ 不用说跟她见面，你就是跟她离得近一点，面对面呼吸都可能会造成传染，一染上就是死，无药可治。 你赶紧回屋去待着，别再惹我生气了。"说罢又回头冲慕云鹤说，"这孩子，越大越不懂事了，让人操心。"

文秀一听更不愿意了，"不行，既然那么严重，我就更不能见死不救，我一定要出去。"文秀现在正是叛逆的时候，大人的话根本听不进去。

"你去就能够救素素吗？ 从你爹没了，我就没舍得打过你，现在是越来越不听话了，就想着一天到晚往外跑，我，我真是白疼你了。"佩瑶见文秀这样任性，有些心灰意冷。

见佩瑶动了气，慕云鹤心中不忍。 他走到文秀身边，轻轻地拍了下文秀的肩膀语重心长地说："文秀，听你娘的话，不要再任性了，这个时候你真的不能出去，你要真放心不下素素，就把东西交给我吧，我帮你送去。"

佩瑶大吃一惊，"不行，绝对不行，我绝不会让你冒这个险的。"话一出口，就觉得那么说好像有些不妥。 她忍不住偷偷看了慕云鹤一眼，发现慕云鹤也正在看着自己，脸突的一下红了起来。

"哎哟，妹妹还挺关心我们家云鹤，是啊，这么危险的事情，云鹤是不能去的。"不知道什么时候，桂芝来到了佩瑶的房间，"你们两人倒是配合得挺好的，一唱一和的，你们家这个文秀是应该好好教育教育了，哪有个女孩子样，就喜欢和我们家致清打打闹闹，一点都不知道矜持。"

慕太太这样一说，佩瑶脸上有些挂不住，"姐姐别误会啊，我们只是想说说鼠疫的事情，昨天你不是说让我劝劝慕大哥吗？"

"是啊，真是心有灵犀啊，我还没有跟云鹤说，他就自己跑来了，是不是你让他来的？ 看你平时不吭不响的，这件事，你倒是挺主动啊。"桂芝做出一副咄咄逼人的样子。

"是我来找佩瑶的，有重要的事情想跟她商量，你别在这里无事生非，快回去吧。"慕云鹤见桂芝这样有些心烦。

桂芝见慕云鹤想赶她走，顿时恼羞成怒，她冷笑着对慕云鹤说："什么？ 今天是你主动的，那平时一定是妹妹主动的了？ 你们要商量大事情，还让我回去，现在这是拿我当外人了，你们才是一家子了啊？你们到底背着我做了多少见不得人的事情？"见慕云鹤没吱声，她就指着佩瑶责骂，"郑佩瑶，姚太太，看你平时人模人样的，没想到你就是个狐狸精，专门干些偷鸡摸狗的事情，我看你就别再装清高、假正经了。"桂芝越说越来气，已经口不择言了。

"不许你骂我娘，你才是狐狸精，你还是母老虎呢，专门吼人骂人的母老虎。"文秀见母亲被桂芝羞辱，气不打一处来，替佩瑶向桂芝还击。

"你还敢骂我，你也不是什么好东西，跟你娘一样，老的勾引我老公，小的勾引我儿子，你们这对淫荡的母女。"桂芝越说越气，照着文秀的脸就是一耳光。

慕云鹤听到桂芝这样莫名其妙地骂佩瑶母女也控制不住了，回手打了桂芝一记耳光。这下子简直像是戳了马蜂窝，桂芝号啕大哭，在地上打起滚来。

听到争吵声的致清、致白、文龙也赶了过来。致清看到文秀挨了一巴掌，脸上红红的，母亲又在放声大哭，不知道发生了什么事情。他没有先扶起母亲，而是直接走向了文秀，用手轻轻地抚摸着文秀通红的脸颊，满眼的关怀，"疼吗？我去拿冷水为你敷一下，也许会好一些的。"

"不用了，我的事情不用你管，我不想缠着你，不想勾引你。"说完文秀跑了出去。

被文秀这样莫名其妙地抢白了一番，致清不明白是怎么回事也跟着跑了出去。

坐在地上的桂芝见状又大骂起致清来，"你就是个白眼狼，你们父子俩就是被她们这两个狐狸精给迷住了，狐狸精，不得好死的狐狸精。"桂芝越骂越生气，越生气越骂，仿佛只有这样才能排解心中那埋藏已久的憋屈。

致白上前一步把母亲扶了起来，安慰道："娘，你这是何苦，你有什么证据说佩瑶姨勾引我爹，没有证据就乱说话，叫无中生有。"

桂芝一把推开致白，"你个毛孩子，懂个屁。"

此时，慕云鹤的脑子是一片空白，前后的思绪有些混乱。他不知道怎么的就成了这种局面，本来是想找佩瑶好好聊点事情的，结果闹得两家人乱成一团。他以为自己这些年已经做得很好了，自郑老板去世以后，他跟佩瑶也不再有接触，佩瑶也从不多事，以为太太不会再疑神疑鬼，没想到，却是今天这种局面。慕云鹤茫然不知所措，不知道该如何面对，如何收场，不知道佩瑶无辜受此屈辱，能否承受得了？

二十四

闹腾这一场，最受伤的其实是致清。致清是个性情专一的人，他跟文秀一起长大，从稚嫩的童年到懵懂的少年，再到现在出落为俊朗青年，不管时光如何变迁，他的目光始终没有离开过文秀。文秀就像一块巨大的吸铁石，牢牢地吸住了他的眼睛和他的心。他自己也不知道是从什么时候开始对文秀产生这种感情的，或许是第一次见面的时候吧。

面对今天的这种局面，致清真是百感交集，不知所措。母亲打了文秀，文秀骂了母亲，这到底是怎么一回事。看到文秀小脸红红的一副委屈的样子，致清只想好好安慰文秀，可是回头一想，母亲也责骂了自己，到底是什么事情惹怒了母亲，致清一头雾水，自己最亲近的两个女人，到底为什么会搞成这样子。此时的慕云鹤跟致清一样迷茫，父子俩都陷入了深深的思考，但是，却毫无头绪。

文秀今天是最委屈的，本来是在母亲处撒娇的，没想到慕伯伯、慕伯母先后出现，慕伯母还说了些莫名其妙的话来伤害自己和母亲，自己还被打了一耳光，她哪里受过这种委屈。父亲死得早，母亲、外公、哥哥还有致清对她都是百般呵护，像公主一样地捧在手心，慕伯伯也是拿她当亲生女儿一样，有什么好吃的好玩的都先想着她，可她今天却挨了打，这是她平生第一次挨打。文秀哭着跑回自己的房间，躺在床上回想着慕伯母的话。她不明白，为什么慕伯母会说自己和母亲是两个狐狸精，这么重的话，怎么会被用在自己和母亲身上，文秀百思不得其解。致清紧跟着跑了过来，文秀知道致清一定会来的。从小到大，文秀出现的地方一定会有致清，致清总是像影子一样紧跟在文秀身边。记得八九岁时，文秀特别想吃街上小摊卖的炒年糕，可是妈妈说不能吃，有传染病，致清听后，二话没说，一溜烟跑掉了。没过多久，致清带回来了一盒热热的炒年糕。 文秀一见就张大嘴巴想吃，可致清却拉着文秀找了墙角躲起来，"咱们躲起来偷着吃，别让你妈妈看见了，要不然你会挨训的。"文秀看看四周，拿出年糕刚想吃，就被致清摁住了手，致清说："你等会，我先尝尝，看看有没有传染病。"说完就自己拿起一块放在嘴里，过了一会儿，他看着文秀说，"我没死，看来没有传染病，你快点吃吧。"小时候的点点滴滴，在文秀心中留下了无数美好的记忆，她知道，致清永远是对她最好的那个人。

看到门没关，致清推门进去，他听到文秀在小声抽泣。 致清坐在床边，不知道该怎样安慰她。 致清看到旁边桌上摆着小时候为文秀做的泥人，那泥人看上去像一个高傲的小公主，致清忍不住拿了过来，在文秀眼前晃动着，"骄傲的小公主，怎么还哭鼻子，再哭就不漂亮了，鼻子红的像个猴屁股。"

"你才是猴屁股，你走，赶紧走，你妈妈说我是狐狸精啊，我可不想迷惑你。"文秀还在生气，冲着致清大声嚷嚷。

"《聊斋》里说了，狐狸精最美丽、最善良，最喜欢迷惑痴情的书生，我真巴不得你变成狐狸精来迷惑我呢，哈哈。"

"我都挨打了，你还有心思笑，我不想看到你了，以后你不要来找我，呜呜。"

"我是来看她的，你看她比你可爱多了。"致清晃动着文秀的泥塑想逗文秀笑。

"对，你是不是觉得，我现在一点都不可爱了？ 谁可爱你就去找谁好了。"说完她一翻身，手一挥正好打在了致清手里的泥塑上，泥塑随着一条弧线落在了地上，碎成了好多块。 两人一看都傻眼了，文秀一骨碌爬了起来，捡起地上的碎片，放声大哭，"你好坏啊，你赔我的，你不喜欢我就算了，何必要摔我的东西，你走，你走啊。"

看到满脸泪水的文秀，致清也心如刀绞般的难受，他想解释，但是文秀却堵住耳朵不想听。 为了让文秀平静下来，致清决定先回避一下。 他走到文秀身边小心地说："文秀，别伤心了，等有机会我再为你捏一个，你好好休息，别胡思乱想，我明天来看你。"说完径自走出了文秀的房间。

致清现在满脑子的疑问，今天这事到底是怎么发生的，他必须要弄清楚，他要给文秀一个交代。 走到大院中，他远远地看见父亲一个人坐在石桌前，双手抱着头，一副痛心疾首的样子，致清不由自主地朝着父亲走了过去。

慕云鹤见致清走来，知道有些话是该讲了。 来东北十几年了，眼看着儿子从一个六岁的小孩子长成了眼前风度翩翩的英俊小伙子。 这个年龄的孩子有喜欢的女孩子，是可以理解的，但是儿子是有婚约的啊。 这件事情他一直没有告诉孩子们，一是觉得孩子还小，虽说现在已经上大学，但总感觉成家对于他们来讲似乎还有些遥远，二是每当看到儿子和文秀在一起，不知道为什么就是不忍心说，不忍心拆散他们。 可是发生了今天的事，按致清的个性，他是一定会问个明白的。 慕云鹤做好了准备，要把一切都告诉两个儿子。

"致清，我知道你想问什么，你去把致白也叫到这里来吧，我有话要对你们两人说。"慕云鹤觉得这也许就是天意吧，有些事情无法回避，早晚都要面对。

于是慕云鹤把慕家与米家的渊源以及来东北之前为他们和米家两个孙女定了娃娃亲的事情一股脑地都说了出来。

小儿子致白爆发了，"什么，你们在十几年前就给我们定了娃娃亲？这太不可思议了，这都什么年代了，都民国了，皇帝都退位了，你们还想左右我们的婚姻吗？我绝不会听你们的安排的，我们现在都流行自由恋爱。"小儿子的态度出乎慕云鹤的意料，因为在慕云鹤眼中致白是个没心没肺的家伙，不会在意这些儿女情长的事情，但没想到他却反对得如此激烈。 他再回头看看沉默不语的致清，致清的态度他其实是能够想到的。 致清没有大喊大叫，他若有所思地点了点头，"我明白了，我终于知道母亲为什么说文秀是个专门勾引别人丈夫的狐狸精了，原来我真是别人的丈夫啊。"说完，致清就站起来自顾自地走了。看着孩子们远去的背影，慕云鹤是又自责又懊恼，后悔不该这样草率地为儿子们定亲，现在他也不知该如何是好了。

　　桂芝此时还在房里生气，她让蓉儿去喊慕云鹤回房间。她知道自己今天做得有些过分，但是她真的很想知道，慕云鹤去佩瑶房间到底是为了什么事情。一会儿，蓉儿回来了，她说："老爷说不回来，想在院子里静一会儿。"听了蓉儿的话，桂芝越发地恼火，她暗下寻思，这样下去丈夫早晚会成为别人的，东北不能再待下去了，必须回山东。来东北十几年了，也算是对得起他们姚家了，现在孩子们长大了，也是时候将生意交还给文龙了。慕云鹤，我不想失去你，你必须带我们回山东。

　　打定主意，桂芝一刻都等不及了，她来到花园里，正巧听到丈夫在跟儿子们聊米家的事情，心中暗喜。怕此时过去打断了他们，桂芝躲在墙角处稍等了片刻，等儿子们离开后，才出现在了慕云鹤跟前。"云鹤，还在生我的气吗？我让蓉儿来喊你回房，你怎么不回啊？"慕云鹤扭头不搭理她。

　　"我刚听到你跟儿子们说米家的事情了，其实早就应该告诉他们，是你一直不让说，要是早说了，致清和文秀也不至如此。"

　　"你快住嘴吧，明明是你出口伤人，还想怪我吗？桂芝，你现在怎么变成这样了，原来的你是多么贤淑善良啊，而现在……原来的你到哪里去了？"慕云鹤说着说着不禁有些伤感。桂芝一见，也有些慌乱，结婚这么多年，她还从来没见过慕云鹤这样。

　　"云鹤，你别这样，我知道我做得不对，今天的事情，是我冲动了，我只是想知道你们要说什么。我看到你进了佩瑶的房间，我看到你跟佩瑶在一起，我害怕，十几年了，不知道为什么，我就是害怕佩瑶，害怕会失去你。"桂芝语无伦次地说着，解释着。

　　但在慕云鹤看来，这种解释是多么的苍白无力。他摆摆手，"你回去吧，我想一个人静静。"

　　"云鹤，我知道你烦我，但我还是要说，我们回山东吧，我们回家，带着孩子们回去，离开这儿。我们来这儿十几年了，也算是对得起姚家了。现在文龙也已经念大学了，把生意交给他没有问题的，我不想看到致清和文秀发生什么事情，毕竟咱们与米家定亲在先，不能失了做人的本分。"桂芝一口气说完了想说的话，也不管慕云鹤是不是在听。

"回山东？我现在还没有这样的想法，要真回也得跟佩瑶商量商量再做决定。"其实，回山东的事情，慕云鹤不是没有想过，米家老太太去世的时候，慕云鹤本想回去看看的，可那时候正赶上郑老爷子刚去世不久，正是佩瑶最痛苦最难过的时候，因此他就放弃了回山东的想法。而现在，妻子忽然提出了回山东，而且说得头头是道，慕云鹤一时也不知道该用什么理由来搪塞妻子，只得把佩瑶搬了出来。

"又是佩瑶，又是佩瑶，你眼中只有佩瑶，根本没有我。"桂芝有些歇斯底里。

慕云鹤也奇怪，为什么在自己总是会在关键时刻想到佩瑶，难道真如夫人说的那样，喜欢上佩瑶了吗？

正寻思着，佩瑶的贴身丫头莲儿急急忙忙从远处跑来，"慕老爷，夫人说文龙少爷不见了，让您帮忙找找看。"

"什么时候不见的？"慕云鹤忙问。

"不见了有一会儿了，夫人很着急，说少爷可能出门了。"慕云鹤一听，大惊失色，这还了得，现在外边正在闹鼠疫，这要是染上了，后果不堪设想啊，这些孩子怎么这么不听话呢。

"我说什么来着，事儿越来越多，咱们还是赶紧走吧，要不早晚都会被他们这一家害死的。"桂芝一副幸灾乐祸的样子。

慕云鹤看了桂芝一眼，没有说话，对莲儿说："夫人在什么地方，快带我去看看。"

"他在文龙少爷的房间，我带您去。"莲儿厌烦地看了桂芝一眼，急匆匆地走了。

桂芝站在原地愣了片刻，冲走远的两人大喊："你们等等我啊，又想瞒着我吗？"

"佩瑶，文龙什么时候不见的？"慕云鹤进门便问。

佩瑶傻傻地站在文龙的房中，仿佛没有听见，呆呆的一动不动。见佩瑶没有回答，慕云鹤有些奇怪，他晃了晃佩瑶的肩膀，紧张地问："你怎么了？佩瑶，佩瑶，你怎么了？"

佩瑶忽然浑身打了一个冷战，像是刚从梦中醒来一样。她抬头看了慕云鹤一眼，幽幽地说："文龙出门去了，我知道他去了素素家，这些孩子，都长大了，眼里没有我这个娘了。"

"文龙喜欢素素很久了，可是素素娘已经给素素定亲了。文龙这是一厢情愿啊，都怪我这当娘的，我怎么就没有早点看出来呢，我要是早看出来，一定会给文龙定下这门亲事的。现在都晚了，这都怪我啊。"说完佩瑶像疯了一样，对着自己的脸狠狠地打了两个耳光，看起来非常自责。

慕云鹤连忙抓住了佩瑶的手，不敢松开。

"哟，我来得不是时候啊，两人这还热乎地拉起手来了？"桂芝边说边走了进来。

"桂芝，你就闭嘴吧，现在都什么时候了，还在这里添乱。你赶紧回房去，别在这里瞎掺和。"慕云鹤冲桂芝喊着。

"我瞎掺和？你们不要欺人太甚。"桂芝喊着，"在我的眼皮底下就这样拉拉扯扯，背着我还指不定干什么事？"

"致白，先扶你娘回房，别让她再添乱了，我这脑子都快炸了。"慕云鹤对跟进来的致白说。

"好的，爹，我这就扶娘回去。您不用担心文龙，我知道他在什么地方，等会我去找找看。"致白表现出了平日里少有的镇静，他安慰完父亲就转身对桂芝说，"娘，您就赶紧回屋吧，别在这儿添乱了。"

"好啊，连你都说我添乱，我算是白疼你们了，一群白眼狼啊，我算是掉狼窝了。"桂芝嚷嚷着，极不情愿地被致白拽走了。

二十五

致白送回母亲后，匆匆出了院门。他穿过一片小松林，来到郊外一处废弃的暗道口。小的时候，一帮孩子经常来这里玩，胆子最大的文龙总是带头往里钻，而第一个跟在后面的一定是致白，后面紧跟着的是素素。素素既像文龙的一条小尾巴，又像文龙的影子，文龙走到哪里，素素就会跟到哪里。

致白看四周无人，便动作麻利地扒开洞口，向里面吹了一声口哨，接着就听到里面也回了一声同样的口哨，没多大会儿文龙就拉着素素从里面爬了出来，两人一脸的愁容。

"文龙，家里找你找得都炸锅了，到底发生什么事情了？为什么要躲在这里？"

"致白，我爹染上鼠疫了，我不敢回家，不知道该怎么办了。"素素呜呜地哭着。

致白一听，也不知道该怎么安慰素素，前几年的那场鼠疫已经夺走了她的弟弟，现在她爹又染上了，只是不知道素素是不是也被传染了。想到这，致白看了一眼文龙，想到文龙刚刚还跟素素在暗道这种不透气的地方待在一起，心中不由得升起了一种不安。文龙明白致白是怎么想的，忍不住白了致白一眼，"你回去吧，跟他们说，我在外面待几天，让他们放心好了。"

"不行，你必须回家，现在传染病这么厉害，你在外面找死啊。"

"素素现在都不敢回家，我总不能让她自己在这里吧，我知道你们担心我，我自己会注意的。你让他们放心，过几天我就回去。"

致白了解文龙的脾气，知道说再多也没用，于是他们决定，让致白每天过来送饭，几天后文龙的身体要是没什么变化，就立马回家。

此刻，一家人都还在文龙的房间里，见致白进门，文秀忙问见到文龙了没有，于是致白把刚刚发生的事情向大家说了一遍。佩瑶听了也没说什么，其实这些事情她早就料到了，只是没想到是在这个时候。儿子为了素素，竟然不顾她这个娘的感受，佩瑶顿觉自己这个娘做得是那样的失败。她又想到要是文龙有个三长两短，她怎么对得起他死去的爹。这种自责的情绪猛然冲进了佩瑶的大脑，她忽然感到一阵晕厥，身体摇晃得厉害，恍然间便向地上倒去，只是未等落地，就被一双温暖的手接住了。

慕云鹤发现佩瑶的脸上忽然间没有了血色，身体仿佛没了根，于是他赶紧上前两步接住了即将倒地的佩瑶。

佩瑶紧闭着双眼，眼角渗出点点泪珠，脸色苍白。慕云鹤使用多种急救方式，她都仿佛没有一点感觉，慕云鹤让下人赶紧去找医生，越快越好。他抱起佩瑶，感觉佩瑶的身体很轻，慕云鹤这下是真害怕了。以前几次抢救佩瑶，他都能感觉到佩瑶的求生欲很强，她始终在和死亡做斗争。而这一次，佩瑶是自己失去了活下去的勇气，换句话说，佩瑶自己不想活了。

医生很快就到了。看过之后，他把慕云鹤喊到一边，说："夫人这是思虑过多造成的心力交瘁，脾肺虚乏，这属于心病，只能心药来医。我这开一个方子，每天给她喝两次，身边不能离人，一定要有人多陪她说话，这样也许能好起来，否则，怕是只能躺在这里变成活死人了。"

医生的一席话让慕云鹤的心情很沉重，佩瑶长期抑郁自己不是不知道，但他一直在回避她，从来没跟她好好说过话。这些年佩瑶是多么孤独，多么需要有人陪伴。虽然有孩子在身边，可那又有什么用，孩子们已经长大了，都有了属于自己的天空。慕云鹤深情地望着佩瑶，在心里默默地说，佩瑶，其实我是多想好好地抱抱你，温暖你。可是，我不能啊。第一次见你，我就控制不住喜欢上了你，但是，我知道我们是不可能的。家明是我的救命恩人，又这么信任我，我不能做对不起他的事情。

送走医生，慕云鹤缓缓地坐在佩瑶的床头，看着佩瑶惨白的脸、细长的眉，心乱如麻，与佩瑶相处的一幕幕不停变换着出现在脑海里：二十年前那个无拘无束的大小姐，那个新婚不久，幸福快乐的新娘，那个帮他关铺子动作麻利的姚太太，那个哭晕在山上的佩瑶，还有今天这个为了儿子晕厥的母亲……慕云鹤的心中像打翻了五味瓶，各种滋味涌上心头。 佩瑶，你快点好起来吧，以后我会天天来这里陪你说话，让你开心。

　　文龙当天就知道了家里的事情，虽然心里着急，但却不敢马上回去，因为他不确定自己是不是染上了鼠疫。 五天过去了，文龙和素素没有发现自己身体有什么异样。 文龙急匆匆地回了家，当他看到母亲因为自己生病在床，心中悔恨不已。 他跪在床前，后悔自己不该这么任性，不该不顾母亲的感受。 那日以后，文龙倒是乖了，每天都会陪在佩瑶身边，连喂药这种事都做得有模有样了。

　　文秀和致清最近一直在冷战，文秀一见到致清就会远远地躲开。 致清知道文秀心里是怎么想的，自己在山东定了亲的事情母亲已经跟文秀说了，还说致清早晚都是要回山东娶米家大小姐的，让她死了这个心。 听到这个事情时，文秀真是想死的心都有，可是一想到母亲病重，哥哥又不在，仿佛忽然长大了。她明白自己的处境，知道现在最重要的事情是让母亲尽快康复，而不是继续与致清纠缠。

　　因为和米家的婚约，致清和母亲已经发生了多次冲突，可是，母亲像是吃了秤砣铁了心一样，没有丝毫商量的余地：母亲说，明年开春之后就回山东为他们完婚；母亲还说别说有娃娃亲，就是没有，她也不会让致清娶文秀。 致清真是迷糊了，这是怎么回事，母亲对文秀抱有太大的成见，按说文秀从性格、长相、学识上来看都是无可挑剔的，母亲怎么会对文秀产生如此大的排斥？致清真是百思不得其解。

二十六

自从佩瑶病倒之后，慕云鹤已经有几天不上铺子了。 这天傍晚，慕云鹤看到文龙和文秀都在佩瑶身边，于是决定去铺子看看。 生意还是老样子，只是听柜上的伙计说，这次的鼠疫貌似不像上次那样来势汹汹，传染性不是很强，死亡人数也比上次少很多。 了解到这些情况，慕云鹤心中稍稍安心，他让伙计们先回家，自己留在药铺慢慢清算这几天的账。 等慕云鹤忙活完，已是八九点了。 此时路上很黑，偶尔有那么几个行人，也都是行色匆匆，走到拐角处，慕云鹤想起前几天遇到冷先生的事情，不觉四处看了看，这一看还真看到了冷先生。 冷先生就站在慕云鹤右前方五六米处，没躲也没藏。 慕云鹤心中纳闷，他什么时候过来的，怎么自己都没看到。 冷先生走到慕云鹤跟前，抱拳鞠躬，"慕老板，我在这等您好几天了，一直没见您来药铺，刚刚才得知姚太太出了事，知道现在打搅您有些不是时候，但是能不能给我点时间，就一会儿。"

慕云鹤知道这冷先生是个拼命的主，就听听他又想说什么吧，于是伸出手示意冷先生前面带路。 冷先生扭头吹了一声口哨，不知从哪里拐出一辆黄包车，拉车的人看上去很怪，帽子拉得很低，领子竖的很高，根本看不清脸。"上车吧，慕老板。"冷先生说着就扶慕云鹤上了黄包车。 天黑看不清路，只感觉车速很快，七拐八拐地进了一个院子，然后停了下来。 慕云鹤自己走下车，冷先生紧跟其后跑了进来并示意慕云鹤不要出声，进屋说话。

慕云鹤知道他们的组织都纪律严明，于是便随他们进了屋。 一进门，冷先生便跪在了慕云鹤跟前，"这是为什么?"慕云鹤不解。

"知道慕老板不想参与政治，可是我真是没有办法了，这次找您来，就是想请您帮忙，组织现在遇到了前所未有的困难，眼看着就要全军覆没了。"

"冷先生不要这样，快起来说话。"慕云鹤赶紧扶起冷先生。

"我们的工作就是把周边的老百姓调动起来，联合破坏当地日军驻地的各种资源，比如烧毁他们的粮库、弹药库等。虽然目前组织的力量并不大，但我们能够赢得老百姓的支持。只要我们策划好了活动，老百姓一定会参与进来一起对抗日军，因为他们深受日本驻军的迫害，对日军恨得咬牙切齿。"

"可是日军现在并没有对我们宣战，你们这样做政府是不会答应的。不仅还害了你们自己，又害了手无寸铁的老百姓。"慕云鹤对他们这种盲目的行动并不赞同。

"慕老板，自日俄战争以来，日本在东北驻军已有数年。东北对日本人来讲就是一块肥肉，他们窥视已久，对东北开战也是早晚的事情。我们就是要及早唤醒老百姓的反抗意识，不能再无动于衷，要早些行动起来，把日本军队赶出中国。"

"你们需要什么就说吧，看来我今天要不答应你们，就回不了家了。"

"我们不会为难慕老板，我们只需要药，上次我跟您说过，我们的伤员很多，而且有感染鼠疫的迹象。"

"只是这鼠疫不好治，没什么有效的药。"

"有，在这里，您看。"冷先生边说边拿出一张药方，"这次的鼠疫和前几年的不一样，不是真正的鼠疫，而是日本研究出的生化武器，跟姚老板当年所中之毒有些相似。这种病毒看上去有些像鼠疫，但是不会通过空气传播，只有直接接触才会传染。"

"噢，怪不得刚刚听他们讲，这次的鼠疫传染性并不是很强。这帮日本人，太缺德了！竟然研究出这种东西来害人。"慕云鹤气愤地说。

"还有更恶劣的，"冷先生看了一眼慕云鹤接着说，"我们得到情报，日本人在抓我们中国人进行活体试验。"

"竟然有这种事？"慕云鹤大吃一惊，"这么丧尽天良的事情日本人都能做得出来？"

慕云鹤觉得日本人拿中国人做活体实验简直丧尽天良，冷先生提的事根本就推辞不了，于是便继续追问冷先生："既然是这样，我能怎样帮助你们？"

冷先生变得激动起来，"我们组织发现了一个日本人研究生化武器的实验室，于是想一举摧毁，只是没想到……"冷先生说到此处，有些哽咽。

"慢慢讲，别着急。"慕云鹤知道一定是遇到了危险。

"没想到，我们想得太简单了。当时我们所有的人都去到了实验室附近，炸弹爆炸时，我们的心都沸腾了，以为大获成功。爆炸后的烟雾特别浓烈，大家只能迅速捂着鼻子撤回。但是却没想到，之后的两三天里，大家相继发起了高烧，并伴随着呕吐，找来医生一看，才知道我们这些人都患了'鼠疫'。"冷先生一口气讲完，表情痛苦万分。

"原来是这样，可是我已经说过好几次了，我真是没有办法治这个"鼠疫"，心有余而力不足啊。"慕云鹤也有些焦急，在屋子里不停地走来走去。

"这是姚先生在世时研究的处方，您拿去看看。"冷先生说着从口袋里拿出一张纸。

慕云鹤接过来一看，果然是姚家明的字，处方上所写的发病情况跟冷先生描述的大致一样，看来这场"鼠疫"应该是有解药的。

"想请慕先生抓紧时间配药，我们这边二三十人，都待在一个地方，传染速度很快。"冷先生急切地看着慕云鹤说。

"好吧，日本人如此狠毒，我作为一个中国人，也应该为国家尽点力。"慕云鹤想了想，"这样吧，药材三天后给你们准备好，还是在这个地方，七点半你们准时来取。"说完，慕云鹤径直走了出去，冷先生从后面追上他，"这地方不好找，要不还是老地方吧。"

慕云鹤摆摆手，"不用，没有我找不到的地方，再说这里相对隐避一些。"说罢，他快速消失在夜色中。

二十七

回到房间，慕云鹤匆匆洗手，换衣，想去看看佩瑶。刚走到院门口，远远地就看到致清站在屋子外边徘徊。慕云鹤知道，此时文秀一定在佩瑶的房间，他很理解儿子对文秀的这份苦恋，于是走近儿子，轻轻地咳嗽了一声，致清吓了一跳，一看是父亲，有些慌乱。慕云鹤说："怎么不进去啊？"

"文秀不想见我。"

"不想见你就回房间吧，大冷天的，别冻着了。"

"可是我想看看文秀，都好几天没见她了。自从我娘跟她说了我定亲的事，她就再也不见我了。"

"定亲的事情，你娘跟她说了？你娘这嘴，让她先别说，等文秀她娘病好了再说，她就忍不住。"想到桂芝，慕云鹤心里就来了气，于是对致清说，"那你就随我进去看看她吧。"

父子俩一前一后来到佩瑶的房间，文秀趴在佩瑶身上已经睡着了。佩瑶还是没有一点知觉，依旧安静地躺着，似乎一切世俗烦恼都与她无关。眼前的一幕父子俩看在眼里，痛在心里。心爱的女人，近在咫尺，却不能够去爱，去关怀，世上还有比这更残酷的事情吗？

文秀似乎是听见了声音，稍微动了动身体，迷迷糊糊地说着梦话，"致清，你要回山东了吗？你还回来吗？致清，带我也去吧，去山东吧。"

致清一听这话，知道文秀这几天一定受了不少委屈，依文秀的个性，有事她应该找致清问个明白的，这样一直忍着，她怎么受得了呢。

致清不管父亲在场，上前一步，看到文秀脸上还挂着泪水，不由得伸出手帮文秀擦拭。文秀一下惊醒了过来，看到眼前的致清，想到这几天的委屈，再也控制不住自己的情绪，一把抱住致清，嘤嘤地哭了起来，声音不大，但是泪水却止不住地流，慕云鹤见此情景摇了摇头，走出了佩瑶的房间。

致清此时也是百感交集，不断用手帮文秀擦着眼泪。可文秀的眼泪不知道为什么总是擦不完，而且越来越多。致清干脆不擦了，就紧紧地抱着文秀，仿佛一松手文秀就会跑了一样。虽然两人从小就明确了爱意，但是像今天这样紧紧抱在一起还是头一次，致清甚至明显感觉到了文秀胸口的火热和心跳的剧烈。文秀乌黑的头发紧贴着致清的脸庞，他能够闻到黑发中散发出的女孩子特有的清香。致清深深地吸了一口气。他低头想再次寻找这种清香，却看到文秀那两排长长的睫毛上沾满了泪珠。致清用双臂将文秀紧紧地搂在怀里，捧着文秀的黑发，想吻去心爱女孩的所有的痛苦和烦恼。

文秀忽然清醒了过来，致清是别人的老公，自己跟他这样子算什么？何况还是在病重的母亲面前。她一把推开了致清，低头不敢看致清的眼睛，"你走吧，别再来了，我以后也不会再见你的。"

致清被文秀突如其来的变化搞得不知所措，不知道自己错在哪里。这时，文龙端了一碗药进来，看到文秀和致清的样子，似乎明白了什么，笑着对致清说："文秀让你走，你就走吧，不然她可是会打人的，你忘了小时候了？走吧，千万别惹她。"

致清依依不舍地走了出去，徘徊在院子里不知道该到哪去。刚刚文龙讲到小时候，致清现在多么想回到小时候。学堂的一群孩子在冷先生的带领下上课一起学习，下课一起玩闹。冷先生总喜欢逗文秀，总是逗得文秀不知所措，找他帮忙，此时回想起来那是他感到最幸福的时候。因为文秀信任他，依赖他，有时候他也会故意装作听不见，让文秀着急。看文秀着急，他哈哈大笑，这一笑，文秀一定会跟他没完，追着他满街跑，甚至能够跑到附近的小山坡，直到追上他，狠狠地打他一顿，方才罢休。小时候是多么开心啊，为什么现在成这样子了。致清痛苦地撕扯着自己的头发，茫然无措。他想去找母亲理论。但是母亲的脾气他也知道，这样一来母亲会把这些都怪罪到文秀头上，还是找时间跟父亲谈谈吧。

二十八

这三天，慕云鹤没有闲着，他在家里研究姚家明留下的配方，什么车前子、决明子都相对温和，配方里面应该加一味猛药才能够彻底治愈这次的"鼠疫"。慕云鹤找来文龙，让文龙陪着去郑老板的书房看看。以前慕云鹤常来郑老爷的书房。但自从老爷子去世，书房都是佩瑶在打理，他倒不好意思来了，只是他记得有一本书是专门记载传染病的预防跟治疗的。

没费多少工夫，慕云鹤就找到了书。一点没错，上面真有关于鼠疫的章节，只是配方跟姚家明的几乎一样，没什么突破。慕云鹤苦思冥想，究竟要加一种什么药，才能使该病痊愈呢？

这时候，文龙跑来，"慕伯伯，我娘像是要醒了，您快去看看。"

慕云鹤一听大喜，赶紧跑去佩瑶的房间。文秀在喂佩瑶喝水，佩瑶竟然能够自己张嘴了，眼睛似乎也想睁开，睫毛一闪一闪的。慕云鹤见状冲到床前，拉起佩瑶的手，压在她手背的外劳宫，又把佩瑶的手反过来在板门处压了一会儿。这时，佩瑶微微地睁开了眼睛，看见出现在眼前的人是慕云鹤，佩瑶知道又是慕云鹤救了自己。佩瑶仿佛是睡了一觉，醒来之后觉得精神比以前好多了，看到文龙好好的，佩瑶的心也宽慰了许多。

以前的不愉快，桂芝的恶语相加，仿佛都忘记了。佩瑶对慕云鹤依然那样淡漠，见到慕太太还是那样彬彬有礼，一副早已释怀的样子，只是更多的时间她会待在佛堂，与菩萨为伴。

眼看就要到送药的时间了，慕云鹤有些着急了。要是按方子把药送去，只是能够暂时起点作用，不一定能根除。可那一剂猛药一时又想不出来是什么，怎么办呢？对，去问问佩瑶，看佩瑶能不能给自己点灵感，毕竟她生于药材世家。

想到佩瑶，慕云鹤来了精神，大步向前院走去。 说来也巧，慕云鹤在花园里碰到了佩瑶，佩瑶大病初愈，医生让她多走走，多晒晒太阳。 佩瑶身着一身淡橘色的衣裙，初愈的身体轻柔而纤细，深秋的花园里绿色已经褪去，随处可见的是红色和黄色。 佩瑶在小路上慢慢地走着，一副心无杂念的样子。 老榆树上挂着寥寥的残叶，下午的阳光穿过这些缝隙照在地上，照在佩瑶的身上，显得懒洋洋的。 秋日的小院在慕云鹤眼中如同一幅水彩画，而佩瑶却不小心步入了这幅画中。 此情此景，慕云鹤陶醉其中。 他不由地走上前，轻轻地扶住了佩瑶，"病刚好，活动量不能太大，咱们去凉亭坐会吧，我有点事情想请教你。"此时，慕云鹤自己都不明白，见到佩瑶为什么会这么紧张，紧张得都不知道该怎样称呼好了。

佩瑶见是慕云鹤，微微一笑，"什么请教啊，说话怎么这么见外，有什么事情就说吧。"

于是慕云鹤就把最近流行"鼠疫"的事情告诉了佩瑶，只是隐瞒了他给爱国组织提供药物的事情。 佩瑶听后想了很久，忽然说出了一味药，"生石膏不知道算不算是你所谓的猛药。"

慕云鹤一听大喜，是啊！ 自己怎么没有想到生石膏。 这是极寒的药品，如果添加上这味药，这假鼠疫，一定会药到病除的。 慕云鹤高兴得有些不知所措，竟然上前拉起了佩瑶的手，佩瑶想抽回，但是慕云鹤却把佩瑶的手死死地握在了掌心里，任凭佩瑶怎样挣扎都无济于事，佩瑶没有办法，只得任由慕云鹤这样拉着她的手，任凭慕云鹤看着她的眼睛。 佩瑶的脸突突地红了起来，慕云鹤看到脸儿羞红的佩瑶，一把拉过佩瑶把她紧紧地抱在了怀里。 多少年的相思，多少年的盼望，在这一瞬间全部释然了，慕云鹤抱着佩瑶，久久不忍松开。

跟冷先生约定的送货时间到了，慕云鹤早就把所需的药品准备好了。 看着天近傍晚，慕云鹤租了一辆马车准备将药材送到约好的地方。 他沿着记忆中的方向赶着马车。 忽然，前面传出来一阵枪声，从狭窄的小道上跑来一个人，胳膊仿佛受了伤，枪根本举不起来。 此人边跑边回头看，当他走到慕云鹤身边时，突然向马车里扔下了一团纸条。慕云鹤这才注意到这人有些面熟，仔细一想，此人竟然是三天前跟冷先生在一起的中年人。中年人看了慕云鹤一眼，又看了看马车上的纸条，示意慕云鹤赶紧离开，慕云鹤立马明白了中年人的意思，掉转车头往回走，而中年人却向相反的方向跑去，后面的人也紧随其后向中年人一路追去。慕云鹤惊魂未定，只听见远处又传来了几声枪响，并伴随着喊叫的声音。慕云鹤心下一惊，他知道中年人不是被抓住了就是被打死了，心中有些不忍，要不是中年人舍身保护自己，说不定自己现在已经落入日本人手中了。

此刻容不得慕云鹤多想，他拿起纸团一看，上面歪歪扭扭写着"八点，拐角处小屋，冷"。慕云鹤知道，小屋就是冷先生绑架他的地方，再看看表，距离八点还有不到半小时的时间，他立刻掉转车头，向小屋方向奔去。

小屋处在市中心，这个点来来往往的人还不少，慕云鹤的马车没有引起任何人的注意。在小屋的不远处有一个卖馄饨的，慕云鹤看时间还早，于是下车买了碗馄饨。旁边一个人穿戴整齐，礼帽墨镜，也在吃馄饨，慕云鹤回头一看这人不就是冷先生吗，冷先生冲慕云鹤伸出一根手指，示意他不要说话，然后自顾自结完账，跳上慕云鹤的马车，扬长而去。这一连串的事情，像是安排好的，又像是偶然发生的，搞得慕云鹤目瞪口呆，心中不得不佩服冷先生这些人的勇敢机智。

东西总算送出去了，慕云鹤也了了一块心病。

二十九

这场鼠疫随着时间的流逝逐渐淡去了，学校也早已复课。冬季在不知不觉间已经悄然来临。

此时东北大学的教室里，学生们都在焦急地等待着新来的老师。听说新老师是法国归来的留学生，而且很帅很年轻，同学们谈论着，不时用期待的眼神向门口张望着。

忽然，嘈杂的教室一下安静了，英俊潇洒的冷先生出现在了教室门口。同在教室的四个孩子顿时傻了眼，新来的老师竟然是冷先生。大家都被这名新老师洒脱而俊朗的气质吸引住了。只见冷先生身穿青色长棉袍，颈上围一条雪白的围巾，乌黑的头发向后隆起，呈现出蓬松的洒脱。目光炯炯有神，黑色的眉毛向上高傲地翘起。冷先生走路很快，边向前走，边和同学们打招呼："同学们好，让你们久等了。"声音一出，立马赢得了同学们的掌声和喝彩。

这堂世界历史课，是同学们之前根本没有接触过的内容，在讲解世界历史的同时，冷先生也向学生们讲述世界列强为什么会成为强国，而中国虽然拥有几千年的光辉历史，为什么现在却成了列强们的盘中肉？……这些慷慨激昂的言论，深深地震撼了这帮大学生。

下课之后，四个孩子在后面追上冷先生，"冷先生等等我们，你还认识我们吗？"

其实，在上课的时候冷先生就已经看到他们了，见他们追了上来，微笑看着他们说："当然认识了，我这不是正在等你们吗？"

"真的吗？我们见到冷先生真是太意外了，还以为再也见不到您了呢。"

"听说您是法国留学回来的，是不是从我们家走后就去法国了？"

"冷先生讲课还是那么生动，我们都爱听。"

"冷先生您刚刚说的列强要瓜分中国，能再仔细给我们讲讲吗?"

大家七嘴八舌地问着冷先生。

冷先生见孩子们情绪这么激动，赶紧摆摆手示意大家安静下来，"孩子们，我知道我的出现给你们带来了很多惊喜。但是，我现在是肖志明，不是冷先生。以后你们要叫我肖老师，一定要记住啊! 再就是我在你们家当家庭教师的事情不要让别人知道，你们只要记住肖老师的这些话，肖老师就会天天给你们上课，要不然就真的再也见不到了。"冷先生回头看向文秀和致白，"特别是你们俩也一定记住，绝不能到处乱讲话。"随后他又拍了拍文龙的肩膀，"还有你，上课的时候老走神，在想什么呢? 以后我会随时提问你，回答不出来可不行。"最后冷先生的目光又落在致清身上，"致清变化最大，比老师都高了，你们都长成大人了。不过你们也别得意，在老师眼中你们永远都是我的学生，上课的时候你们要是不好好听讲，我会随时提问你们的。"冷先生这样一说，大家都笑了起来，想到小时候上课的情景，文秀有些不好意思了。

四个人回到家中，慕云鹤正在客厅看报纸。今天的报纸慕云鹤已经看了好几遍了，一条消息和一张照片一直在他眼前晃动。"乱党分子被处决"，旁边配了一张死者的照片，慕云鹤看得明白，照片上的人就是那天被捉的中年人。慕云鹤的心里翻江倒海，不知道该怎样来评价这些革命组织的人。

正想着事，孩子们回来了。看他们兴高采烈的样子，像是学校里发生了什么有趣的事情，于是忙让孩子们说来听听。文秀最忍不住，立马说了今天在学校见到冷先生的事情。慕云鹤一听大惊失色，这冷先生真是神出鬼没啊，本以为与他的交情甚浅，且已结束了，没想到他又突然出现在孩子们的身边，这个人可是个危险分子，绝不能让他的思想影响这些年轻人，绝不能。

慕云鹤想得出了神，"怎么了? 爹，在想什么啊，见到冷先生你是不是也觉得意外? 等有时间我们请他到家里来做客，他现在可是同学们眼中的红人。"致白抢着说。

"不过他不想让别人知道他在我们家当过家庭教师的事，所以不一定会来。"文龙忽然想起了什么似的。

听了孩子们的话，慕云鹤更加担心，于是他严肃地对四个孩子说："你们要听冷先生的话，就当不认识他，不要跟他来往过多，记住了啊。"

"慕伯伯，为什么啊？同学们很喜欢他的。"文秀提出质疑。

"文秀，咱们就听我爹的话，不要跟冷先生来往太密切，我老感觉这个人太神秘。"致清也劝说文秀。

看到致清这种态度，慕云鹤心中稍稍安慰，孩子大点是好，致清开始懂事了。文秀看到致清态度跟慕云鹤一样，也只得点点头，有些不情愿地答应着："嗯，记住了。"致清欣慰地看着文秀，感觉文秀比以前乖巧了很多。

这时，桂芝从后院过来，看到一帮孩子跟慕云鹤有说有笑，想知道他们在聊什么事情，就走了过去。文秀一看桂芝过来，打声招呼就想溜走，但桂芝却不想放过她，刻薄地追着文秀，"大小姐，怎么看见我就躲啊，做了什么见不得人的事情了吗？"

文秀一听立马停下脚步，回头反问，"慕伯母，请您说话放尊重点，什么是见不得人的事情？"

慕云鹤也赶紧替文秀说话，责怪桂芝说话不好听，容易伤害到孩子。致清则赶紧拉起文秀回房去，文龙和致白一看这种局面也都走了。桂芝看孩子们都走开了，自知没趣，生气地冲他们喊："我是鼠疫吗？怎么见了我你们都走开，气死了！"

见此情景，慕云鹤叹口气，走到妻子跟前。想跟妻子好好聊聊，可是看到桂芝一脸的怒气又不知从何说起，于是他摇摇头也想要转身离开。

"你回来，你也烦我了，也不想见我了吗？"桂芝在身后喊他。

慕云鹤收住了脚步，又回头坐了下来，"夫人，你也坐会吧，咱们好长时间没有聊会天了。"桂芝有些意外，没想到慕云鹤会这样跟她说话。恍惚间仿佛回到了十几年前，在山东的家中，只要有事，慕云鹤总是先让她坐下来，再告诉她发生了什么。桂芝感觉慕云鹤一定有要紧的事情跟自己商量。

"夫人啊，不是我在责怪你，孩子们都长大懂事了，他们都有自尊心，特别是文秀，你就不能好好说话？对一个孩子说这种伤害人的话，别说是她，连我听了都不舒服。"

桂芝一听慕云鹤这口气明显是在责怪她，立马就变了脸，"慕云鹤，你这是在教训我啊，而且是为了一个孩子，我早就看出来了，你们父子俩现在已经被这对狐狸精母女迷惑住了，我要不赶紧想办法，我这个家是保不住了。"

"想办法，你想怎样？"慕云鹤反问桂芝。

"你知道，致清那是要娶米家大小姐的，这点你敢否认吗？那可是你自己当着两家人的面承诺下来的事情。但现在这两个孩子整天黏在一起，是早晚要出事的！你不担心，佩瑶那个当娘的不担心，可我担心啊！那是我的儿子！"桂芝气呼呼地一口气说完。

一席话弄得慕云鹤也无话可说，"那现在有什么办法，毕竟孩子们从小一起长大，是有感情的，一时半会想让他们分开也不容易。"

"你别跟我提感情，我们成婚那会儿也没有什么感情，还不是在一起过了二十年了。"

"可现在是民国了，全国上下都在搞民主，提倡自由恋爱，再说现在的孩子都是接受新式教育，我们要是硬拿以前那套婚俗来约束他们，他们也不吃这一套啊！我现在也没有办法。"慕云鹤无可奈何地说。

"怎么没有办法，办法就是赶紧给文秀介绍一门亲事。这事我原来跟佩瑶谈过，她没有反对。这不是因为鼠疫的事情给耽误了，等回头我找隔壁六婶帮忙留意着，看有没有合适的。"

"这事你跟佩瑶提过，她没有反对？"

"我看你一听佩瑶的名字就来精神是不是？"桂芝又想发火。

"你又想到哪里去了，咱这不是在说文秀的事情吗，我看没那么简单，要照你的安排，致清首先就不会答应。"慕云鹤拍拍头，感觉有些头痛。

桂芝从慕云鹤的话语中感觉到，她的安排慕云鹤并不反对。桂芝暗自高兴。 说干就干，赶紧出门去了隔壁六婶家。

　　慕云鹤不知道这件事情的结果会怎样，只是觉得暂时只能这样安排，看孩子们的反应怎样。 实在不行，明年开春回一趟山东，离开老家已有十多年了，竟然一趟都没回去，从心里，他已经把这儿当成了自己的家，更何况这里还有让他日夜牵挂的人。

　　想到佩瑶，慕云鹤一阵温暖沁上心头……想起那苍白中带些娇羞的脸庞，娇娇诺诺的身姿，深明事理的性情，聪明灵慧的心智，慕云鹤实在无法再隐藏自己的情感。 在慕云鹤心中，佩瑶几乎已经成了一个完美的存在，特别是那天在花园凉亭下的拥抱，那么情不自禁，那么忘乎所以，都忘记了自己已经是一个四十几岁的人了。 是啊，自己跟桂芝成婚的时候都没见过面，哪里谈得上感情，更不知道什么叫爱一个人。 看到现在孩子们谈情说爱，那是多么美好的一件事情，可自己竟然还想破坏他们。 矛盾啊，人心总是善恶两面，不知道应该对米家负责还是对这两个孩子的感情负责。 想到这里，慕云鹤忽然感觉脑袋又是一阵疼痛，不敢往下多想了。

三十

进入腊月，学校里已经放假了，家里也已经生上了暖炉。一大早致清、致白围着暖炉在看书，文秀跑了进来，"致清，致白，不好了，我哥昨天没有回家睡觉，不知道去哪里了！"

"是不是去暗道找素素了？"致白笑着说。

"不会，这么冷的天，怎么会在那里过夜，会冻死的。"致清摇摇头接着说，"我们到学校附近去找找吧，先不要告诉你母亲。"

"嗯，我知道。"文秀喜欢致清做事周全的性格。

三个人出了家门往学校方向奔去，因为放假学校里静悄悄的，根本没人。他们又分开去找，致白去了松林外面的暗道口，而致清和文秀直接去了素素家。但是大家都没有收获。

素素得知文龙失踪了，结结巴巴地似乎有话想说。文秀一见忙问她："你见过文龙，是不是？"

"没有，没有见到他。昨天，昨天他说来我家门口等我的，但是一直没来，我也不知道他到底去哪里了。"

按素素的说法，文龙应该是在昨天晚上去素素家的路上失踪的。

"这么冷的天，他在哪里过的夜，要是在外面待一晚上，准得冻死。"说着，素素急得直掉眼泪。

四个人越想越害怕，致清忽然说："要不咱去肖老师的住处看看，我感觉肖老师很喜欢和文龙聊天，去问问他看有没有文龙的消息。"

"只能这样了。"于是四人又来到肖老师的宿舍。奇怪的是，肖老师的宿舍里面拉着窗帘，外面铁将军把门。大家都奇怪了，这么早肖老师去哪里了？难道他跟文龙在一起？

其实他们这种想法不奇怪。自从肖老师来学校之后，文龙跟肖老师走得最近，放学后他总是缠着肖老师问问题，肖老师也总是不厌其烦地给他上小课。致清还提醒过文龙，让他不要跟肖老师走得太近，但是他根本听不进去。最近文龙时常莫名其妙地溜号，回来后问他去哪了，他也不说，弄得大家都觉得文龙要出事。

放假前几天，警察从学校里抓走了几个学生，说他们参加了反政府的聚会，搞得整个学校人心惶惶。学校里还贴出告示，让大家都留意着，积极揭发检举参加聚会的学生。难不成文龙也参加秘密组织的聚会了？想到这里，大家都深陷恐慌之中。

就在大家为文龙担心，四处找他的时候，文龙已经悄然回家了。他偷偷回到自己房间，暗自庆幸，以为一夜未归，神不知鬼不觉。他躺在床上，身心疲惫，好想补上一觉，可是哪里睡得着，昨晚的事情一幕幕地出现在脑海里，挥之不去。

昨晚素素约他见面，想跟他谈谈母亲为她订婚的事情，说是明年开春就得嫁过去。文龙一直喜欢素素，眼见心爱的女孩要嫁人，有些着急，心下想着先探探素素母亲为她订了门什么婚事。

看天已黑，他偷偷出门顺着小巷子向素素家走去。因为天冷，街上行人不多。出门急没有戴围巾，他怕脸被冻僵，边走边用手套捂着脸，想着素素一定在门口等他了，便加快脚步。忽然间，前面有两个人影一闪而过。这两个人文龙太熟悉了，是他的同班同学严生和徐达，这么晚了，这两个小子要干什么去？出于好奇，文龙决定跟上他们看看。文龙对这一带很熟，从方向上看他们好像是奔着西城外的教堂去的。果然，文龙的猜测不错，很快那座肃穆庄严的建筑就出现了眼前。文龙眼看着两人从教堂的后门溜了进去，也走了过去。正寻思着，这两人从哪里进去的，忽然感觉背后有人，可不等文龙回头，此人便捂住了他的鼻子，随即，文龙便晕了过去。

等他醒来时，发现自己躺在杂物上，周围很黑，只透过门缝传来一丝丝微弱光线。 文龙有些害怕，于是跑到门口向外边张望，他看到一个人向小屋这边走了过来，接着给他打开了门，借着外面的灯光，文龙看清了，给他开门的是肖老师。 文龙一时迷糊了，自己明明是跟踪两个同学，怎么会到了肖老师的地方，他们在干什么？ 是谁迷晕的我？ 文龙一脸困惑。 肖老师似乎明白文龙心里在想什么，他拍了拍文龙的肩膀，"你小子还蛮重的，两个人都抬不动你。"这一下文龙明白了，原来真是中了肖老师的迷药，而且是他们合力把他抬到这里的。

文龙不解地问："肖老师，您怎么在这里？ 我是看徐达他们鬼鬼祟祟的才跟着他们呢，没想到您也在这儿。"

"现在还不是时候，什么都别问，马上回家吧，别让你父母担心。"肖志明并不想回答文龙的问题。

"他们不知道我出来，不会担心的。"

"你听老师的话，我们的行动很危险，不适合你参加。 你得抓紧回家了。"肖志明耐心地劝着文龙。

肖老师越是这样说，文龙越是觉得神秘，就是不走，还想往外冲。 见此情景，肖老师有些着急，转身想从后面抱着文龙。 却没想到文龙早有防备，肖志明硬是没有抱住他。 文龙转身抓住了肖志明的长袍，肖志明一错身，没想到从长袍里露出来一件让人意想不到的东西——手枪。

文龙从小就喜欢这些东西，见肖老师身上的手枪，非要摸摸看看。 肖老师也很无奈，毕竟这个孩子他是了解的，将来也许会成为组织的栋梁。 于是肖志明把手枪递给他，并叮嘱说："只能摸摸，不许乱动。"文龙忙点头，"好，好。"接过枪来，摸来摸去，爱不释手，"肖老师，我也想加入你们的组织，虽然有危险，但我不害怕。"文龙忽然说。

"不行，现在还不是时候，你还不了解我们的组织。"肖志明态度坚决地拒绝了文龙。

"怎么不了解？ 你在课堂上讲过，只要国家强大起来，就能把帝国主义赶出中国，你们的组织就是做这个的。"文龙不服气。

"但是我们做的这些事，现在是不被当局接受的。我们随时会被抓捕，被枪毙，你现在的情况不适合参加，你妈妈会担心的。"

"我不会让她知道，再说就是知道能怎样？我爹就是死在日本人的毒气弹下的，我娘一定也恨死了日本人。"文龙仿佛找到了说服肖老师的正当理由。

肖志明自感说不过文龙，正在犹豫着。门外，文龙的两个同学走了进来，"肖老师，人都到齐了，马上部署方案吧。"肖老师冲两个同学摆摆手，示意不要再说下去，两个同学心领神会，看了文龙一眼，出去了。

见此情景，文龙更是不走了，没办法，肖志明只得跟文龙说："你在这等着，我先去开会，开完会我来找你。"文龙只得答应着。

会议开了很长时间，文龙竖着耳朵听，也没听清楚他们在讨论什么，部署什么。大概将近黎明了，门才再次被打开，肖老师和两名同学走了进来，喊醒了文龙，"走吧，天亮了，该回家了。"

"回家？我还不知道你们在搞什么名堂呢，你们跟我说清楚我就回家。"文龙耍起了赖。

肖老师沉思了几秒钟，"你真的不害怕，愿意加入？"

"我真的不怕，肖老师，你就别让我着急了，快说吧。"

"这样，后天，我们有个行动。你的任务就是晚上十一点钟，找一辆马车在北门大街和柳巷交接口处等候，然后接应受伤人员，这任务你能完成吗？"肖老师用那双炯然的眼睛望着文龙。

"肖老师，你太小瞧我了，一定没有问题的。"文龙拍着胸脯答应了这件事情。

"好，一言为定。大家忙了一晚上了，现在都散了吧。"肖老师又叮嘱道，"这几天大家都小心点，最好不要再见面，以免引起不必要的麻烦。"徐达和严生点点头，"知道了，老师，您放心吧。"随后走出小屋。

肖老师从小屋墙角找出一个机关，一转动，放杂物的后墙出现了一个小门，肖老师先从小门出去，见四周无人，便喊文龙一起出去。出来后，文龙看到的竟然是教堂的颂歌厅，肖老师和文龙大摇大摆地走出了教堂。

文龙一路回家，早把与素素约会的事忘得一干二净了。

三十一

文秀他们一上午都没找到文龙，只得暂时回家。可一进家门，就发现门口放着文龙的手套和棉鞋，"文龙回来了。"文龙此刻正躺在床上翻来覆去。文秀上前一把把文龙拉了起来，"哥，你昨天晚上去哪了？怎么没回家？你在哪里住的？这么冷的天，我们到处找你，连素素家都去了！你说，你去哪里了？"

听文秀这么一说，文龙猛地坐了起来，拍了一下自己的脑袋，坏了，竟然把跟素素的约会给忘了！素素一定等到很晚，一定冻坏了！想到这里，文龙的睡意一下没了，赶紧穿鞋穿衣，去客厅拿了他的手套就往外跑，"你去哪里啊？"文秀喊。

"我去看看素素，对了，昨天晚上没回家的事情，不能让他们知道，要是你们谁透露了消息，我一定饶不了你们。"文龙边走边说，还冲他们做了个鬼脸。

致清、致白一看都笑了起来，"很可笑吗？他还没告诉我们他去了哪里呢，就让他走了。"文秀有些生气。

"你啊，文龙安全回来比什么都好，你生什么气，等有时间再慢慢问呗。"致清劝说文秀。

正说着话，佩瑶的贴身丫头莲儿走了过来，"小姐，太太让您过去一下。"

"噢，稍等啊。"文秀应着。"太太说，让您马上去，慕太太也在。"莲儿一脸着急。

"慕太太也在？这么一大早，她们要干什么，难不成又要吵架？"文秀小声嘀咕着。

"致清，我去看看，一会儿来找你。帮我看看法国的工业革命，到底怎么回事，一直没搞明白啊。"文秀边说边往外走。

"我跟你一起去吧，我娘在那里，我害怕她找你的茬。"

"也行，走吧。"文秀没想很多，跟致清一起来到佩瑶的房间。

桂芝今天一早来见佩瑶，是因为六婶帮文秀说亲的事情有了眉目，是徐医生家的二公子。听说还跟文秀他们在一所学校。桂芝觉得徐二公子论家世、人品都没话可说，跟文秀很般配，也算是一门好亲事了，于是跑来与佩瑶商议。

佩瑶正躺在摇椅上读书，听莲儿说慕太太来了，心中一惊。经过了那些事情之后，佩瑶有些害怕见到桂芝，但桂芝却像没事人一样，见了面嘻嘻哈哈的，这反倒使佩瑶感到难堪了。

"哎哟，真是会享受啊，在这晒着太阳看书。妹妹，我还真不如你命好，你看我净操心。"桂芝说着从门外走进来。

佩瑶连忙起身相迎，"慕太太，有什么事情吗？"

"来，到这边来，我给你仔细说说。"两人坐到桌前，慕太太就把那天如何跟慕云鹤商量给文秀定门亲事，如何找到六婶帮忙，以及徐家二公子的情况都跟佩瑶说了一遍。

佩瑶听后，没有一点高兴，反倒是皱起了眉头，心中空落落的。事情虽然是好事，但是主意竟是出自慕云鹤。我做母亲的应该为女儿高兴，毕竟女儿也不小了，总这样拖着不是办法，定门亲事也是必然的。"慕太太，这终究是孩子自己的事，让文秀过来一下，咱们一起跟她说说。"佩瑶说完，便安排莲儿把文秀叫过来。

两人正在闲聊着，文秀和致清并肩走了进来，桂芝一见两人又在一起，立马来了气，觉得文秀太不懂事，怎么到哪都让致清陪着。她拉着脸对佩瑶说："妹妹，你看，到你这来，两人都成双成对的，这怎么得了啊！我不想多说了，文秀的这门亲事就这么定了，我这就回六婶子去。"说完站起来就要走。

致清本就觉得母亲在这一定没好事，果然如此。听了母亲这一番话，致清大吃一惊，"娘，你什么意思，你给文秀定什么亲，文秀的事情用不着你管！"

"我还懒得管！ 这是你爹的意思，他还想让你回青城娶米家大小姐呢。"桂芝把责任都推到了慕云鹤身上。

文秀听后却表现得很平静，"那就说说吧，给我定的哪家？"

"徐医生家的二公子。"佩瑶淡淡地说。

"娘，是徐达，人不错的，我认识他，哥哥的同学。 我愿意。 这事就这么定了吧。 慕伯母，感谢您一直为我操心。"说完，文秀看都没看致清一眼，转身跑了出去。

致清傻眼了，这是怎么回事！ 虽然自己被父母定了娃娃亲，但他从来没有想过会兑现。 在他心中，将来的妻子只有文秀，从来没有第二个人。 可文秀竟然答应了嫁给徐达！ 她怎么能够这么轻率就答应！ 她了解徐达吗？ 难道十多年的感情，文秀一点都不在意了吗？ 难道一直以来都是自己一厢情愿的吗？致清的心里乱极了。

他追着文秀跑了出去。 他想要问个明白，自己在文秀的心中到底有多重要。

文秀跑出了门，向着远处那座山头跑去。 下过雪的路面很滑，文秀跑得很快，连着几步都差点摔倒。 致清在后面边追边喊："文秀，你小心啊！ 你等等我啊！"文秀踉踉跄跄地往前跑，根本不理会后面的致清。 致清越跑越快，终于追上了文秀。 致清伸出手将文秀搂在了怀里，文秀拼命地挣扎，猛地一把将致清推开。 致清没想到文秀力气那么大，加上地滑，竟然一屁股坐在了地上，疼得他龇牙咧嘴的。 文秀一看也着急了，赶紧蹲下查看他的情况。 这时，致清一把将文秀拽倒在了地上，并顺势把文秀压在自己身下。 文秀还想反抗，但是致清根本不给她这个机会。 他伸出手把文秀凌乱的头发向后理了理，毫不犹豫地将自己的唇压在了文秀的唇上。 文秀紧紧地闭着眼睛，不敢看眼前的致清，致清见文秀闭上眼睛，胆子似乎更大了起来。 他抱起文秀，走到青石旁边坐了下来。 他把文秀放在自己腿上，文秀此时还没回过神来，仍然紧紧地闭着眼睛，不敢看他。 由于出来得太急，文秀连条围巾都没带，致清就这样亲吻着她的颈部，那样仔细，唯恐漏下什么地方。 文秀从小跟致清一起长大，从没想到致清会给自己这种如此美好的感觉。 她也不由得回吻起致清来，两人如胶似漆地亲热了好一阵子，才恢复了理智。

致清低头看着依偎在自己怀里的文秀，脸儿红红的，眼睛躲躲闪闪的。 原来趾高气扬的大小姐，现在却是一脸羞涩，一副小鸟依人的模样，致清越发觉得文秀可爱，心中暗暗发誓，绝不会向父母屈服，此生此世，文秀一定是他的。

"文秀，看着我的眼睛好不好，你是不是害羞了？现在还嫁不嫁给徐达？嗯？"致清两手捧起文秀的脸，直入主题。

"你为什么故意这样问我，我的心事你不知道吗？还问，我当然愿意了。"文秀紧张得根本没闹明白致清在问什么。

"什么？你愿意嫁给徐达？"致清一听急了。

"什么愿意嫁给徐达，我愿意嫁给你。"文秀说。

"你再说一遍，我没听清楚，你愿意嫁给谁？"致清故意地说。

"你太坏了，我不想说了。"文秀羞涩地站了起来，跑开了。

致清急追过去，两手从后面抱住文秀，"那你刚刚为什么答应婚事？"

"我没有办法，你娘我娘，现在连你爹都不想咱们在一起。 我不能死皮赖脸地缠着你吧！ 你定亲了，我又没定亲，六婶子给我介绍亲事，我有什么理由不答应。"文秀叹口气，"致清，也许这就是我们的命，我俩注定不会在一起。"

"文秀你放心，只要我们的心在一起，就什么都不怕！ 一切都会解决的。我现在就回去找爹谈谈。"

"也好，我总觉得慕伯伯……"文秀似乎有话要说。

"怎么了，我爹他怎么了？"

"我总觉得你爹喜欢我娘。"文秀脱口而出。

"文秀，你别胡说好不好？你这小脑袋瓜里整天在想些什么乱七八糟的。"致清觉得文秀有些可笑。

"我也只是感觉，又不一定是真的。"文秀辩解着。

忽然一阵风吹来，文秀打了几个喷嚏，致清赶紧上前拥住文秀，两人相偎着回家了。

爱情就是上帝青睐你。茫茫人海，一男一女能够倾心相爱，确实不是件容易的事。

两个相爱的人，心已经被彼此给予的温暖塞得满满的，凡尘俗事也皆被抛到了九霄云外。

三十二

致清和文秀就这样相拥回家。看到这一幕，在客堂中焦急等待的三位长辈顿时傻了眼。佩瑶和桂芝几乎同时站了起来，冲到两个孩子身边，粗暴地把他们分开。

"致清啊，你怎么执迷不悟呢！文秀是要定亲的人了！你们再这样混下去，让大家的脸往哪里放？"桂芝此时是伤心加上恼怒。

"娘，你都说什么呢！什么叫混下去？我和文秀是真心相爱！难道相爱是件丢人的事情吗？"

桂芝不明白，儿子怎么长大了就不听话了，非要跟她作对。现在为了文秀竟然敢冲她大声嚷嚷。想到此处，桂芝悲从中来，呜呜地大哭了起来。

佩瑶在一边也是坐立不安，责怪文秀不听话，不该跟致清拉扯不清。这不是女儿家应守的本分。要是被徐家知道，人家是要退婚的。

但文秀却表现出一副宁折不弯的样子来，"我跟徐达没有感情，我不会嫁给他。"

佩瑶有些急了，但还是耐着性子劝说："你跟谁有感情，致清吗？跟你说过很多次了，致清已经定过亲了。他已经有未婚妻了。"

"我管不了这么多，反正我们不能分开。"文秀毫不松口。

"不分也得分，明天就让六婶给徐医生家回话，春节之后你就嫁过去吧。你都快二十岁了，是该嫁人的时候了。"佩瑶叹口气，有些无奈。抬头看看慕云鹤，见他没有反应，只是紧皱着眉头。佩瑶知道，慕云鹤此时心中也很纠结，这真是一件棘手的事情，处理不好，就会伤害孩子一辈子。

文秀还想说什么，但佩瑶起身拉起她就要离开。文秀不情愿地跟着佩瑶，边走边回头看致清，致清冲文秀做出一个胜利的手势，表示让文秀放心。

面对孩子们的这一系列的问题，慕云鹤有了主意。唯一的办法，就是让他们暂时分开一段时间，看看两人的感情是否能够经得起考验。他前几天跟一个苏俄客户谈好了生意，药材量很大。慕云鹤本来想着自己亲自跑一趟，这下正好，让致清和文龙都跟着自己去历练一下。主意打定，慕云鹤走到儿子身边，"致清，你都二十岁的人了，不要总是为了情情爱爱这些事情分神。过几天，有一批山货要送到苏俄边境，你和文龙说一声，你俩跟我一起去，年纪大了，也该学着做点生意了。这一趟来回大概需要半个月的时间，你们多备些衣物，路上很冷。"

虽然感觉这事来得太突然了，但致清见父亲没有过多地责怪自己和文秀，也就赶紧答应了父亲的要求。长这么大，还没有跟父亲出门做过生意呢。既然父亲主意已定，谁都没法改变。要是每天都在家里，那还不被娘当成眼中钉，肉中刺，跟爹出去避一下风头也好。

致清匆匆去找文龙。文龙正在屋子里忙着做什么东西，看到致清进来，赶忙把手中的物件藏了起来。致清见状，上前就抢，"我看看，你藏的什么东西，是不是给素素的定情物？"

文龙一听，慌忙解释，但又慌忙改口，"什么啊，不是！是……当然是！但这是我们俩的秘密，绝对不能让你知道的。"

致清一听，更想知道文龙到底要送素素什么了，于是他不依不饶，还要动手。文龙见隐瞒不过，于是赶紧摆摆手，"你别抢，我好不容易做的，再给我抢坏了，我给你看看就是了。"

文龙把东西慢慢地从桌子底下拿出来。致清一看，原来是一把手枪。但是看起来像还没有完工，边边角角都不够整齐。致清知道文龙从小就喜欢舞枪弄剑的，只是觉得文龙要送素素一把手工手枪有点怪，但也没多问，只是把慕云鹤让他和自己跟着送货的事告诉了文龙。文龙一听，也觉得这事有点突然，忙问什么时候去？致清说可能就在这几天。文龙陷入了深思：这几天要去苏俄，太突然了，我还答应了冷先生呢，万一……麻烦可就大了。见文龙低头不

半世烟雨

BANSHIYANYU

102

语，致清不知道他在想什么，"怎么了，看你怪怪的，要是不想去，我就替你支会爹一声。"

文龙一听急了，"别，千万别，我特想去，只是……"

"只是什么？支支吾吾的。"

"没什么，只是我有点害怕出门，怕遇见土匪和日本人。"文龙赶紧解释。

"跟我爹出去没事的，你从小就是胆子最大的，怎么还害怕起来了。你准备一下啊，这次去要半个多月的时间。"致清觉得文龙今天说话没头没脑的。

"好，我知道了，你先回去吧，我还得做枪呢。"文龙应付着致清。致清刚要出门，又被文龙喊住，"我做枪的事情，你不要跟别人说啊，要是别人知道了，别怪我不认你这个兄弟。"说完，两眼瞪着致清，致清越发感觉文龙今天很怪，但也没有再问别的，只是答应着走了。

文秀跟佩瑶回到房间后可就没有那么幸运了，佩瑶再也不能控制自己，她厉声呵斥文秀跪在姚家明的灵位前。文秀大惊，母亲从没这样对过自己，从小到大都没有过。佩瑶拿来一个半米长的竹板，文秀一惊，竹板在他们家以前只是摆设，难道母亲这次要对她动用家法不成？文秀心头掠过了一阵冷风，不由自主地颤抖了一下。

"文秀，你知道今天自己错在哪里吗？"佩瑶冷冷地问女儿。

"娘，我知道，您别生气，听我说好不好？"

"文秀，一个女人首先要懂得自尊、自爱。你连这点都做不到，以后怎么能够成人妻，为人母？你看你今天跟致清搂搂抱抱的样子，我都快被你羞死了，我恨不得打自己的耳光。我没有教育好女儿啊！"佩瑶边说边哭了起来。

"娘，我跟致清真心相爱，你怎么不明白啊？难道娘你没有爱过吗？你没爱过我爹吗？不知道相爱的人在一起是多么幸福吗？"文秀越说越来了劲。

佩瑶听女儿这么一说，再也无法控制了。她跪倒在姚家明的灵位前，"家明，你看看你的好女儿，她现在翅膀硬了，竟然敢用这种态度跟我讲话。好，她不是不知道错吗，那我今天就打得让她知道。"说完，佩瑶站起来拿过家法冲着文秀的背就是一阵子猛抽。莲儿见状马上跑出去告诉慕云鹤，慕云鹤及时赶了过来，"住手，怎么对孩子下这么重的手！有话不能好好说？把孩子打坏了你不心疼吗？"说着慕云鹤扶起了文秀，因为穿着棉衣，文秀也没受多少伤，只是感觉头有些昏昏的，一站起来两腿发软，眼前一黑，一下栽倒在了地上。慕云鹤赶紧招呼佩瑶铺好被子，把文秀抱在床上，又给文秀把了把脉，文秀没什么大碍，只是受了惊吓，一会儿就会醒来。

听说文秀没大碍，佩瑶才放下心来，后悔不该出手这么重，吓坏了孩子。佩瑶心疼地看着文秀，摸着文秀的脸，"孩子，妈妈对不起你，但是妈妈只能这么做，妈妈懂得爱，因为妈妈也爱过，只是爱不是你想象的那么简单，爱上一个不能爱的人，那就不是幸福！"听此言，慕云鹤有些尴尬，轻咳两声，拉起佩瑶的手，"这些事情，以后你不必再操心了。相信我，我会解决的。你要注意身体，看你脸色不好，让莲儿熬点参汤补补吧。"

佩瑶轻轻推开慕云鹤的手，"没事，你回吧，别再惹出闲事来。我和文秀不用你操心。"

慕云鹤见佩瑶冷冷的样子，知道她还在生气，于是故意引开话题，说想带文龙和致清去苏俄送货，让孩子们锻炼锻炼。佩瑶明白慕云鹤是想让致清和文秀暂时先分开一阵子，可是慕云鹤说要带着文龙去锻炼锻炼，锻炼锻炼是什么意思？只听慕云鹤又接着说："文龙年龄也不小了，有些生意上的事情应该学学了。"说者无心听者有意。这话在佩瑶听来的意思是：文龙长大了，要逐渐学着做生意了，一旦文龙能够自己撑起门户，慕云鹤一家也该离开了。那么，不管是慕云鹤还是慕致清都将成为她和女儿心中的一场梦，一场延续多年的白日梦。

佩瑶依然面无表情，冷冷地说："是啊，这就是你刚刚说的你会解决的事情啊。我明白了，你走吧，以后我们也不要再见面了，免得大家都难堪。"

看到佩瑶这样，慕云鹤有些纳闷，不知道自己哪句话说错了。他心中的佩瑶不应该这样子的，现在说话怎么也刻薄起来了。慕云鹤还想说什么，佩瑶却喊莲儿送客，慕云鹤摇摇头，觉得佩瑶的态度有些莫名其妙。

三十三

两天以后，慕云鹤准备装车启程。看看时辰，如果下午出发的话，晚上可以在路上找家客栈住下；而明天一早出发的话，走一天人马都会很累。到底什么时候走，慕云鹤一时也拿不定主意。正在琢磨着，致清远远跑来，"爹，没找到文龙，不知道这小子去哪里了。"

"再去找找，找到告诉他，我们今天下午就要走，让他抓紧时间过来。"慕云鹤没当回事，催着致清再去找文龙。

"好，我再去找找看。"致清答应着跑开了。

文龙是故意躲了起来，他知道慕云鹤今天要启程，但他今天晚上有艰巨的任务。他已经答应了冷先生，就得说到做到，这才是大丈夫所为。不然冷先生和徐达他们会怎么看自己，绝不能让致清找到自己，即便冻死在这隧道里，也不能出去。文龙边想着边拿出自制的手枪，对着墙开了一枪，没想到威力还挺大，竟然把墙皮打下来了一块。文龙很兴奋，想到晚上即将发生的事情，不禁为能够参加这次行动而感到自豪。

此时，以冷先生为首的一帮人正在教堂的地下仓库中紧张地召开行动前的最后一次会议。会议决定八点正式开始行动，大家分两路从前后门攻击日军驻防部队的弹药库：前门的人先开始正面进攻，将敌人火力吸引过去；冷先生带领一队人从后门进入仓库，他们要悄无声息地放好炸弹，再原路撤出，赶往前门进行援助。只要弹药库爆炸，那就大功告成，大家立即按计划撤退，与外围安排的接应人员汇合。

大家点点头，静等八点的到来。

此时文龙已经早早地来到事先安排的路口。

慕云鹤此时焦急万分，本来决定下午启程，结果文龙找不到了，想走也走不了了。 只是这文龙到底去哪里了，慕云鹤一片茫然。

正寻思着，佩瑶过来了，脸色比前几天红润了不少。 慕云鹤想拉佩瑶的手，却被佩瑶轻轻地推开了。 佩瑶看慕云鹤焦急的神态知道文龙还没有找到，于是跟他说："我想文龙是去见素素了，找人去素素家问问吧。"慕云鹤一听有道理，于是让致清和致白去素素家，看文龙在不在。

时间就这样一分一秒地过去，大家都在焦急地等待着。 致清、致白匆匆地从素素家出来，依旧没有文龙的消息。 一时也没了主意。 兄弟俩正琢磨着，忽然远处传来轰的一声巨响，响声处，火光四起，几乎染红了半边天空，"爆炸了！ 赶紧回家！ 快！"兄弟俩一路小跑回到家中。

慕云鹤等人急得团团转。 他们在家里就听到了外面的爆炸声。 看到兄弟俩平安无事地回来了，稍感宽慰了一些，只是文龙还没有找到。这爆炸声像是从东北方向传出来的，难道是日军的弹药库被炸了？要真是弹药库被炸这事真是闹大了。 这事不会是冷先生他们干的吧？很有可能啊。 文龙还没回来，难不成跟冷先生在一起？想到此，慕云鹤感到头皮嗖嗖地发凉。

慕云鹤在屋里不停地来回走动，佩瑶则紧闭双眼，口中念念有词，祈祷菩萨保佑儿子平安。 致清、致白倒是很乖，他们默默地看着两位长辈，想不明白父亲为何如此焦躁，难道文龙和这次爆炸有关系？兄弟俩面面相觑不敢出声，文秀也无可奈何地坐在母亲身边，大气不敢出。

时间在等待中一分一秒地过去了，文龙还是没回来。大家都在坚持，谁也没去休息，盼着奇迹出现，等着文龙回来。

在望眼欲穿的期盼中，文龙终于回来了。 看到一家人都没睡觉等他到深夜，文龙觉得有些不好意思，但是他没有向大家道歉，也没有解释什么，而是把慕云鹤喊到一边，"慕伯伯，我有事想跟您说。"慕云鹤没好气地冲文龙喊："说吧，不用躲躲藏藏，这没外人，你去哪了？这大半夜的，到底干什么去了？"声音一出，把大家都吓了一跳，因为没有人见过慕云鹤发这么大脾气，大家都屏住呼吸想听文龙解释。

"慕伯伯，下午耽误您启程确实是我的错，但我也是有重要事情要办，没有办法啊。"文龙见慕云鹤生气了，慌忙解释。

"什么重要事情要办一下午，要办到这深更半夜的，你说说看。"慕云鹤强压着怒火。

"慕伯伯，你过来一下，我告诉您，我只告诉您。"文龙依然坚持让慕云鹤到一边说话。

"臭小子，你还毛病了，一家人为你守到现在，你还故作神秘，难道连娘都不能知道你去哪了吗？"佩瑶此时有些生气，回头对文秀说，"去拿家法，不说明白，今天就得用家法。"

"娘您别生气，您打我吧。打我就行，您消消气啊。"文龙还是很孝顺的，见佩瑶这次真火了，赶紧给佩瑶说好听的，并把佩瑶的手贴到自己脸上。

"少在这儿贫嘴，你自己说，到底干什么去了，耽误了你慕伯伯的行程，又回来这么晚，让我们替你操多少的心啊。你都二十岁了，怎么还不懂事，外面又发生了爆炸，你要有个三长两短，我还怎么活啊，你说，到底干什么去了？"佩瑶越说越激动，见文秀正拿着家法过来，佩瑶想都没想就伸手拿起来，冲着文龙就打了下去。佩瑶不明白，这段时间这两个孩子怎么都这么不省心，非要闹得自己用家法，自己是多么疼他们啊，根本就不想打他们，可是实在是压不住心中的火，"说不说，不说还要打你。"

"住手，不要再打了。我，我来告诉你们。"声音来自门外墙角处，听着有些耳熟，但明显感觉到声音中有些颤抖。大家回头一看，大吃一惊，来人竟然是冷先生。冷先生的胳膊好像受了伤，溢出的血水此时已经凝固了，整条胳膊已经被血染红，不能动，紧紧地贴在胸前，另一只手紧捂着伤口，不让血继续流淌。更令大家感到意外的是搀扶着冷先生的小伙子竟然是徐医生的二少爷徐达，他一脸焦灼，满手是血。大家一时看不出这徐达手上到底是他自己受了伤流的血，还是冷先生的血。大家都被惊呆了，何曾见过这种场景。慕云鹤想过文龙出走的一百个理由，但是从来没有想过文龙会惹上冷先生。从冷先生的状况看，一定是他们今天组织的行动失败了，冷先生受了伤，可文龙和徐公子怎么会和冷先生一起呢？

带着满腹的疑惑和震惊，慕云鹤沉默了片刻，很快冷静了下来。他让目瞪口呆的佩瑶赶紧去拿止血药，让致清去准备消毒水，让文秀去拿火炉。大家都被眼前的一幕惊呆了，像是没有了思维，一切都按照慕云鹤说的话去做。

慕云鹤扶冷先生坐下，并没有马上询问发生的事情，而是仔细查看了冷先生的伤情。不出所料，冷先生是枪伤，子弹穿过肉留在了骨头里。子弹得赶紧取出，不然，很可能会感染。慕云鹤皱起眉头，这大半夜的，医生不好找，再说这枪伤，一般医生……想到这里，慕云鹤抬头看了眼徐达，徐达看来并没有受伤，只是护送冷先生过来的。这些孩子什么时候跟冷先生扯上关系的，真是不省心啊，看来也只有找徐医生了。这徐医生跟他们家是多年的朋友，应该不会推辞，再说他家二少爷也参与了此事，大家都推脱不了。

想到这里，慕云鹤扶冷先生进了内屋，对冷先生说："你这子弹得赶紧取出来，不然会感染，我让徐达回家找他父亲过来帮你看看吧。"说着回头就要喊徐达。

"千万不要惊动任何人，子弹我自己会取，一会儿您帮我找点消炎药就好了。"冷先生态度相当坚决，"慕老板，不好意思，又给您添麻烦了，子弹取出来我就走，不会连累你们的。"

慕云鹤一听这话，有些生气，"不想连累你就别来，既然来了，就在这养段日子吧，你这样子出去，很快就会被他们抓到的。"

冷先生听慕云鹤这话，也不再表示反对。不一会儿，取子弹需要的各种药物都准备好了，冷先生让大家都退出去，准备自己取子弹。慕云鹤见状对冷先生说："我来吧，做了这么多年药，医药不分家，我对医术应该比你精通一些。"

冷先生摇摇头，"不用，不瞒您说，家父就是行医的，小时候跟他学过一些，只是不太精通。"

慕云鹤从来没有听冷先生提过家里的事情，心中倒是也想多了解了解，于是追问道："冷先生家是哪里的，家中还有什么人？"冷先生微微一笑，"我是河北人，家中人很多，只是我不想让他们操心。"

"噢，是这样啊。"慕云鹤知道冷先生不想多说，也不好再问。

说话间冷先生忽然浑身颤抖了一下，手中镊子上夹着一颗沾满了血的子弹，冷先生满脸是汗，胳膊上有一个血洞，还在往外流着血。真是一条汉子，这种手术不打麻药，吭也不吭一下，就自己做完了，慕云鹤不禁再次对冷先生产生敬佩之情。

慕云鹤赶紧替冷先生包扎好伤口，并找来自己的衣服替冷先生换上，此时从外表上已经看不出冷先生是个伤病号了。

在外面等候的一帮孩子也都进来查看冷先生的伤情，慕云鹤冲大家摆摆手，"文龙带徐达去洗漱一下，换换衣服，赶紧回家。这里发生的事情一个字都不准提。"

"慕伯伯，您放心好了，我们的组织是有纪律的，只是肖老师在您这住会给您添麻烦，让他到我家去住吧。"徐达是个明事理的孩子。

"徐达，听你慕伯伯的，你抓紧回家，这几天多留意外面的动静，有情况抓紧过来汇报，我就在这住几天。"冷先生对徐达说。

"那好吧，我先随文龙去换衣服，谢谢大家。"徐达随文龙回了房间。

"你们也回去睡吧，冷先生在咱家后院住几天，最好不要让外人知道，要是有人问起，记住，冷先生是咱家的家庭教师，原来是，现在也是，不要让任何人知道他受了伤。"慕云鹤不无担心地交代着。

"知道了，孩子们都懂事了，不会乱说的，你也早点休息吧，明儿还要出远门送货呢。"佩瑶提醒慕云鹤。

"是啊，你说这事闹的，明天还要去苏俄边境，一去就得半个月。冷先生，我就没法在家照顾你了，还好有文秀、致白，还有姚夫人，他们都会照顾你的，你就放心在这儿住着，等伤好了再走。"

"好的，慕老板生意忙，我在这里给你们添麻烦了，只是文龙也要跟你去送货吗？"

"我想让他跟着我锻炼锻炼。"

"也好，这孩子有勇有谋，将来一定是个人物。"冷先生很喜欢文龙，眼中流露出赞叹的神色。

慕云鹤明天就要出远门，今晚的事情不问明白，他这觉一定睡不着，于是他让佩瑶带着孩子们去休息，自己留下来陪冷先生说会话。佩瑶知道慕云鹤的想法，于是带着三个孩子各自回屋休息去了。

三十四

屋子里只剩慕云鹤和冷先生两个人，慕云鹤看了冷先生一眼，有些不好意思地说："冷先生，请你原谅我这急脾气，明知道你这会儿需要休息，但这事不问明白我真睡不着，这会儿就咱们俩了，您能告诉我，今天到底发生什么事情了吗？"

冷先生冲慕云鹤微微一笑，"我知道慕老板是侠肝义胆，这些事情我本就不想瞒您，即使您不问我也会说的，何况还牵扯到文龙，您更有权利知道事情的真相。"

原来，晚上八点他们按照约好的线路出发，不久第一路的人就遭到了强势火力的攻击，在冷先生带领的另一路人埋好炸药之后，第一路的人牺牲得差不多了。冷先生急忙赶去支援他们，虽然敌人的火力凶猛，但冷先生坚持营救，最后负伤。第一路的人死伤严重，跑出来的没几个，除了牺牲的，剩下的可能被抓了活口，要真是这样，后果就会很严重。幸好大家都不认识文龙，即便是有人叛变，也不会想到冷先生会藏在此处。

"那徐达呢？有人认识他吗？"慕云鹤担心徐达的安危。

"徐达刚加入不久，熟悉他的几个学生一直跟着我，大家没出什么问题，已经各自回家了，我想让徐达先出去了解一下情况，看有没有被抓的，视情况再想办法。"冷先生也有些担心。

对于冷先生这些人慕云鹤不知道该佩服还是该责怪，他叹了一口气说："你们这些人胆子可真够大的，视生命如同儿戏，你就先安心住下来吧，养好伤，等我回来再走。"说完，慕云鹤起身回了自己房间。

此时桂芝已经入睡，见慕云鹤回来翻了个身，埋怨慕云鹤回来晚了，弄得她睡不好，说话间就不停地咳嗽起来。慕云鹤见状，忙为桂芝倒了一杯水，心下暗想，桂芝咳嗽不是一天两天了，喝过几服药也不见起色，等回来得找个好大夫给她再看看。想到刚刚发生的事情，慕云鹤哪里睡得着，一夜未眠。

第二天早上，慕云鹤早早起来，跟大家一一道别。看到桂芝眼睛有些发黑，知道她也没有睡好，心中有些愧疚，于是走到桂芝跟前说："你多保重，按时喝药。哦，忘记告诉你了，嗯……"慕云鹤想把冷先生的事情告诉桂芝，但是想了想又把话咽到肚子里去了，"没什么事，等回来再带你找个好医生看看，晚上老是咳嗽。"

"哦，就是这事吗？你刚说忘记告诉我的是什么事？"桂芝追问道。

"就是看医生的事情，还能有什么事情。"慕云鹤有些不耐烦，回头招呼致清和文龙抓紧时间上车准备出发。

大家目送马车走远，各怀心事，相继回房去了。

三十五

徐达趁夜色神不知鬼不觉地回到家里。匆匆吃过早饭徐达就出门了，见门口有卖报纸的，就赶紧买了一份。他发现报纸上并没有什么惊人的消息。他觉得只有两种可能，一是政府在封锁消息，再就是昨晚的爆炸事件发生得太晚还没来得及刊登。徐达不放心，他到了市中心广场，因为这个地方人多，消息广，别看都是小道消息，但是准确度却很高，他们平时没事就喜欢来这边打探消息。

徐达见街边有一个茶摊，一堆人围在一起像是在谈论什么大事的样子，他走了过去装作想喝茶。还没等他走进，就见远处冲过来一群人，冲着那堆人就是一顿猛打。有几个胆子大的想分辩几句，结果被扭住双手带走了，其他的人也都吓得抱头乱窜，不敢出声。徐达慌忙躲到一边，静观事态发展，只见那帮人押着刚刚抓到的几个人向警察署的方向走去了。

徐达心中很气愤，他们竟然在光天化日之下这样随便打人、抓人，肖老师说得对，这是一个腐败的政府，只有我们全中国的人民都行动起来，抵制侵略，打倒列强，建立一个全新的政权，中国才有希望。徐达匆忙抓住一人问道："老兄，怎么回事，都吓死了，他们怎么随便抓人啊？"

来人四处看看，"小伙子，出大事了，说是昨天张大帅的弹药库被炸了，张大帅正四处抓人，看到可疑的就抓，抓进去的不是被打死就是被枪毙，没有活着出来的，咱们快别在这里说话了，赶紧回家吧。"

"啊，谁这么厉害，敢炸张大帅的弹药库？我看还真是不想活了。"徐达故意装作什么都不知道。

"你还年轻不知道，在咱们东北，这些专门和政府作对的人多着呢，这事不奇怪，老人们都知道。你啊，赶紧回吧，别打听了。"说完人就匆匆走了。

徐达又来到南门里，这也是个热闹地方，政府的公文告示通常会在此处张贴。此时的南门里人头攒动，像是有什么事情发生。他挤进去一看，还真是有一张新告示，内容是昨晚抓到反政府分子两名，要三日内枪决，告示上还有两人的肖像图，竟然是严生和教语文的陈老师。严生是自己的同班同学，而陈老师则是自己走上这条路的直接领路人。他们被抓了，明天就要被枪毙，这可怎么办？得赶紧告诉肖老师。在徐达心中，陈老师和肖老师一样，都是有思想、有抱负、有理想、有信念的人。

徐达不敢再逗留，立马向文龙家走去。

徐达径直走进大院，正愁不知道肖老师住在哪间房，只听远处传来喝声，"这是谁啊，不打招呼就敢擅自闯入。"徐达回头一看是慕夫人和房里的丫头。蓉儿见过徐达，对着桂芝说："夫人，这是徐家二少爷啊。"

桂芝一听愣了一下，随即又笑了出来，"徐二少爷，你是来找文秀的吧，来，往那边走，文秀这小妮子还真是个小狐狸精，这还没定亲，就把男人勾引到家中来了。"

徐达一听迷糊了，"慕太太，您别误会，我，我跟文秀没，没什么的。"

桂芝一听徐达说话结巴起来，以为徐达心虚了，"怎么没什么，这不是马上就要定亲了，你回家问问老爷子，看他什么时候来下聘礼，我们可等着呢。"

经桂芝这么一说，徐达明白了，前几天老爷子确实说起过这事，当时徐达根本没放心上。心想，慕太太这样想也好，这几天也好有个借口经常过来，于是徐达慌忙改口说："是啊，我是想，想看看文秀。"

正说着，文秀出来了。她看到徐达在桂芝面前一副窘样，不知道桂芝跟他说了什么，于是走过去打圆场，"徐达，你来了，走，跟我到屋里，我有话跟你说呢。"于是徐达赶紧跟着文秀走了。

"呸，真是个不知道害臊的狐狸精。"桂芝冲着文秀的背影嘟囔着。

文秀带着徐达穿过花园来到最里面的客房。房门是紧闭着的，但文秀知道冷先生此时在房中，因为她刚刚帮冷先生换过药。

文秀在门上敲了三下，冷先生把门打开了。徐达和文秀进去后，回头看了看后面没人，又赶紧把门关上了。

"有什么情况吗?"冷先生急忙问，他知道，要是没什么大事发生，徐达是不会过来的。

"肖老师，陈老师和严生被抓了，当局贴出告示，三天后枪毙。"徐达神色黯然。"啊，这下麻烦大了，那帮刽子手在监狱里什么手段都使得出来，陈老师我不担心，我只担心严生，毕竟他还年轻，如果他受不了那些酷刑，我们可能就要暴露了。徐达，你赶紧躲起来，暂时不要出来，等过了这一阵，我通知你。"冷先生考虑得很全面。

"你怎么办，一直在这里待着吗?"

"不会，我会想办法营救他们，这一两天应该没事。对了，我给你写封信，你带着马上走，严生是你的同学，你暴露的可能性很大。"冷先生越说越感到事情已经不止想象的那么简单，于是立马拿出纸笔，快速写下一行字，交给徐达，"赶紧走吧，越快越好。"

徐达将冷先生写好的纸条藏于贴身内衣中，反应过来文秀也在场，有些不太自然，"没关系，文秀同学我了解她，她不会出卖我们的。"冷先生看出了徐达的脸色有点不对。

"哦，我知道。文秀，这几天我不能过来了，麻烦你照顾好肖老师。"徐达回头看着文秀叮嘱着。

"你放心吧，冷先生住在这没事的。"

"肖老师，您保重。"徐达向冷先生和文秀告别，快速出了屋，文秀怕引起桂芝的怀疑，也紧跟着出了屋子。她将徐达送到了门口，才放心回去。

三十六

冷先生得知他们组织的两人被捕很是紧张，可营救并不是件容易的事，难道要动用神秘剑客？神秘剑客是组织安插在反动当局多年的暗线，很多情报都来自于他，而他与自己单线联系，不到关键时刻自己是不能动用他的。现在就是关键时刻了，想要营救他们俩，也只有靠神秘剑客了。他没再多想，从身上剪下一绷带，快速写下一行字，想等文秀来的时候帮着送出去。不知道为什么，他从心眼里喜欢文秀，觉得她心地善良、纯净，这事交给她，很放心。

吃饭时，文秀来了。文秀进来后，催着冷先生抓紧吃饭，可冷先生却没有心思吃。他意味深长地看着文秀，犹豫着是否要将这件危险的事情交给文秀来做，这种眼神看得文秀有些不好意思，"冷先生，你是不是有什么事啊，我能帮你吗？"

"文秀，我真有件很紧急的事情想麻烦你，我的身份你现在已经知道了，你敢帮我这个忙吗？"

文秀点点头，睁大双眼看着冷先生说："我敢，徐达都敢，我怎么会不敢？"

"事情很简单，就是有些危险。"冷先生还是很担心，"您快说吧，既然是很紧急的事情，咱们就不要耽误时间了。"在冷先生眼中，文秀还是小时候那种天不怕地不怕的性格。

"是这样的，这有张字条，天黑之前你把它放到教堂第三排的椅子下面，放好之后立马走人，之后的事情就不用管了。听明白了吗？""我明白，冷先生放心好了，我现在就去。"冷先生就喜欢文秀这种爽朗的性格。

文秀其实已经知道冷先生的真实身份，但是她并没有觉得可怕。在学校她曾亲眼见到一些进步学生被抓走，她更知道自己的父亲是死在日本人的毒气之下的，所以，在文秀心中，她其实很崇拜冷先生这种人，这次能够帮冷先生做事情，文秀非但不觉得害怕，反而觉得很神圣。

这所教堂离文秀家不远，就在街的东段，文秀步行过去也就一刻钟的时间。此时教堂里的人不多，大家都静静地坐在连椅上祈祷着什么。文秀找到第三排座椅，悄悄拿出字条，藏到了冷先生说的地方，然后也像教徒一样双手合十，默默地祈祷了一会儿，随后看了看四周发现没有什么人注意自己，于是赶紧走出了教堂。文秀自己都不明白，第一次做这种事情，竟然一点都不觉得害怕。

回到家中，她立马向冷先生进行了汇报，冷先生点点头说："你做得很好，接下来我们只能尽人事，听天命了。"

文秀不知道冷先生想表达什么意思，但是她知道，多问无益。

三十七

桂芝自在家中遇见徐达后，心里就更加讨厌文秀了，于是找到佩瑶跟她说了那天见到徐达的事情。佩瑶知道桂芝是误会了，这徐达一定是来看冷先生的，只是她没法开口说出实情，只得顺着桂芝的话，"是啊，这孩子，太不像话了。"

桂芝见佩瑶对这么大的事情竟然不温不火，又是急又是气，不免又一阵子咳嗽，"妹子，我看，赶紧给他们定了吧，这样下去对咱家文秀不好，女孩子名声最重要，你别嫌我这做伯母的多管闲事，我也是为文秀好，可我看你这做母亲的怎么好像不着急啊。"

"这事也急不得啊，等她哥哥和慕伯伯回来，咱们再商量商量。"其实佩瑶此时对这门亲事已经产生了排斥。徐达现在跟着冷先生加入了这种不要命的什么组织，说不定哪天就人头落地，女儿守寡事小，连累全家事大，这几年的被砍杀的革命党多着呢。但这不能给桂芝说，只能找个借口先拖着。

自从文秀把字条传走后，冷先生在慕云鹤家度日如年，不知道神秘剑客能不能营救出两位战友。

三天后，也就是陈老师和严生被枪毙的日子，冷先生实在待不住了，伤口不那么疼了，他今天必须离开。不管营救是否成功，他都要出去看看。于是，他给文秀留了一张字条，天未亮便悄悄出了门。

此时大街上已有了三三两两的摆摊的，摊主们都穿得很暖和，头上戴着羊皮帽子，身上裹着厚重的棉袍，脚上的棉靴更是夸张，一直到膝盖。这些人仿佛知道要出什么事似的，看起来慌慌张张的，看到来人了眼皮都不敢抬。冷先生冷不丁地盯住一个摊主，摊主立马求饶道："长官，我们是良民，我们在这做生意好多年了，大伙都认识的。"冷先生立马意识到，自己此时出现在这个地方是多么的不明智。 这几天这儿肯定一直在抓人，连摆摊的都被吓成这样了，自己这样贸然出现简直就是找死，于是他赶紧找了一家偏僻点的馄饨铺子，躲了进去。

馄饨铺子里有两三个人在吃饭，冷先生在靠窗的位置坐了下来，要了一碗馄饨边喝边往外张望着。 要是神秘剑客营救成功了的话，自己的两名战友今天就不会被枪毙；要是没有成功，那今天……想到这里，冷先生一阵头晕，一个馄饨卡在了嗓子里，咳嗽了一通才舒服一些。

吃完馄饨，冷先生又坐了一会儿，他没发现什么异常情况。 街上的行人越来越多，冷先生准备起身离开。 他刚走出门口，就看到一队摩托车开过广场停在了南大门。 远远的冷先生看不太清，但他心中感觉不妙，拔腿就往车队方向跑去，随即很多老百姓也向那个方向涌去。 南大门的东段已经戒严，不让任何人通过，这里是处决犯人的地方，以前处决犯人的时候也是如此。

冷先生看清楚了，从车上押下来一老一少两名被捕的战友，两人衣衫褴褛、鲜血淋淋。 这么寒冷的天气，他们依然昂头挺胸，毫不屈服，他们走得很慢，腿很沉，蹒跚着，但是步伐很坚定。 冷先生在人群中默默地注视着他们，眼泪不由得顺着眼角淌了下来。 陈老师仿佛看到了冷先生，走到冷先生身边的时候，脚步停了下来，向着冷先生的方向理了理头发，悄悄地伸出了两个手指，打出了胜利的手势，冷先生默默地点了点头。

两名战友就这样被押往刑场。 "打倒军阀政府！"随着枪响，两名战友就这样永远地离开了。 冷先生心如刀绞，一阵头晕再次袭来，恍惚间倒在了一个人的身上，冷先生回头一看竟然是徐达。 徐达一脸憔悴，看来这几天也没有休息好。 冷先生冲着徐达摆摆手，表示自己没什么事，两人快速离开了南大门，向学校走去。

此时冷先生学校的宿舍也许是最安全的，学生们已经放假，学校里静悄悄的，只有几个单身的老师还留在宿舍。 今天的这个局面，或许是冷先生最希望看到的，战友们没有叛变，外面的组织成员安全了，组织可以正常活动，落实下一步的计划了。 他们两人中只要有一人叛变，后果就不堪设想。

冷先生责问徐达为什么没走，徐达振振有词，他不相信战友会叛变，想看到结果后再做决定走不走。

冷先生感慨万千，感觉自己还不如一个孩子，关键时刻竟然对自己的战友产生了怀疑，不由得自责起来。 中国正逢多事之秋，军阀连年混战，日本帝国主义对中国大地窥望已久，全面开战是早晚的事情，想到这里，冷先生眉头紧锁起来。

三十八

　　北方青城的米家今天热闹非凡，原来是米俊卿留学回来了。米俊卿自从给日本人做事以后发现自己的日语不行，与日本人沟通不是很顺畅，于是开始倾心学日语。别看这米俊卿一副奴颜相，但是学习起来还真是刻苦。自从北洋政府从日本人手中收回了青城以后，米俊卿便随着他的"老东家"一起去日本深造。米俊卿在日本的三年没有白待，不但能说一口流利的日本话，连起居饮食也都像极了日本人，俨然以日本人自居了。

　　米俊卿的轿车是将近中午才到的家，青城的百姓此时还没大见过这种洋汽车，一些孩子上前围观，司机打开车门，恭恭敬敬地请米参议下车。

　　原来，日本人虽然表面上把青城还给了中国，但是他们在这里设立了领事馆，代表日本政府控制这里的政治、文化、经济、军事。这几年，这儿的日本人非但没有减少，反而越来越多。米俊卿这次回来的主要任务就是辅佐日本领事处理在青城的所有工作，职务之高，任务之重，让米俊卿有些受宠若惊。

　　见米俊卿回来了，米家所有的人都出门迎接，三个女儿两个老婆围着他又是拉又是拽的。米俊卿轻轻推开她们，刻意地整理了一下身上的西装，转身对跟进来的司机说："还愣着干什么？把车上的礼物拿下来，给太太小姐们分分，快去。"孩子们一听，都高兴地拉着俊卿的手"爹，爹"地喊着。

　　一通乱腾过后，米俊卿发现老爷子没有出来，于是转身问大太太："咱爹呢？怎么没见他？"

　　"爹说，他不能出来见儿子，你得进去见他。"大太太柳氏冲里屋撇撇嘴。

　　"这老爷子，还是那么倔，我这就去看看他。"米俊卿三年没见老父亲心中还是挂念着，快步进入中院米再善的卧室。

　　米再善此时已经八十岁了，身体明显不如以前，特别是眼睛，开始看不清东西了。他早就得到消息，儿子今天回来，此时正在房中等着儿子来。儿子给日本人做事他是知道的，但是这儿子从小娇生惯养，根本听不进他说的话，儿子想成就一番事业他也知道，只是这些日本人心眼那么坏，他担心儿子给他们干活早晚要吃亏。此时此刻，老爷子有很多话想当儿子的面叮嘱叮嘱。

米俊卿快步进入米再善的内屋，"爹，儿子回来了，给您请安来着。"米俊卿人没到，声音先传了进来。米再善三年没见儿子，心中其实很想念，但是他没动，依然端正地坐在太师椅上静等儿子进门。米俊卿进屋后先给老爷子行了礼，然后才在老爷子身边坐了下来，"爹，这几年身体还好吧？儿子在日本那是天天挂着您。"

"挂着我一去就是三年？你爹这把老骨头都土埋半截了，再不回来，你就见不到我了。"老爷子明显有些赌气。

"爹，这不回来了嘛，你儿子从日本学成归来，要为我们米家光宗耀祖了。"

"呸！还光宗耀祖，别被人戳穿了脊梁骨就不错了，你跟日本人做事没有好下场的，那日本人太缺德了。"米再善想着借机劝说儿子。

"怎么缺德了？爹，您真老糊涂了。日本人在咱们青城开办学堂、建医院、开工厂，做了那么多好事，你们怎么都看不见呢？整天说人不好，我还真是奇了怪了。"

"还开工厂，这些年你没在家你不知道，那日本人开的工厂是人待的地方吗？一天上班十五六个小时，前街我那学生孙春来的闺女在日本人的纱厂干活，手冻烂了，想停工休息，老板不让停，一旦停工，前面挣的钱都领不到，说是坚持到开春涂点药就好了。这不前几天实在不行了，三个手指头愣是给烂掉了。惨啊，一个女孩子，还没出阁，你说以后谁还要她，唉。"说到这儿，老爷子无奈地摇了摇头。

"孙春来那闺女我见过，从小身体就不好，病病快快的去纱厂干什么活，日本人也不希望工人出事。"米俊卿不服气，为日本人找借口。

其实这爷儿俩几年前就是这样，一谈到日本人的事就不欢而散。米再善心想现如今自己年龄大了，儿子的事情实在是管不了了，他愿意咋样就咋样吧，和儿子三年没见了，今天就不再聊日本人了。两人一时陷入了沉默当中，都不知道该说什么。

"爷爷，你们在聊什么呢？怎么都不说话啊？"大太太柳氏和如意正好进来。

三年不见，女儿如意长得越发漂亮了，仔细装扮过的脸庞白皙粉嫩，烫过的头发披在肩上，黑发中间别着粉色蝴蝶结，细致可爱；坠地的长裙，修长的腰身，俨然一个时尚的大家闺秀。

米俊卿连忙招呼如意坐在自己身边，看着女儿，不由自主感叹时光飞逝，自己也已经是快五十岁的人了。

见此情景，米再善忽然想起了什么，便让如意喊二妹如男来一下，并示意柳氏留下，有事要对他们两口子说。如意点点头出去了。

柳氏有点奇怪，"老爷子，您有什么事情要说？"

老爷子顿了顿，看着米俊卿和柳氏，"咱们家这两个大丫头都二十出头了，要说也已经到了该成亲的年龄了，只是家中没有男孩，不想让她们早嫁出去，可是年龄真的不小了，咱们家也该办场喜事了。俊卿，你抓紧给云鹤写封信，让他无论如何带两个儿子回来成亲。"

"是啊，这慕云鹤也真是的，闯关东都快二十年了也不回来一次，是不是咱们家这门亲事不想认了？"柳氏一直对慕云鹤一家抱有成见。

"爹，现在咱们这儿闯关东的人多了去了。东北那是个好地方，黑油油的土地，肥得很，种啥长啥，去了谁还回来，连日本人都想……"

"想什么，想抢东北不成？我知道，日本人在那里驻兵有年头了，还不是没有动手，咱们东北军的力量也不差啊，还任凭他们胡来？"米再善人老心不老，外面的事都知道得一清二楚。

"您，老爷子……"

"你们俩真有意思，说着闺女的婚事来着，怎么又扯上日本人了。"柳氏忙打着圆场。

"行，我给云鹤写封信，让他过完年回来，把孩子们的事办了不就成了吗?"米俊卿应付着米老爷子，又回头对柳氏交代，"你抓紧多找几个人，把他们家里里外外好好打扫打扫，这么多年不住了，还不得闹了耗子，咱们闺女怎么嫁进去。"

"那老宅子打扫什么，不行住咱家呗，反正咱们家空房子多着呢。"

"我倒是愿意，他慕云鹤不一定愿意啊。"米俊卿叹口气，"你还是派人去打扫打扫吧。"

"哼，便宜了他们家。"柳氏不太情愿地答应了。

三十九

日本驻青城的总领事馆坐落在最美丽的景山附近。这个地方地势很高，站在顶楼眺望，往南能看到一望无际的大海，往北能看到秀丽静雅的景山。米俊卿驾车来到领事馆前，出示证件后，卫兵立马向他立正敬礼。米俊卿整理了下西装，径直走向领事办公室。办公室的门敞开着，米俊卿走到门口依然很有礼貌地敲了敲门。总领事西村牧野热情地迎了出来，两人相互寒暄一番，西村牧野带米俊卿来到早已为他准备好的办公室，米俊卿坐在宽大的办公桌前，心中兴奋不已。

米俊卿整理了手头的一些资料，发现日本人这几年在青城的发展势头很不错，光学校就有几十所，工厂也有上百家，交通运输、医院等领域也有产业，心中暗暗慨叹日本人的渗透力真强。

给日本人扛活真是明智的选择，他相信不久的将来，日本人一定能全面占领青城，北方，甚至全中国的。想到这，米俊卿拨通了大舅子刘永福的电话，"大舅子，我回来了，你忙什么呢？"

"俊卿回来了，我听老妹子说来，这还想去看看你呢，你看我这瞎忙，中午咱们永和鲍鱼馆，我请客，为你接风。"电话那头，刘永福明显地在巴结米俊卿，这种效果正是米俊卿想要的。

忽然身边的内线电话响了起来，"米桑，你来一趟。"西村的声音清晰地响在耳边。

"哈依。我马上过去。"米俊卿忙答应着。

此时，西村的办公室里还有一个人，三十岁左右的样子，见米俊卿进来，冷漠地看了一眼。西村总领事给米俊卿介绍，"这是本部刚刚派来的渡边次郎，是来配合我们工作的，以后你们要好好合作，为咱们大日本帝国服务。"

"哈依。"两人异口同声地响应着。但是米俊卿明显感觉到这个渡边次郎来者不善，从他看自己的眼神中甚至能感觉到冷冷的杀机。

中午时分，永和鲍鱼馆人不是很多，其实这里一贯如此，能吃得起鲍鱼的人毕竟是少数。

柳永福自接到米俊卿的电话起，心里就激动不已，自己的钱庄这几年被日本人的洋行挤兑得不轻，生意越来越难做。特别是最近，总是有那么几个日本人到钱庄找事，说是要高价收购钱庄。钱庄再不挣钱，在柳家手里也是干了好几辈子了，绝对不能转让给日本人。现在妹夫是日本人眼前的红人了，借此机会好好巴结下妹夫，让他在日本人跟前美言几句，怎么也得保住柳家钱庄啊。

正寻思着，米俊卿进来了，柳永福赶紧冲米俊卿作揖，问安，又周到地请入了正座。米俊卿见柳永福对自己如此恭敬，还早早在这候着他，心中暗喜，今非昔比了，现在谁见了我都要敬让三分啊。他佯装推让，"大舅子，太客气了，正座还是你来吧。"

"俊卿春风得意，现在是留学回来的大官，还是你来吧。"

米俊卿也不再客气，坐在冲门口的正坐上。

"大舅子生意怎样？"

"俊卿啊，咱们不是外人，我也不骗你，难啊，从日本人来了，生意就难做了。"柳永福倒是实话实说。

说者无心，听者有意，米俊卿一听不愿意了，"大舅子这话我就不爱听了，什么日本人来了生意不好做了，日本人那是帮咱们的，修铁路、开工厂、建医院，哪一项不是造福咱们中国人。"

柳永福自知说走了嘴，赶紧冲自己的脸打了一下，"妹夫，看我说错话了，但生意确实是不好啊，你可得帮帮我。"

"你说说怎么回事，看我能不能帮你。"米俊卿边吃边问柳永福。

半世烟雨 BANSHIYANYU

柳永福便把日本人想收购钱庄的事跟米俊卿详细地说了一遍。

米俊卿听后不以为然，"收购你的股份，又没撵你走人。你可以在钱庄做事，日本人还给你钱，这是个好事。日本人讲信用，亏不了你的。"

柳永福一听，有些傻眼了，想来这妹夫已经彻底被日本人同化了，他无奈地摇了摇头。

四十

几天后，米俊卿正在客厅看报纸，柳氏拿进来一封信，说是慕云鹤的回信，催着米俊卿快看看，看他们什么时候回来？

米俊卿接过信看了一会儿，说："这是慕太太回的信，信上说云鹤去苏俄送货了，得过几天回来，他们从来没有忘记过孩子们的婚约，原本就打算春节后回来为孩子们完婚。"

"噢，那就好，那就好。我这就为闺女们准备嫁妆，只是不知道他们这次回来还回不回东北。"

"等他们回来了再说吧，要是真回去，也没有办法，嫁出去的女儿，泼出去的水，那就跟人走吧，那也是她们的命啊。"米俊卿也有些担心。

"好在姊妹俩在一起，相互有个伴。"柳氏随着说。

"对了，慕家大院你清理得怎么样了？该抓紧时间了，这马上过年了，人手不好找。"米俊卿提醒妻子。

"我知道，你放心好了，要不咱们一起去看看吧，正好你今天在家，可以坐你车过去。"柳氏其实很想坐坐轿车，苦于没有机会。

"也好，咱们一起去看看吧。"米俊卿今天心情好，没有拒绝柳氏。

汽车缓缓地开到了慕云鹤家的门前，慕家大院历经二十多年没什么变化，大院位于胡同深处，平时几乎没人过来，因而没有被破坏的迹象。推开两扇厚重的大门，院子干净整洁，青石板的小路通向内屋深处。这所院子，虽然没有米家的大，但也是殷实人家的产业，在此地也算是数一数二的好房子。穿过青石板路，就是前院客厅，里面陈设虽旧，但桌椅干净摆放有序，墙面已然粉饰一新。沿着堂屋向里走，穿过一个门厅，一排内室呈现在眼前，米俊卿在外面看了看，还算是满意，再往后走就是慕家祠堂了，米俊卿没有往里走，退了出

半世烟雨

BANSHIYANYU

来。"快二十年不住了，这样已经不错了，等云鹤回来看到一定很高兴，这都是你的功劳。"米俊卿对慕宅的现状很满意，顺口表扬了夫人两句。

"知道就好，这些年我为你们米家做了多少事，操了多少心，像个老妈子一样，谁都使唤我，连后院你那二房都使唤我。"柳氏从来没有被米俊卿表扬过，这一夸奖反倒是勾起了柳氏的伤心事。

"越说越没谱了，我还有事晚上不回家吃饭了，你自己回家吧。"米俊卿说着，给柳氏招了一辆黄包车，自己开车走了。

米俊卿晚上的确有事，在青城经商的日本商会为新来的渡边次郎接风，特地邀请米俊卿一起参加，这对米俊卿来说是荣幸之至，他当然不会拒绝。

晚宴上几乎都是日本人。日本男人酗酒，不喝个酩酊大醉决不罢休；日本女人则都规规矩矩，头上挽着高高的发髻，脚穿木屐，走起路来一摇一摆。

渡边次郎缓缓出现，他目光敏锐，警惕地观察着四周的动静，对于陌生人，他都会投去怀疑的冷漠的眼神。一想到渡边的眼神，米俊卿有些害怕，不知道这渡边究竟是何来历，看起来不像政客，倒像是一名军人。

渡边的出现引来一片掌声，他摆摆手说："今天，大伙在这里相聚很是荣幸，我希望你们在青城做好自己的事情，把咱们大日本帝国的精神好好发扬下去，把青城变成我们大日本帝国的。这里所有的一切都将成为大日本帝国的。"

掌声，又是掌声。

接着，渡边次郎身后出现一个女人，清纯动人，看上去比渡边年轻不少。渡边走过去拉着女人的手说："这是我的夫人，刚从家乡来到这里，我很爱她，以后她就住在青城了，请大家都多多关照。"

说到夫人，渡边好像温柔了起来。

在场的日本人纷纷表示欢迎渡边夫人的到来，大家举杯畅饮，场面一片欢腾。然而就在此时，不远处一个黑洞洞的枪口神不知鬼不觉地对准了渡边，砰的一声枪响，有人倒地。只见渡边夫人胸口满是鲜血，已经人事不知。渡边大惊失色，连忙喊人去追，他来不及理会杀手，连忙抱起夫人开车向医院奔去。

米俊卿此刻愣在原地，这种场面自己听说过，但亲身经历，这还是第一次见。这场宴会戒备如此森严，刺客是怎么混进来的？而且要不是渡边夫人为渡边挡了这一枪，刺客几乎就得手了，米俊卿想得吓出了一身冷汗。

刺客没能逃脱，被几个宪兵队的特务押走了。米俊卿不由自主地向刺客方向扫了一眼，正巧刺客也正好在看他。四目相对，刺客冷笑了一声。米俊卿打了一个寒战，这人怎么这么面熟，在哪里见过？一定见过，米俊卿心中嘀咕着，脑子也在不停地转动。想起来了，原来是他——那个向柳永福借钱的中年人。这都十多年过去了，这些人怎么还在干这种不要命的勾当，米俊卿心中甚是不解。想到中年人的那一声冷笑，米俊卿觉得汗毛孔似乎都张开了，寒气席卷全身。

米俊卿不敢再逗留，慌慌张张地回到家中。柳氏迎出来，说今天给二小姐请了一个教武术的师父，让他也来看看。米俊卿此时惊魂未定，哪有心思看什么教武术的师父，摆摆手，"不用了，以前你们不都是自己定吗？你看着行就行了。我今天有点累，想安静一会儿。"

柳氏答应着出去了。

这几天，渡边一直没去上班，估计夫人的伤势可能不轻。很多事情西村会直接安排米俊卿去做，米俊卿的办事能力很强，做的很多事情西村也很满意。然而最近却有一件事情，难住了米俊卿，那就是柳永福钱庄改制的事情。日本商会看好了柳家钱庄，不管是位置、规模，还是目前的经营情况。日本人唯一不满意的就是柳永福支支吾吾，不肯痛快答应。这件事情一拖再拖，日本人有些急了，但还是得做出一副公事公办、大家共赢互利的样子来，所以这件棘手的事情就被转到了米俊卿手中。米俊卿考虑再三，认为柳永福没有和日本人抗衡的能力，再扛下去，万一日本人态度一变，硬的变成了横的，到时候大家都吃不了兜着走。想到此，米俊卿立马开车来到柳家钱庄。

柳永福此刻也是焦头烂额，他不知道这事是扛下去好还是顺了日本人好，想得脑袋都大了。正想着，伙计传话说米俊卿来了，他赶紧迎出去，"妹夫啊，你可来了，咱家这钱庄保不住了，这是我们柳家三代人的心血，让我让给日本人，我得心疼死啊。"

米俊卿也很无奈，"大舅子，识时务者为俊杰，现在咱们整个青城都是日本人的，连政府都要看日本人的脸色行事，你敢和他们作对？把他们惹急了，直接找茬把你的钱庄给封了，到时候你一分钱都捞不着。你好好想想，趁现在日本人还想和你谈判，你可以提提条件，也算有与你合作的诚意。"

"俊卿，这哪是合作，这是强取豪夺，合作得双方自愿，这我又不愿意。"柳永福无奈地申辩。

"这样，你有什么条件，先跟我谈谈，我尽量为你争取，要是这事交给渡边来处理，你还想谈条件？门儿都没有。"

"这事我还要考虑考虑，一时半会我给不了你答案。"柳永福始终坚持着。

见柳永福这么固执，米俊卿有些着急。自己难得被西村领事这么看中，这件事情一旦办砸了，自己的前途也会一片暗淡。想到这里，米俊卿的脑子忽然灵光一现，有了主意，他想起了那天在宴会上刺杀渡边的那个中年人，用这个中年人来要挟柳永福，柳永福一定就范。想到此处，米俊卿一阵兴奋，真乃天助我也。

米俊卿神秘兮兮地过去关上门，凑近柳永福。柳永福一惊，躲到一边，忙问："你干什么，别靠我这么近，有话说话，有屁放屁。"

米俊卿不温不火，"大舅子，知道前几天刺杀渡边管事的人是谁吗？"

"我怎么知道？"柳永福没好气地说。

"你认识他。"米俊卿神秘兮兮的。

"什么？我怎么可能认识这些人，你别在这儿胡说八道，这要是让人知道了，我这老命不保。你赶紧走吧，别再生出什么花样来，转让的事情我再想想。"

米俊卿没搭理柳永福，继续说，"这个人就是十多年前，跟你借大洋的那个人。"

"什么，他还活着？他还在咱们这儿？这么多年了，我还以为这个人早就不知道死在哪里了。这下完了，要是被日本人和政府知道了咱俩给他们送过大洋，那咱俩就彻底完了。"柳永福意识到了事情的严重性，害怕起来。

"大舅哥，不是咱俩，你搞明白了，是你送给他们大洋，我的没有送出去。这事和我没有关系。"现在回想起来，米俊卿觉得亏得自己聪明，钱没离手，没被他们带走。

"俊卿，我可是你大舅子，你幸灾乐祸。"柳永福又气又急。

"我要不是看在你是我大舅子的分上，我才不会这么苦口婆心地劝你。这事就这么定了，再拖下去对你没有好处，我不会坑你的。"

"没有商量的余地了？"柳永福满腹委屈地看着妹夫。

米俊卿拿出一份合约，送到柳永福手中，"这是合同，你看看没什么问题就签了吧。"

柳永福接过来看了看，主动让出股份70%，自己只占30%，所有账面、财务归日方管理，各种进账合约由日方签署，日方派出保安管理钱庄治安，唯一可以让柳永福感觉欣慰的就是保留了钱庄原来的员工，柳永福个人获得的30%股份分红，在年终兑现。

柳永福自感无力回天，用颤抖的手在协议书上签了自己的名字。就这样，祖宗的产业一夜之间变为日本人的了。

米俊卿也有些同情大舅子，他拍了拍柳永福的肩膀，以示安慰，然后自顾自地走出了柳氏钱庄。

因为顺利完成柳氏钱庄的交接，米俊卿受到了西村的大力表彰，并为此举办了大型酒会。西村领事特意交代，让米俊卿带上夫人和女儿一起出席，让大家都认识一下，一起热闹热闹。

回到家，米俊卿将此事告知了柳氏，柳氏一听先是责怪了米俊卿一顿，在听过米俊卿的解释之后，又觉得事已至此，无力回天了，只能按照日本人的要求来做了。

米俊卿决定带着柳氏和大女儿如意参加晚上这不同寻常的宴会，如意一听要参加晚宴，兴奋得不得了，赶紧喊来丫头找出了新做的洋装换上，又找来可儿姑姑帮着梳头。收拾停当后，三人坐轿车出发了。

而此时，在院子的不远处，有一双敏锐的眼睛悄悄地盯着他们三人。

四十一

米家的轿车在鸿飞阁停了下来，米俊卿、柳氏和如意步履款款地走了出来。三人一出现立刻被一群记者包围住了，今天的主题是签约，而主角却是米俊卿。

米俊卿从来没有在公开场合被如此重视过，有些受宠若惊。他不时地挥挥手，对于记者们的问题，他不敢随便回答，只能一再向来宾鞠躬表态，"一切荣誉都是来自于大日本帝国。"

如意今天似乎也成了这场宴会的主角，不管走到哪里都会被一群男人围着，赞美着。在频频举杯中，如意彻底迷失了。自己也算是有头有脸的大小姐，可是这样被一群男人围绕着追捧还真是第一次，没想到被追捧的感觉竟然这么好。她的身体有些轻飘飘的，眼前所有的人都在晃动，她知道自己不胜酒力，有些喝多了，但是就是无法控制自己，只能频频举杯。

一切来得那么突然，就在宴会高潮也就是西村领事讲话马上开始之际，宴会厅内的灯光忽然灭了，随即传出了几声枪响，接着就是女人的尖叫声，桌子板凳被踢翻、酒杯瓶子被砸破的声音，大厅内乱作了一团，"保安团，保护西村领事。""快，检查电路，别让刺客跑了，快追。""把门关上，一个都不许出去。"

但此时喊叫声都被现场的慌乱淹没掉了。不一会儿，灯光又重新亮了起来，有几个人受了轻伤。米俊卿也挂了彩，肩膀中了一枪。米俊卿一看自己满手是血，一下子晕了过去，柳夫人忙喊来司机把米俊卿抱了出去，并向西村道别，"西村大人，我家老爷从小就有这毛病，见血就晕，我先带他回家了。"

"也好，一定要查出刺客，查出刺客。"眼看两次宴会都被刺客搞砸了，西村有些歇斯底里地喊着。

回到家，米俊卿苏醒了过来，柳夫人请来医生帮他把子弹取了出来。伤势算不上很严重，慢慢休养一段时间方能见好。

半月后，慕云鹤带着致清和文龙顺利回来了。在佩瑶眼中，半个月不见的文龙似乎长高了不少，而致清好像也黑了、瘦了，只有慕云鹤依然神采奕奕，好像比以往更精神了。

回到家，三个人似乎都很忙。文龙最挂念的是冷先生。他跑去冷先生房中一看，早就没了人影。他找到文秀追问冷先生的下落，文秀便把之前发生的事情原原本本地告诉了文龙，兄妹俩都不知道冷先生现在的去处，都为冷先生的安危担忧。

致清心中最挂念的是文秀，他害怕在他走后姚伯母跟母亲一时赌气给文秀定了亲，那麻烦可就大了，再说徐达那小子也还算不错。这样一想，致清心中害怕，归心似箭。见到文秀后，致清发现文秀并没有提跟徐达定亲的事情，心中的担心也就荡然无存了，只是他感觉，自己在文秀的心中的分量怎么好像远远不如冷先生似的。自己兴冲冲地跑去见文秀，但文秀却没有表现出他想象的见了自己应有的热情，只是淡淡地冲他笑了笑，之后便不再搭理他，而是和文龙专心地谈着冷先生的事情。致清有些插不上话，悻悻地退了出去。还是去见过母亲吧，半个月不见，不知道母亲身体状况如何，致清心想。

还没进门，母亲好像知道自己已经回来了，早已站在门口迎着致清。"致清啊，你可回来了，我都想死你了，长这么大还是第一次离家这么长时间。让娘看看。黑了，也瘦了，你爹这一路一定没好好照顾你。"

"娘，您这话说得，我都二十多岁的人了，应该我照顾我爹了，哪还用他照顾我啊。娘，您的身体怎样，还咳嗽吗？"致清是懂事的孩子，想着走之前桂芝就一直咳嗽。

"娘没事，娘盼你回来，是有一件事情要告诉你。"桂芝一脸凝重的表情。

"什么事情啊，看上去好像挺严重的，看娘一脸神秘的样子。"致清故意打趣母亲。

"孩子，跟你和文秀有关，你们走后，那个徐达，也就是要跟文秀定亲的那个徐家二少爷来找过文秀。两人在院子里嘀嘀咕咕的，被我看见了，我简直是臊得不行了，这还没定亲，就这样子，我上前说了他们两句，你猜怎么着？"桂芝故意顿了顿不再往下说，而是看着致清的表情。

"怎么了？您倒是说啊，还故意吞吞吐吐的干什么？"致清有些急了。

"我就这么说了两句，人家徐二公子就被文秀带着进了自己的内屋。我真是替他们害羞啊，这大白天的，想都不敢想啊。"桂芝知道致清会生气，故意说得很难听。

"娘，您多心了，徐达来咱们家是有事情的，不是来找文秀的，您误会了。"致清知道徐达来家中一定是为了冷先生，但是这事情父亲一再叮嘱不让母亲知道的，所以他也不便告诉母亲，只是，听到文秀跟徐达在一起，心里有些不舒服。

"你这个傻孩子，就别在文秀身上浪费时间了，趁早回山东完婚吧。"

"娘，别再提这事了，我不会和一个跟我没有感情的女人结婚的，这辈子我只娶姚文秀。"致清虽然把握不准文秀对自己的感情，但是自己对文秀的感情是绝对不会改变的。说完，致清走出了母亲房间。

"你这傻孩子，不听娘的话，你，你就等着吃亏吧。"桂芝远远地喊。

慕云鹤回到家做的第一件事情跟文龙是一样的，他急切地询问着冷先生的消息。当文秀向他详细说了事情的经过之后，慕云鹤心中倒是踏实了。他知道像冷先生这样的人留在家中是有危险的，早些离开也是件好事。

慕云鹤回到房间，见桂芝在发愣，脸色也不好，好像还有哭过的痕迹，稍感愧疚。这些日子夫人一定在家担心自己和致清了，于是主动上前搭话，"这些日子家中多亏你照顾着，辛苦了。"

桂芝看着慕云鹤，眼中满含怨气，"回家也不先到我的房间，这么晚才过来。"

慕云鹤暗想，原来是嫌我来晚了，他接着说："我看致清在你这儿，我就先忙了一会儿别的事情，你这就生气了？这些日子家中有什么事情吗？"

桂芝倒是见好就收，叹了口气，拿出两封信。慕云鹤一看，都是米老爷子写来的。 第一封是他刚走没几天收到的，信中说，孩子们都大了，该成亲了，慕家大院也已经为他们收拾干净，就等着慕云鹤带着儿子们回去。 再看第二封，大意是说米俊卿受了伤在家养伤，慕云鹤最好能趁这段时间携家眷回青城，举行孩子们的婚礼。

看完这两封信，慕云鹤内心如翻江倒海一般。 本来他们也打算回去一趟，只是为儿子们完婚，是件棘手的事情。 别说现在致清和文秀正处于热恋，就是致白，也不会同意娶一个近二十年不见的女孩为妻的，而且自己要真是带着一家人走了，何时回来？ 是否还要回来？ 药铺怎么办？ 这一大堆的事情想得慕云鹤脑袋都大了。

桂芝看慕云鹤一直不作声，以为他默认了，于是说："终于要回家了，我去准备准备东西，以便路上使用。"

慕云鹤摆摆手，"先别急，先跟孩子们商量一下吧，孩子们都大了，有自己的生活和思想，已经不是十几年前来东北的时候了。"

"你是一家之主，是他们的爹，你说走孩子们还能不听你的？"桂芝一听慕云鹤这个态度，有些不甘心，"我看是你不想走，舍不得这里吧？"桂芝说着露出了挑衅的眼神。

是啊，桂芝这么一说反倒使慕云鹤挂念起了佩瑶，要是真走了，佩瑶怎么办？ 自己出门在外想的挂的都是佩瑶。 这个女人从内到外，每个汗毛孔都充满了魔力，吸引着他，无论自己怎么逃避都摆脱不掉这种诱惑，而且他也知道，在佩瑶心中，自己的分量同样重要。 这么多年来，生活在一个屋檐下，何尝不是一种折磨，两人都是在苦苦地挣扎着，抗拒着自己的心。

慕云鹤觉得应该跟佩瑶谈谈，看看佩瑶是什么态度，实在不行，他就带佩瑶和文秀一起回山东，生意暂时由文龙照看着。

四十二

　　佩瑶闲来无事，躺在摇椅上读一本医书。 这些日子，佩瑶的心态有所改变，已经很少读佛经了，开始下功夫研究起父亲留下的医书和药书来，家中藏书很多，尽可以安心研读。 此时正值下午，暖暖的阳光洒落在佩瑶身上，她白净的脸庞，细长的眉毛，还有雪白的狐狸毛围领，都被包围在午后温暖的阳光里。 佩瑶眯着眼睛，眉头微微皱起，仿佛遇到了什么难题，但是瞬间又舒展开来，慕云鹤悄没声儿地走了进来，佩瑶全然不知，她已经被书中的知识完全吸引住了，而慕云鹤也被眼前的佩瑶完全吸引住了。 在慕云鹤眼中，此时的佩瑶如同女神下凡，他不舍得打扰佩瑶，就这样静静地看着她，等着她。 慕云鹤只有在单独面对佩瑶的时候，才会忘却一切烦心杂事，才仿佛找到了真正的自己。

　　佩瑶忽然轻轻地咳了一下，随即拿出一块手帕擦拭了一下脸颊，慕云鹤觉得这块手帕似曾相识，定心一想，这不是几年前，自己为佩瑶擦眼泪时用的吗？ 这么多年了，佩瑶竟然还这样用心保存着，一股暖流不由得冲撞到了慕云鹤的胸口。 慕云鹤轻咳了一下，佩瑶回头见是慕云鹤，有些意外，赶紧站起来，整理了一下自己的衣服和头发。 佩瑶不知道慕云鹤什么时候进来的，看自己多久了，脸颊不由自主地红了起来。

　　慕云鹤上前拥住佩瑶，拿过她手中的书来看了看，原来佩瑶还在研究那本《毒门药书》，慕云鹤有些感动，盯着佩瑶看。 佩瑶被看得不好意思起来，"你今天怎么有时间过来？ 一定有什么事情吧。"

　　慕云鹤有些答非所问，"这么多年了，没想到，这条手帕你竟然一直都留着。"

　　佩瑶有些慌乱，连忙把手帕藏了起来，"我，我觉得它还没有破，好，好的，丢了可惜了。"

"不会撒谎的人就别撒谎，你这样子看起来倒是蛮可爱的，哈哈。"慕云鹤喜欢逗佩瑶，特别是看她支支吾吾的样子，觉得又好笑又温暖。

"都多大年纪了，还可爱，你快别乱说了，有事你就快说吧。"佩瑶是个急性子。

慕云鹤两眼盯着佩瑶，神情非常专注，"佩瑶，我今天是有事要和你商量。只是，我不知道该怎样对你说，我也不知道该怎么办？"慕云鹤说完，两手轻抚在佩瑶的肩头上，一脸无助的表情。

佩瑶从没见过慕云鹤这样子，在她心中，慕云鹤是顶天立地的大男人，从来不知道害怕，也从来没见过他如此犹豫纠结。 佩瑶来自女人深处的柔软此时一点一点被慕云鹤挤压了出来，她忽然忘却了在慕云鹤面前该有的矜持，主动拉起了慕云鹤的手，柔声细语地说："云鹤，你到底怎么了？ 想说就说吧，发生什么事情，我都不会怪你。"

这是佩瑶第一次对慕云鹤这么主动，而且还喊他的名字。 慕云鹤惊喜万分，更不知道该怎么开口了。 看佩瑶一脸焦急的神态，慕云鹤忙扶她坐了下来，"佩瑶，你别急，听我慢慢说。"于是慕云鹤把与米家的关系和刚刚收到的米老爷子的信都跟佩瑶说了一遍。

佩瑶听后，面色由刚刚的红润变得苍白起来，虽然她知道这一天早晚会来，但是真的来了，她却有些承受不住。 佩瑶感觉头又开始疼，身体轻飘飘的，她知道自己可能又要昏倒，不行，她不想让慕云鹤再看到她昏倒的窘相。佩瑶定了定神，紧闭上眼睛保持清醒。 慕云鹤看佩瑶脸色不对，也有些慌乱，"佩瑶，你没事吧？ 我们不走了，好不好，真不走了，你睁开眼看看我，我不走了。"

佩瑶轻轻摇摇头，告诉慕云鹤，"没什么事，只是刚刚有点头晕，不用紧张。"

"其实你们回山东这是早晚的事情，你不必跟我商量的，只告诉我什么时候走就行了。 我只是担心致清和文秀这俩孩子会受伤害，两个孩子青梅竹马，这样被强硬地拆散，会受不了，万一做出什么过激的事情来，我们做长辈的后悔就晚了。"佩瑶首先想到的是孩子，她知道什么是爱情，知道爱情对年轻人来讲比生命还要重要。

"是啊，这也正是我担心的，这次来就是想跟你商量这件事情的，我真不知道怎么办才好了。"

"把两个孩子叫来吧，看看孩子们的意思。"佩瑶也没有什么好注意。

"也好，让他们俩来下。"慕云鹤于是让莲儿去把文秀和致清叫来。

四十三

不一会儿，两人就来到了佩瑶住处。看到慕云鹤在这儿，两人都有些意外，互相看了看，没有吭声。

慕云鹤表情严肃地让他们俩坐下，说有重要的事情要谈，两人面面相觑不知啥事。慕云鹤把刚才跟佩瑶说的话跟他们两人说了一遍，致清的反应是坚决不同意，死活不回山东，并扬言要他娶米家大小姐，除非带他的尸体回去。文秀虽然原来对致清的态度不温不火，但看到慕云鹤真要带致清回山东娶亲了，也害怕起来，边哭边拉着致清的胳膊，"不行，致清，你不能走，你说过这辈子只娶我的。"致清见文秀哭成那样，更坚定了与父母斗争到底的决心。

慕云鹤拿两个孩子实在没辙，说句实在的，为了孩子们的幸福，为了自己心爱的佩瑶，他也不想拆散他们，只是这就要回山东了，该如何对米老爷子交代啊。慕云鹤焦头烂额，终于知道情和义很难两全。

"爹，我想了个办法。我带文秀回去，就跟他们说我们已经成亲了，生米做成熟饭，难不成我成亲了米家大小姐还要嫁给我？"致清慌乱之间也想不出更好的办法。

慕云鹤紧锁着眉头，并不作声。

文秀看看致清，再看看慕云鹤，不知道慕云鹤是什么态度。

慕云鹤沉思了一会儿，看着佩瑶说："佩瑶，你说呢，文秀要是嫁给致清，你同意吗？"

佩瑶一愣，没想到慕云鹤会问她这个问题，沉思了片刻，走上前拉起文秀和致清的手，把两人的手放在一起，走到慕云鹤面前，"我只想看到孩子们幸福，如果你这算是跟我们家提亲，那就按程序交换生辰八字，下彩礼定亲吧。"佩瑶脸上露出了幸福的笑容，泪水顺着眼角缓缓地流了下来，文秀嫁给致清又何尝不是她多年来的愿望和期盼呢。

"好，好，同意就好。"慕云鹤看到佩瑶流出的泪，知道这件事情自己这样处理是正确的，孩子们幸福了，佩瑶才能高兴，佩瑶高兴了，自己才满足。

致清和文秀不敢相信自己的耳朵，没想到事情变化得这么快，两人拥抱在一起，喜极而泣。多年愿望在这一刻成为现实，两人不由自主地相互捏了一把脸，"文秀，疼不疼？""疼，你呢？""疼，我们不是在做梦。文秀，我们终于可以光明正大地在一起了，文秀，我们可以在一起了，谢谢爹，谢谢娘。"致清被突然得到的幸福搅乱了，有些口不择言。

佩瑶一听不好意思，"这孩子，真是乱了性子了，乱喊什么啊。"

"还不是早晚的事情嘛。"慕云鹤意味深长地笑着看佩瑶。

"什么啊，你们这爷儿俩，真是的。"看到慕云鹤的表情，佩瑶明显感觉话中有话。确实是啊，等孩子们成了亲，不就得叫娘吗。

桂芝闻听此事却有些坐不住了，她从后院一口气跑到了佩瑶的房间，大有泼妇骂街的架势。"姓郑的，你出来，这种事情你也干得出来，你自己抢人家丈夫也就罢了，连女儿也跟你学上了，想当我儿媳妇，那还要看我认不认，骚货养不出什么好东西。"骂得正上瘾，慕云鹤从佩瑶房间出来上前冲着桂芝就是一耳光，"在这里胡说八道什么，你现在已经彻底变成一个泼妇了。"桂芝被打得有些发愣，一时不知道该说什么好了，只是捂着脸呜呜地哭了起来。佩瑶没有出来，她现在还沉浸在喜悦中，被桂芝骂两句也没有以前那么在意了。

桂芝不依不饶，"慕云鹤，这亲事可是板上钉钉的事情，不能说退就退。你整天讲仁义，退婚就不是仁义之人干的事情。还交换生辰八字，你想让你儿子交换两次生辰八字啊。"

桂枝说完，慕云鹤忽然想起了什么，"对，交换生辰八字才算是定亲，我想起来了，当时来东北比较匆忙，根本没来得及给孩子们交换生辰，只是嘴上说了说而已。桂芝、佩瑶，赶紧给孩子们交换生辰八字吧，这事就这么定了。"

桂芝见自己再怎么闹腾也改变不了丈夫和儿子的心意，哼了一声回去拿生辰去了。

　　致清和文秀这段爱情历经了近二十年的磨炼，终于修得圆满。双方家人按照习俗，请了媒人，下了八字，送了聘礼。虽然同住在一个屋檐下，但定亲的程序还是严格按照习俗来办理的，因为佩瑶知道，女儿嫁过去，必须是名正言顺的，容不得半点马虎，不能让桂芝挑出毛病。

　　媒人还是请的隔壁六婶子。六婶子一听文秀要跟致清定亲，也很是高兴，两个孩子从小一起长大，早就应该定了，拖到现在才办，也真是委屈了孩子。

　　佩瑶有些不好意思，"以前我们也有难言之隐，只是麻烦六婶子回告徐医生一声，亏得还没交换生辰八字，要不然这退婚就麻烦了。"

　　说到这儿，六婶子忽然四处看看，低下声音来，"你们不知道吧，徐家那二少爷前些日子跑了，哪都找不到了，听说加入了什么共产党。哎呀，我一听这事吓得半天回不过神来，亏得没跟文秀说这门亲啊，要真是定了亲，不是把文秀给坑了嘛，佛祖保佑，文秀嫁给致清有福了。"

　　"是吗，看来这徐家二少爷还是个有理想的激进青年啊。"佩瑶想起他跟冷先生在一起，有些感慨。

　　"这帮没脑子的，还有思想？这些人就是放着安生日子不好好过，你说他们家那产业也不小啊，当什么共产党，那就是找死啊。"桂芝的态度截然相反。

　　"是啊，是啊，咱们这老实巴交的生意人，千万别惹上他们。共产党一旦被抓住，那就要被砍头啊。"六婶子似乎对这件事情还心有余悸，"这都是缘分啊，人的命天注定，谁都抗不过老天爷，哈哈，该跟谁是谁。"

四十四

慕云鹤得知徐达失踪的消息已经是两天以后的事情了。家中正在准备过年和回山东用的物件，铺子里这几天是文龙在盯着，慕云鹤想腾出时间来关心一下两个孩子定亲的事情。

慕云鹤知道冷先生和徐达的失踪一定有关系，对于他们这些人的态度慕云鹤从回避到无奈的帮助，从理解到彻底的佩服。他们为了国家、人民的利益，将自己的生死置之度外，这是怎样的一种品格和境界，慕云鹤感觉自己好像渐渐地被他们折服了。

回山东的东西已经准备齐全，两个孩子的亲事也已经落定，慕云鹤现在想的就只有两件事情。第一件事就是回去如何跟米老爷子解释致清与文秀的事情。这件事情很是令他头疼，让他感觉自己整个就是个毫无义气之人，说过的话就这么被自己轻易否定了。事已至此，也没有其他办法，为了孩子，只能要一把赖皮了。双方没有交换生辰八字，只是嘴上说说的，没办法当真。唉，想到此处，慕云鹤都想扇自己两耳光，可这也是没法子啊。

第二件事情，就是与佩瑶的离别。慕云鹤很想带佩瑶一起回山东，但他知道佩瑶一定不会去，再说也名不正言不顺的。也罢，回山东看看，孩子们要是愿意留下，他最多过个一年半载，就会回来。他已经把这儿当成自己的家了，因为这儿有一个让他整天挂念着的佩瑶。

想到佩瑶，慕云鹤坐不住了，他想马上见到佩瑶。他起身来到佩瑶房间，出乎意料，佩瑶没在。莲儿说她一早就出门去了，没说去什么地方，只是说中午就回来。

慕云鹤心中一惊，佩瑶从不会一个人随便出门的，现在时局这么乱，日本军队和东北军满大街都是，女人孩子见了都躲着走，佩瑶这个时候出去到底想干什么？难道是不放心文龙？慕云鹤赶紧出门向药铺走去。文龙见慕云鹤进来也是一愣，慕云鹤进门并不说话，四处看了看，然后又匆匆出了门。文龙觉得奇怪，从后面追上慕云鹤，手中还拿着一封信，"慕伯伯，您等会，我这有封信是冷先生给您留下的。"

"冷先生，什么时候留下的？怎么不早给我？"慕云鹤赶紧接过信放进了口袋。文龙很警觉，看看四周然后趴在慕云鹤耳边说："是徐达让我转给您的，他说是冷先生走的时候留下的，这几天风声很紧，不敢出门，今天才乔装打扮送这儿来。"

"徐达？他不是共产党吗？不是失踪了吗？怎么还敢出现在这儿？"慕云鹤担心自己的药店跟共产党扯上关系。

"他已经走了，说是到需要他的地方去了。"文龙像是自言自语，又像是在回答慕云鹤。

"慕伯伯，其实我很羡慕他们，我也想做一个像冷先生和徐达那样的人，我不想被困在药店里，我也想走，到国家最需要的地方去。"文龙不知道哪来的勇气，一口气说出了自己的想法。

文龙说这一番话，慕云鹤并不感到奇怪，这孩子从小就叛逆，自己决定的事情，十匹马也拉不回来。他耐心开导，"我也佩服他们，但是我们现在最重要的是先安顿好自己这个小家，那样才有精力去考虑国家，只凭一时冲动，要是命没了就什么都没了，你没看报纸上这几天一直在枪毙共产党。"

"现在日本在东北进行政治、经济、文化方面的全面渗透，连学校的学生都必须学习日语。哪个老师不听话，就会被当成共产党枪毙。"文龙愤愤不平，心中充满了对当局的不满和对日本人的痛恨。

慕云鹤见文龙如此激进，心中很是担心，担心自己离开后，会不听佩瑶的话，要是再有个三长两短，那他对不起早早死去的姚家明啊。于是他拍拍文龙的肩膀，像是鼓励，又像是安慰，"文龙，这些慕伯伯也知道，只是你现在还小，大学都没毕业，救国救民的事情先由他们去做。你先学好知识，学好做生意的本事，将来为他们捐钱，出主意，一样可以救国，不一定非要上战场。 再说，我们这就要回山东，文秀也要跟我们一起走，家中就只剩你和你娘，你千万不要搞出什么乱子，让你娘担心。"

"慕伯伯，你们真要走啊，什么时候回来？ 我离不开你们。"文龙说着眼角红了起来。

"我们离开山东也快二十年了，应该回去看看，最多一年半载就回来，生意你要好好打理，慕伯伯回来要检查的。"慕云鹤见文龙伤心，于是抚摸了一下文龙的脸，"你长大了，很多事情需要自己拿主意，慕伯伯不能跟你一辈子。"说话间，看到一队日本军人从他们面前走过，慕云鹤担心佩瑶的安全，"文龙，你快回吧，街上太乱，我还有点事情要办。"说完就匆匆地离开了。

四十五

不知道佩瑶去哪里了？ 慕云鹤有些漫无目的地四处乱找，不知不觉他来到了附近的小山坡。 此时的山坡，放眼一片雪白，枝枝条条上挂满了水晶般的冰串，冰串在阳光的照射下发出耀眼的光芒。 远处的山头也披上了一层厚厚的雪白的棉衣，满山松树顷刻间变成了开满了白花的梨树，偶尔吹来一阵山风，细如白沙的雪末四处飞扬，如梦如幻。 这寒冬的山色，美得让人窒息，美得让人沉醉。 慕云鹤从来没有在隆冬季节来过这里，看着眼前的景象，不禁感慨这么多年自己竟然没有发现这近在咫尺的美景。

慕云鹤快步向山间走去，道路被厚重的白雪覆盖，但他并不觉得难走。 往前大约走了两百米，差不多到了上次救佩瑶的地方，他看见前面有一人。 那人身披绛紫色披风，脖子上戴紫色的狐狸毛镶边的围巾，甚是扎眼，慕云鹤一眼就认出是佩瑶，"佩瑶，佩瑶，可找到你了，你在这干什么？ 大冷的天。"慕云鹤远远地大声喊了起来。

"我在等你呢，我知道你会来找我。"佩瑶远远地回应着，文秀和致清定亲以后，佩瑶的心情一直不错。

慕云鹤跌跌撞撞地来到佩瑶身边，看佩瑶的脸被冻得红红的，有些不忍心，伸出双手把佩瑶的脸捧在自己手心里，"看你冻的，你怎么知道我会到这儿找你，要是不来呢？ 你还不被冻死啊。"慕云鹤调侃佩瑶。

"我找你有事，知道你要回山东，这是送你的礼物。"佩瑶说着从身上拿出一本书，递给慕云鹤。

慕云鹤接过来，"百毒不侵"四个大字出现在眼前。 他稍感诧异，接着翻开浏览，这哪是一本书，完全就是佩瑶的读书笔记。 佩瑶将常见及罕见的毒素以及解毒的药方一一列举，加入了自己的理解，对药物使用可能出现的不良症状进行了说明、注释。

"天呐，这真是个宝贝啊，佩瑶你太有才了，看你整天在忙着读书，原来是……"慕云鹤边说边把佩瑶抱了起来，激动地转了好几圈。

"哎呀，你快放下我，这地太滑了，小心摔倒。"佩瑶吓得不停地喊叫，看着慕云鹤惊喜的表情，佩瑶有些得意，"听说日本人在山东很凶残，用毒气是他们残害老百姓的一贯手法，这本册子你带着，说不定什么时候就能用上。"

慕云鹤此时的激动无法用语言表达，他紧紧地抱住佩瑶，舍不得松手。在他眼中佩瑶就是女人中的精灵，满足了他对女人所有的想象，更让他知道了爱情的味道。他此刻忽然彻底地理解了，致清为什么死也不同意米家的婚事，就是因为爱情吧，活到四十多岁，慕云鹤才真正尝到了爱情的滋味。

佩瑶轻轻推开慕云鹤，"云鹤，你要好好照顾文秀，她从小就没有离开过我，跟你们走我不放心。"

"你也跟我们一起走吧。"慕云鹤虽然知道不大可能，但还是希望出现奇迹。

"不行，这儿还有文龙，我更放心不下，你要是还记得这儿，记得我，你就回来看看，今生今世，我心足矣。"佩瑶默默地流下了眼泪。

"放心吧，我一定会回来的，你等着我。虽然我不能给你什么承诺，但是我真的很在乎你，一日不见就很想你，我不知道这是不是孩子们说的爱情，但是这种感觉在我心里已经埋藏了很久很久，我知道我不该对你这样，但是我控制不了。"慕云鹤第一次向佩瑶敞开了自己的心扉，诉说着自己的感受。

"云鹤，你别说了，什么都别说了，我都知道的，到了以后写封信回来，让我知道你们的消息就好。"佩瑶依然默默流泪，"回去吧，该说的都说了，这儿太冷了。"

慕云鹤赶紧解下自己的披风披在佩瑶身上，佩瑶没有拒绝，两人默默地看着对方，只见风吹着雪花四处飘落，此时无声胜有声。

四十六

桂芝看过了皇历，年初六是个吉利日子，俗话说，想要走三六九。 于是，慕云鹤决定年初六启程回山东。 致清和文秀有情人终成眷属，去哪都无所谓了，而致白却是老大不愿意，"这马上就要开学了，回了山东我还上学吗？ 我这才多大，就娶亲，要娶你们娶，凭什么让我娶？ 我跟你们说，就是回去我也不娶亲。"

说归说，走还是要走。

初六这天，天色难得的大晴，一家人坐了两辆马车，即将出发去往山东。

文秀和致清来向佩瑶告别，母女俩从来没有分开过，这一走不知道什么时候能再见，佩瑶控制不住哭了起来，文秀见状忙安慰她，"娘，您别伤心，我去去就会回来，这是我的家，我一定会回家的。"

佩瑶摇了摇头，"嫁出去的女儿泼出去的水，你就安心跟着致清好好过日子，娘还有你哥哥呢，想你了我会给你写信，这兵荒马乱的，你千万别乱跑。"

"娘，要不你跟我们一起走吧。"文秀恳求着佩瑶。

"又说傻话，这有你外公，有你爹，还有你哥哥，我怎么会走呢？ 儿孙自有儿孙福，你长大了，有自己的生活了，娘看到你幸福我也就幸福了。"佩瑶擦擦眼泪催促他们，"快走吧，别让你爹等急了，致清，路上要好好照顾文秀，她从来没有出过远门。"佩瑶还是不放心文秀。

"伯母，您放心吧，文秀比我的命还重要，我会保护好她的。"

送君千里终有一别，慕云鹤一家越走越远，佩瑶和文龙看着他们乘坐的车渐渐变成了一个黑点，最终消失在了大路的尽头。

慕云鹤走了，文秀也走了，整天跟佩瑶吵嘴的桂芝也走了，此时的姚家大宅一片寂静，静得让人心慌。 这种静佩瑶没有体验过，她的心仿佛被揉碎了，血液也被抽干了，六神无主。 她呆坐在堂屋里，紧闭双眼，近二十年来的一幕幕涌上了她的脑海。 一切都过去了，像做了一场梦，是梦总有醒来的时候，而此时，就是梦醒时分了。

"娘，您别难过，这不是还有我吗？ 您还有儿子啊。"不知道文龙什么时候进来的，他看到佩瑶的样子，知道佩瑶难过。

听到文龙说话，佩瑶浑身一颤，仿佛从梦境中回到了现实一般，她拉起文龙的手，温柔地看着他，说："娘没事的，只是一时接受不了，过两天就好了，在娘心中，你比他们重要，只要你好好的，娘就没事。 这些日子，你慕伯伯也教了你不少东西，你一定要好好做，这家业是你外公和你爹的心血，现在交给你了，你要争气啊。"

"我知道，您放心，我这就去铺子看看，您休息会啊。"说完文龙走出了院子。

在这寂静的时光里，在这落寞的深宅中，悠悠旧事，想念再起，任你如何挥手，那份被扰乱了的心弦，都难以平静。

四十七

慕云鹤一家驾着两辆马车，艰难地行驶在冰雪覆盖的路面上。慕云鹤心中百感交集，不知不觉间在东北已经生活了近二十年，孩子们都已经长大成人，而自己也快五十岁了。命运捉弄，自己这一生原来亏欠了家明，而现在又亏欠了佩瑶，好在致清和文秀两个孩子相亲相爱，自己心中也算是稍有安慰，只是桂芝对文秀成见太深，有事没事的总喜欢找文秀的茬，他知道，桂芝这是把对佩瑶的妒忌，发泄到了文秀身上。对于桂芝，慕云鹤也很无奈。

一路走来，慕云鹤眼中看到的是民不聊生，日本兵、日本浪人、各路军阀，随处可见，他们毫无顾忌地抢掠欺压百姓。慕云鹤看在眼里，痛在心上，但是仅凭自己的微薄之力，是无力反抗这种暴行的。他想到了冷先生的信，信中言语不多，寥寥几笔，说他又有了新的战斗岗位，去了国家最需要的地方，感谢多次相救，有缘分还会相见的。慕云鹤此时此刻越发能够理解冷先生了。

眼见一路不太平，为了安全，慕云鹤让文秀换成了男装，而桂芝却是怎么说都坚持不换，说是这么大年纪了，不能丢人。慕云鹤也没有办法，只能听之任之了。

俗话说，是福不是祸是祸躲不过。这一天，一家人赶路将近中午，看路边小摊有吃有喝的，于是决定停下来休息一会儿。这是一长排路边店，门口放着几张桌子，慕云鹤看四周没人，便招呼大家下车。就在吃饭的时候，他们忽然听到屋子里传来女孩子呼救的声音，慕云鹤一惊，忙问店家怎么回事？店家唯唯诺诺的不敢说话，"你们，抓紧吃饭，快走吧，别管闲事。"慕云鹤心中一惊，马上让兄弟俩带桂芝和文秀上车，自己结完账也准备离开。这时，屋子里跑出来一个衣冠不整的女孩，她跌跌撞撞地跑到致清身边，一把抓住了致清的衣角，不停地哀求着，"救命，大哥救命。"致清没见过这种局面，有些慌乱。

紧接着更为想不到的事情出现了，三个穿着日本长衫，气势汹汹的男人跟着女孩子出来了，明眼人一看就是日本浪人在欺压中国女孩。慕云鹤示意致清赶紧上车，致清反应很快，立马意识到事情的严重性，伸手甩开女孩带文秀上了车，而致白也想带母亲进车里去。就在此时，那女孩子伸手抓住了桂芝，死活不让桂芝走。三个日本浪人来到了女孩身边，其中一人看到桂芝后，眯着眼睛淫笑起来，"一个不够，这个娘们也不错啊。"说着就上前拉桂芝的衣服。慕云鹤和致白一看急了，致白飞起一脚对着小日本的脸就踹了过去，他从小跟着父亲练功夫，平时虽然没用过。日本人仰面躺在了地上，口鼻出血，另外两个人一起围攻致白。慕云鹤此时也顾不了很多，三下五除二把这几个日本浪人打得爬不起来了，然后转身带着吓瘫了的桂芝和致白上车就要走，地上的姑娘拦住了他们，哀求着，让他们带她一起走，慕云鹤只想赶紧离开，也没多想，就带着姑娘上了车，随后两辆马车飞驰而去。

一路颠簸总算是到家了。离家近二十年了，慕云鹤没想到家中依然如故，院子早就被打扫得干干净净，房间里崭新的被褥摆放在床头上，条几上的花瓶在阳光的照耀下反射着刺眼的光亮。慕云鹤走到桌子边上，青花瓷的茶壶看上去像是刚刚沏上的茶，散发着温暖的芳香，慕云鹤不禁伸手一摸，手竟然被烫了一下，果然有茶，慕云鹤正在发愣，忽然屋外进来一中年妇人，"慕老爷，您回来了，你看我这正打算出去迎您来着，您这一家人就到了。"

慕云鹤有些奇怪，"你是？"

"慕老爷，我是米夫人为您家请来的佣人，我姓周，早知道您一家要回来，我就一直在这等着，等好几天了，快喝点水，休息一下吧。"周妈快人快语的。

"噢，是这样啊。"慕云鹤感叹米家做事周到，心中更觉得对不住。他招呼桂芝进来，给她介绍了周妈。桂芝白了慕云鹤一眼，话中有话，"米家做事讲究，周到、仁义，我看你得当面好好谢谢人家。"

慕云鹤不再言语，吩咐大家看看自己的房间，还需要什么抓紧添置。对于路上救来的女孩，慕云鹤起初不想把她留在家中，一是家里不需要太多佣人，二是毕竟来路不明，在家待着不合适。慕云鹤想给她找个地方打工，没想到桂芝坚决不同意，说一个女孩子人生地不熟的，在哪打工都不安全，非要留在家中当自己的使唤丫头，慕云鹤拗不过，便找来女孩问她的身世背景。

女孩一提到身世就泣不成声，说她叫珠儿，是从东北鼠疫村逃出来的，家人都死于鼠疫。她一直给一大户人家当佣人，前些日子，土匪盯上了大户人家，抢走了不少东西和钱，还杀死了老爷、太太，没办法佣人们也都散了。她出来后，一时没找到合适的地方落脚，碰巧在路边遇到了日本浪人，差点受辱，多亏慕云鹤出手相救，为报答救命之恩，她愿意一辈子服侍他们。慕云鹤见姑娘哭得如此悲伤，不禁为之动容，答应让她留下来。

四十八

其实这个珠儿不是一个普通人，她的真实身份是日本黑龙会的一名间谍。日本人为全面侵占中国做了很多准备，培养了很多间谍，部分间谍从小在中国长大，他们渗入到各个领域，趁机获取中国的军事机密、惯用战术，考察当地的地形、天气等情况，时刻为他们的全面入侵做准备。

珠儿就是这样一个日本女间谍，她的洞察力非常强。 她第一次见慕云鹤就觉得此人绝非等闲之辈，后来发现他不仅武功高强，还行侠仗义，于是决定跟随他们一探究竟，到了青城后她发现慕云鹤一家在此地应该算是名流世家，要能借此机会长期潜伏在他们家，定会不辱使命。

黑龙会直接受日本本土的最高间谍机构的管理，间谍遍布中国各地，他们以各种身份存在，不接受日本地方军队和政要的管理，一提到黑龙会，在中国的日本人都会肃然起敬。

慕云鹤一家稍作安顿后就拜访了米家，米老爷子迎到了街门口，慕云鹤见状忙不迭地拉着桂芝和两个儿子跪倒在米老爷子脚下，米老爷子拉起慕云鹤，端详了半天，只说了一句话，"高兴啊，可惜你师娘没了。"说着便哭了起来，慕云鹤见状拉着米老爷子的手，百感交集。 米俊卿出来命丫头扶老爷子回房休息，自己则拉着慕云鹤的手进了大堂。

桂芝和两个儿子紧跟其后，柳氏也带着两位小姐走了出来。 该面对的早晚都要面对，对于见米家的两位小姐，慕家这两个儿子也都做好了准备，此刻见面，倒是也没觉得紧张。

柳氏今天心情很好，微笑着走到致清、致白跟前，端详着两个小伙子，口中不停地啧啧，"你看这俩孩子长得，跟云鹤年轻时候一样，精气神足，我这俩丫头有福气了，哈哈。"

"什么意思，他们与我们有什么关系。大娘，你别胡说好不好？"说话的是二小姐如男，柳氏一听忙制止如男道："如男啊，这就是你的男人致白啊。"柳氏指着致白说。

"大娘，什么男人？都什么世道了，还给我找男人，要找我自己不会找？都哪年哪月的陈芝麻烂谷子的事了，还提起，我不是早就说了，我不想嫁人。"如男忽然咆哮起来。

"这孩子，从小就像个男孩子，被宠坏了。"米俊卿见状有些尴尬，赶忙为如男打圆场。

"宠坏了？被你吗？你不想想你多少年不在家，还宠我，你还是宠宠你那老板吧。"如男想说日本人，但是当着慕云鹤的面没说出来。

致白倒是觉得这女孩子敢说敢做的，像个侠女，虽然长相一般，却不失可爱，于是走上前，看着如男，"这么说二小姐是没看上我慕致白，可这婚约可是之前就定好的，你这是要单方面毁约？我想成全你，可是你爹你娘，还有米老爷子不一定同意吧。"

"看你这小白脸样，一定没什么好心眼。我不喜欢你这种人，油嘴滑舌的，对不起，咱俩没缘，我不跟你叨叨，你看看我们家还有没有合适的人，你想娶谁就娶谁吧，本小姐还有要事要做。"说完一溜烟跑了，任米俊卿和柳氏在后面喊，头都没回一下。

米老爷子看如男跑了，气得又蹦又跳，摇摇晃晃地瘫坐在太师椅上，"这丫头，管不了了，云鹤，你见笑了。"

慕云鹤见此情形，心中倒是释然，忙安慰老爷子道："没关系，没关系。孩子们都大了，有脾气了，很好，很好，这性格我喜欢，哈哈。"说完又回头看着致白，"你呢，还不去追，看看二小姐有什么重要的事情要做，帮个忙也好啊。"致白愣了一下，"噢，好。"说着朝如男走的方向追去。

此时屋里的气氛已经多少有些尴尬了，米俊卿连忙为慕云鹤介绍如意，如意今天依然是盛装打扮，时尚的波浪长发挽起高耸的发髻，桃红色的蝴蝶结戴在发髻上，洋装长裙走起路来一摇一摆，袅袅婷婷的，看上去确确实实是一个时尚的富贵小姐，只是这种形象的女孩子致清一点都不感兴趣，他的心早就被文秀填得满满的。

和如男不同，如意一见到致清就相当中意，少女的羞涩浮现在脸上，她不等柳氏为她介绍，就主动走到致清身边，"我知道，你一定是致清哥哥，我是如意，咱们小时候常在一起玩的，这么多年没见，我还一直记得你，你还记得我吗？"

致清被如意的主动搞得有些不知所措，只得应付着"记得，记得。"并回头求助似的看着慕云鹤。

"如意，你带致清四处走走吧，我们大人说会话。"柳氏明白如意心中的想法。

"好的，致清哥哥，走吧。"如意拉起致清就往外走，致清没别的办法，只得跟着如意出去。 慕云鹤向儿子投去意味深长的目光，致清明白，这是父亲在暗示自己，事情会顺利解决的，让他放心。

"致清哥哥，听说你们回来好几天了，怎么才来看，看我。"如意有些害羞。

"我，我，刚回来事情很多，没抽出时间。"致清支支吾吾地应付着如意。

"你们一去就是十八年，我可是等了你十八年啊。"如意性格外向，喜欢直来直去。

"米大小姐，我，我，其实想告诉你……"致清知道如意的想法，心中纠结，不知道此时将文秀的事情告诉她合不合适。

"告诉我什么？ 是不是你也挺想我的。"如意追着致清问。

致清更尴尬了，面对如此热情的如意，他实在是无法开口，只得答非所问，"你们家花园真大，比我们家大多了。"

"我大娘说，我们家没有男孩子，等我们成亲了，你就可以住在这里。"

致清笑了笑说："这怎么可能，我不会住在这里的。"

如意看致清笑了，伸手想拉致清的手，致清慌忙闪开了，如意有些尴尬，嘟着嘴，看着致清，"你怎么了，还不好意思吗？"

致清装作没听见，继续往前走，如意只得紧跟在后面。

四十九

致白没有追如男，其实他也不想追这个女孩子，这种女孩他还是第一次见，要是真娶她当老婆，自己这辈子算是玩完了。现在既然姑娘自己提出来不想嫁他，正好了，这下省得麻烦爹了。他知道致清的婚事已经够让爹头痛的了，现在自己的事情既然是米家小姐主动提出来不合适，那就怪不得我了，哈哈，想到这里，致白心中反倒高兴起来。

既来之则安之，都说米家是御赐的宅院，里面一定不错，致白想何不借此机会在这里好好逛逛。

米家大院，确实非同一般，四周的封火墙，牌坊式的大门，青砖绿瓦的房顶，精致的雕刻都透露着房屋的别致。青石板的小路贯通前后院落，院落疏密有致，门窗雅洁，十分完整，透出一派静谧闲适的浓郁气氛。

致白一个人没头没脑地在院子里闲逛了起来，走过了几道门，没看见一个人，他喊了两声如男，也没人回应。刚想转身离开，忽然看到后面一个人影一闪而过，速度很快，致白来不及反应，这人便消失了，他愣在原地，感觉这个影子好生面熟，紧跟着跑了两步，却再没见人影。

致白没有再追，继续漫无目的地走着，前面不远处，一长形精巧的花瓶门呈现在眼前，致白不由自主地走了过去，一个小巧的庭院，一栋高台阶的房子，院子里此时雾蒙蒙的，院门左右两棵是参天的梧桐树，树下是石头桌椅，青石板的台阶横跨整个院子。致白停在院子中间，不知道该进去还是出来，迟疑间，屋里传出了一阵柔美的琴声，似溪水长流，似清风拂面，致白感觉自己一定是不小心步入了仙境，那琴声一定是来自于一个美貌的仙子。管不了那么多了，致白举步向屋内走去。

门没关，他向屋内张望，弹琴的果然是个仙女，女孩眉眼间像极了如男，但是又肯定不是如男，因为神态不像，穿着打扮和气质都不像。致白悄悄地走了进去，女孩子竟然没有发现他，依然专心地弹着古琴。这时一个声音突然传了过来，"请问这位公子是？"致白被吓了一跳，公子？这种称呼是在对自己说话吗？这都什么年代了，还有人喊公子？致白回头一看，一中年美貌妇人站在他身边，脸上满含笑意。

159

"对不起，我是听见琴声进来的，不好意思打搅你们了，我这就走，对了，我是找如男小姐的，你们继续。"说着致白就要退出去。

"公子，稍等，要是没有猜错的话，你是慕致白吧。"中年妇女依然满含笑意。

致白一愣，"是啊，夫人，您怎么知道啊？"

"因为我是如男的亲娘啊，怎么会不知道今天女婿上门呢？"

"啊，原来您是，伯母，我不知道，这样子冒昧打搅，真是不好意思。"致白得知夫人竟然是如男的亲娘，一时紧张，有些语无伦次。

"嘻嘻，娘，他很有意思，你看他说话都结巴了。"弹琴的女子已经停了下来，看到致白的窘相觉得很好笑。

"如萍，这可是你未来的姐夫，来认识一下吧。"

致白知道米家还有个三小姐，平日里爱跟着自己的亲娘习文、弹琴，深居简出的，没想到自己今天竟然误打误撞地进入了这么个深宅闺房，只是在听到米家姨太太向三小姐介绍自己是如男的丈夫，如萍的姐夫时，顿时感觉一口气堵在了嗓子里，口干舌燥，想辩解，却不会说话了。"不是，夫人，不是的，这事不是这样，我，真的不是，姐夫，您搞错了，不，夫人，您搞错了，我，我先回去了。"致白发现能言善辩的自己此时不知道怎么了，竟然结巴了。

"姐夫，再见。"如萍冲着致白笑了起来，并挥了挥手，致白看到一排整齐的牙齿，红红的嘴唇，白嫩的小手，顿感一阵眩晕，慌忙逃了出去。

致白在前院门口遇见了致清，致清看到致白慌慌张张有些奇怪，"致白，你怎么了，遇见鬼了，看你慌张的？"

"哥，我还真遇见鬼了，不是鬼，是，"刚想把遇见如萍母女的事情说出来，但怕哥哥笑话，又咽了回去。

"是什么？把你紧张的。"致清追问。

致白忙转移了话题，"我看到一个身影，很像，很像冷先生。"边说边靠近了致清的耳朵。

"不可能，他怎么会在米家？别瞎说了，咱们快回去吧，爹等急了。"

"是嫂子等急了吧，嘻嘻。"致白故意逗引致清。

哥俩有说有笑地进了大厅去找慕云鹤，本以为几个长辈谈得正欢，没想到大厅甚是安静，慕云鹤面色非常难看，桂芝也是一副坐立不安的样子。见两个儿子回来了，桂芝立马站了起来，"云鹤，咱们儿子回来了，时候不早了，也该回家了。"

"哼，也罢，你走你的阳关道，我过我的独木桥。"慕云鹤甩下一句话，站起来一甩长袍，快速走了出去。

"云鹤，你，你听我说好不好。"米俊卿在后面追着喊，慕云鹤没有回头。

看慕云鹤怒气冲冲的样子，兄弟俩以为父亲是为了他们的亲事跟米俊卿闹翻了，都没敢吱声。走出米家，致白看到前面大街很热闹，于是跟母亲打了声招呼，一溜烟跑出去玩了。剩下三人招了黄包车，急匆匆地回家了。

五十

见父亲紧皱双眉，一路上不说话，致清心中七上八下的，不知道亲事谈得怎样了。

回到家中，桂芝吩咐珠儿给慕云鹤倒了杯茶。三人坐定，致清见慕云鹤还是一言不发，不安地看了看桂芝，想从母亲的眼神中得到些信息，可桂芝却冲慕云鹤撇了撇嘴，致清有些奇怪，忍不住问："爹，到底怎么了，您怎么不说话，亲事取消了没有？"

听儿子这么一问，慕云鹤才知道自己有些失态，于是让致清把门关上，有话要跟他讲。

致清心中很乱，不知道爹要跟自己聊什么。

慕云鹤叹口气，脸上的表情相当凝重，他盯着致清说："时间能够彻底改变一个人，这话一点不假。十八年了，我们与米家的人十八年不曾谋面，大家都改变了太多，变得都相互不认识了，非常陌生。"

致清听得云里雾里的，又不敢多问，回头看看母亲，却发现母亲脸上没什么表情。

慕云鹤喝了一口茶，继续说，"当今中国的现状你们也都看到了，日本人对中国那是狼子野心，他们早晚会对中国开战，可是有些中国人却甘愿当他们的走狗，为他们做事。中国就是这种人太多了，日本人才会肆无忌惮地祸害老百姓。"

"爹您的意思是？我没搞清楚，这与退亲有关系吗？"致清听得一脸困惑。

"当然有关系，我们慕家是不会娶汉奸的女儿的。"慕云鹤气愤地捶了一下桌子，桌子上的茶水洒了出来。

桂芝埋怨道，"看你气得，他有他的活法，你有你的活法，他米俊卿为日本人干活，关你什么事了，你最好别得罪他，他现在可不是十八年前无所事事的闲人了，他现在是大官，没人敢惹他的。"

"胡说八道，你懂什么，中国人要都像他那样，这个国家早就亡了。"慕云鹤气愤地呵斥妻子。

到这儿致清算是听明白了，原来米俊卿已经成汉奸了，爹是不会和汉奸结亲的，这一点致清很明白。慕云鹤虽然平时忙于生意，不参与政治，但是他是一个坚强、正直、有骨气的中国人。致清此刻全部释然了，压在心中多年的沉重包袱今天总算被卸了下来，他想赶紧把这事告诉文秀，文秀一定也和他一样高兴。

正在走神，门口传来急促的脚步声和东西砸碎的声音，致清推门一看，原来是致白和珠儿。致白一脸疑惑地看着珠儿，"你站在门口干什么，为什么不进去？"

珠儿慌忙捡起地上打碎的茶杯，"对不起二少爷，我想进去来着，看到门关着，怕打扰了老爷太太说话，就没敢敲门，这不正巧二少爷来了，我躲闪不及，都怪我不好。"珠儿不停地道歉。

"噢，这样啊，没关系，我走得太快了，你收拾一下回去吧。"听珠儿这么说，致白没有多想。

"不是逛街吗？怎么这么快回来了？"致清见致白这么快回来有些奇怪。

"哥，你看今天的报纸，国民政府又要开始北伐了。要是国民政府能统一全中国，把各地军阀进行收编，那中国就不是一盘散沙了，日本人就得滚出去了。"致白兴奋地拿着报纸给致清看。

"这么快又要北伐，收编军阀容易，但是日本人可不是那么好对付的。"慕云鹤淡淡地说。"你们刚来青城没多久，对外面的情况还不是很熟悉，最好不要总是往外跑，一会儿致清跟我去看看咱们的老铺子，这些年一直都是你的远房舅舅在管理，咱们也该去谢谢他了。"

致清点点头，"好的，爹，我先去看看文秀，一会儿来找您。"

"还真是个小狐狸精，弄得致清整天跟着了魔似的，这还没给他们圆房呢，要是圆了房这还了得吗。"桂芝一听文秀就来气。

"你怎么竟说些不着调的话，圆房好说，你去看看找个好日子，给孩子们办了吧，反正现在也不用再顾虑米家了。"慕云鹤生气地说。

致白一听爹主动提到米家的亲事，忙问："爹，亲事解决了吗？"

"算是吧，这也是天意，米俊卿现在已经成了汉奸，咱们家总不能和他们……唉，原还指望你和二小姐。"

"得了吧爹，他们家那二小姐哪像个女人，说话跟吃了枪药似的，这媳妇我真不能要，倒是……"致白想说三小姐，但是想到父亲刚刚的话，没敢说下去。

"什么倒是？有话你就说。"桂芝看致白吞吞吐吐的样子，知道致白有话想说。

"没事，没事。"致白赶紧转移话题，"爹，娘，我想参军去，参加北伐军，你看我这年纪轻轻的不能总是在家让你们养着吧，我想为国家统一尽一份力。"

"什么？不可能的，打仗要流血牺牲，这还了得了，娘是绝对不同意的。"桂芝一听吓了一跳，儿子从小就没有离开过自己，别说参军打仗，就是回来晚点桂芝都担心得要死。

"爹，您的意思呢？"致白不甘心，又转身问慕云鹤。

"俗话说好男儿志在四方，你要真是有理想有抱负，爹也管不了你，只是现在北伐刚开始，还不知道形势会发展成什么样子。"慕云鹤拿起报纸，指着其中一条跟致白说，"你看，日本人为了阻止北伐，派出了精锐部队，估计现在已经抵达山东半岛，日本人向来难对付，看来这又是一场恶战。"

"爹，您说得有道理，但要是中国人都像您一样观望，我们的军队就没人了，胜败乃兵家常事，要是能知道哪场战争胜利，哪场战争失败，那不成神仙了。我觉得只要有一颗报国的心，就一定能统一中国，赶走小日本的。"致白没有被父亲说动，父亲的话反而激起了自己心中那一股青春的热浪，一时无法平复。

慕云鹤知道儿子们已经长大了，想要他们一直留在身边不太可能，但是放任他们，又实在是放心不下，"儿子，报国不在这一时，先稳定下来，熟悉一下咱们这个城市再说。"

致白点点头，慕云鹤不知道自己的话对致白有多大作用，但是作为一个父亲，该说的一定要说。

五十一

慕家的老药铺位于剪子巷中段，由于当年走得急，铺子就交代给了店面掌柜——桂芝的远房表哥，接下来也没再过问过。此次回来，慕云鹤并不想接管店面，只是过来看望下老伙计而已。

父子俩走到巷口，慕云鹤感慨万千。二十年的时间，这里变化很大，原来并不扎眼的一条街，现在却是热闹非凡，但很多老字号的店面都消失了，取而代之的是标有日文的各种门面，有烟馆、武馆、医馆、银行等。看来日本人已经在经济、文化、金融等领域完全渗入了青城。

慕云鹤摇摇头向自家铺子走去，慕氏中药的招牌还稳稳地挂在原地，慕云鹤心中稍微有些安慰，心想，这慕字招牌其实早就该易名了，这么多年自己没有为这铺子出过一分力，真有些愧对这个字号了。

铺子里几个原来的老伙计见了慕云鹤都惊呆了，大家拉着慕云鹤的手，东家长东家短的。慕云鹤一一向他们表达了问候，并给他们介绍了致清。桂芝的表哥从内屋出来，见到慕云鹤，愣了一会儿，随即和慕云鹤拥抱在了一起。

慕云鹤是个爽快人，开门见山地向表哥说："把铺子更名吧，这么多年都是你在管理经营，本来就应该是你的了，我一点股份都不要。"

听了此话，表哥激动得热泪盈眶，表示一定要感谢慕云鹤的厚爱，慕云鹤摇摇头，"没什么厚爱，铺子能够维持这么多年，是你的功劳。"

致清见父亲把自家铺子慷慨送人，有些不理解，回来的路上忍不住问："爹，那我们家岂不是什么都没有了？"

慕云鹤边走边看着路边的店铺，不紧不慢地回答致清："该有的时候会有的，在东北咱们欠姚家，在这儿咱们也欠你表舅。"

"爹，您就是太仁义，您干了一辈子，怎么都成人家的了？"

"仁义不吃亏，爹不仁义，你能娶了文秀？哈哈。"慕云鹤边走边跟儿子聊着，"走，儿子，咱们到燕子巷看看，二十年前那是个好地方，不知道现在怎么样了？"

大约拐了三个弯，便来到了燕子巷。这条巷子在慕云鹤眼中明显不如从前了，破旧的门头，低矮的小屋，还有随处可见的妓女和抽大烟的，一片败落的景象。慕云鹤感叹时间改变一切，二十多年前他想在这里开铺子，但当时这地方生意好得根本没有闲置的店面，愣是没开成，想不到如今空置的铺子竟然这么多。慕云鹤打定主意，他们慕家老字号要在燕子巷重新开业，因为慕云鹤明白，这地方虽然商业不景气，但是居住的人很多，人多需要看病拿药的人就一定多，药铺子就要开在人口密集的地方。

父子俩边说边往回走，走到第二个拐弯处，忽然发现一个身影很熟悉，致清一看原来是珠儿，珠儿站在一武馆的门口东张西望，像是要进去，又像是在等人，慕云鹤没有多想迎着珠儿走了过去，"珠儿，怎么是你，你在这干什么？"

珠儿一看是慕云鹤，愣了一下，满脸笑容地迎了过来，"老爷，原来您在这啊，太太让我来找您，我找来找去没找到，想到您平时喜爱拳脚，就以为您进武馆了呢。"珠儿解释着。

"我们俩没什么事，到处走了走，那咱们回家吧。"于是三人有说有笑地回了家。

五十二

两个月后，慕云鹤的新药铺开张了，米俊卿亲自送来了一个特大花篮，慕云鹤不咸不淡地收了起来，柳氏带着如意和如萍一起过来的。 如萍很少出门，这次听说是慕家药铺开张，就要求大娘也带上她来凑凑热闹。

慕家药房一开业生意就不错，兄弟俩忙前忙后地张罗着，文秀也没闲着，帮着药铺擦药、顺药、铺药，三个孩子一上午忙得不亦乐乎。 致清看文秀忙碌的样子觉得很好笑，"新媳妇还没过门，就替婆家打理起生意来了，嘻嘻。"

"讨厌，我还不是为了慕伯伯，你看你，都放错了，连药都不认识还开药铺。 唉，大少爷，那是白芍，要放这边的。"对于药材文秀比致清精通得多。

就在这时，米家大小姐拉着三小姐跑了进来，"致清，我来看你了，你在干什么呢？ 也不出来迎接我们。"如意一进来就嚷嚷着喊致清。

见到如意，致清吓了一跳，忙看了一眼文秀，"是，是米大小姐啊。 我在忙着干活，你，自己随便看看吧。"致清有些语无伦次。

"你别忙了，咱们都两个月没见了，我都想你了。 我一会儿就走了，见一面不容易的，咱们说会话吧。"如意是个直肠子，有啥说啥，既然跟致清定了亲致清就不是外人。

一听这话致清吓得脸都白了，"大小姐，我还忙着呢，你先回，等有时间我再去看你。"致清原本是想应付一下如意，没想到文秀一听这话不高兴了，她边干活边冷冷地说："大少爷，你还是跟米大小姐去聊会吧，省得人家想你。"

如意不认识文秀，听文秀说话语气不对，有些上火，"你是谁，不就是雇来的伙计吗，敢用这种态度对少爷说话，你不想干了是不是？"

"我想不想干，愿不愿干，与米家大小姐没多大关系，请自重。"文秀可不是好欺负的主。

"怎么没有关系，我，我，我，是他未婚妻。"如意一时不知道说什么好了。

"大少爷，你有未婚妻了吗？"文秀回头看着致清。

致清脸色有些尴尬，他拉起文秀的手走到如意跟前，"如意小姐，我不知道伯父没有告诉你，我们的婚约已经解除了。"然后他指着文秀，"她才是我的未婚妻，我们早在东北就已经定亲了。"

"什么？你，你说什么，这不可能的，慕致清，你竟然在东北定了亲。好，你等着，我爹不会饶了你的。"如意恼羞成怒，转身跑了出去。

致清看看跑出去的如意，再看看转过身去的文秀，一时间不知道怎么办才好。

刚刚的一幕如萍看在眼里，明白致清心中喜爱的人不是大姐，本想跟着跑出去，却被致白挡住了。如萍有些着急，"致白哥，你怎么回事，我大姐都走了，你挡着我干什么？"

致白不知道哪来的勇气，竟然一把拉起了如萍的手，"如萍，好不容易见到你，我不放你走，你知道不知道，自从那天见了你，我整个人就被你搅乱了，我的魂都被你勾走了，你现在必须告诉我，你到底是人还是鬼？不说明白不让你走。"

"致白哥，你，开什么玩笑，放开我的手，都被你弄疼了，我不知道你在说什么，什么人啊鬼啊的。"如萍挣扎着想把手抽出来。

致白死死地抓着如萍的手不放，"你不明白吗，我告诉你，你害我得了相思病，我整天满脑子都是你，明白了吗。"致白大声嚷嚷着。

"你是我姐夫好不好，你在这乱说什么。"如萍一句话仿佛惊醒了所有的人。

"什么姐夫，十八年前的亲事现在已经不算数了，我喜欢的是你。"话已至此，致白也无所顾忌了。

致清和文秀看到这一幕，愣在了原地，没想到平时看似没心没肺的致白，竟然对一个女孩用情如此之深，两人相视一笑，忙走了过去。"致白，你还是先把人姑娘的手放开吧，像个花痴似的。"文秀打趣致白。

"是吗，我像花痴。哈哈，如萍，那你就是那花，你这朵花，我是摘定了。"致白又恢复刚刚的蛮横样子。

"如萍，你在哪里呢？"柳氏在门口喊了起来。

"大娘来了，我要回去了。"如萍急忙往外走，致白见状一时不知道该做什么，文秀眼疾手快，顺手拿了一株勿忘我交给致白，"勿忘我，快，送给如萍。"致白接过勿忘我，塞到了如萍的手中，"虽然只是一株小小的草药，但是它却能代表我对你的心意，你明白的。"如萍没有拒绝，拿着勿忘我匆匆跑了出去。致白傻傻地站在原地，半天不动，文秀上前拧了一下他的胳膊，才回过神来，"哎哟，疼啊，哥你不管管她。"致清双手一摊，做了一个无奈的表情。

五十三

如意今天在慕家这委屈是受大了，高高兴兴地去，还以为慕家人会对她热情相迎，没想到却得到已经被退婚的消息。自己对致清也算是一见钟情，没想到致清早就心有所属了，如意受不了这打击，哇哇大哭，一定要米俊卿为自己讨回公道。米俊卿也被慕云鹤气得半死，因为他代表西村领事送去的请柬，慕云鹤竟然没收，这让他怎么向西村交代？西村的脾气他是知道的，而且自己还在西村面前夸下海口，说慕云鹤不会驳自己的面子，一定会参加他的生日宴。可是谁曾想慕云鹤竟然一点面子都不给自己，当场拒绝，说是自己从不跟日本人来往，以前不会以后更不会。

米俊卿越想越生气，于是安慰如意，"如意，三条腿的蛤蟆不好找，两条腿的男人多的是，爹给你再说一户好人家，你长点志气，为了一个男人哭哭啼啼的像什么样子，这点你就不如如男。"

"爹，我不是非要嫁给他，凭什么他们提出退婚就退婚，要退也得我们来退啊，现在这样显得我多没有面子。我和如男不一样，如男那是她自己不想嫁，我这不是还想嫁给致清的嘛。"

"你看看，还是自己不长志气吧。算了，别想了，那小子也不是什么好东西，还自由恋爱，狗屁，后天晚上西村领事生日宴请，我带你去，那里有的是好男人，到时候你看好哪个，跟爹吱一声，保证给如意挑个如意郎君。"米俊卿边安慰如意边想着怎么向西村交代慕云鹤的事情。

说话间，姨太太悠兰跟如萍走了进来。悠兰听见了米俊卿的话，觉得应该关心一下，"俊卿，孩子们的婚事怎么了？如男跟我说她不会嫁给致白，如意和致清的事情也告吹了吗？"

米俊卿往边上移了移，让出个地儿让悠兰坐下说话，"是啊，孩子们大了，不好管了，现如今婚事都兴自由恋爱，两情相悦。"

"是这样啊，世道真是变了，当年娘在世的时候，是多么希望两家能成亲家，现在这四个孩子，一对都成不了，娘地下有知，也会觉得遗憾的。"悠兰看了一眼旁边的如意接着说，"这两家看来是没有缘分啊。 缘分这事，还真不是人来定的，强扭的瓜不甜。"

米俊卿有一搭没一搭地跟悠兰搭着话，"对了，明天西村的生日宴你去吧，太太说这几天身体有些不适，不愿意参加，你平时出门少，这次你带如意一起参加吧，也别老闷在家里。"

"礼道上的事情我做不好，别给老爷丢了脸，还是不去了。"悠兰并不喜欢参加这种活动。

"去吧，让带家眷，我总不能只带如意去，那样显得不尊重人。"米俊卿坚持让悠兰去。

"那好吧，我去准备准备。"悠兰没再坚持，答应了米俊卿的要求。

五十四

西村领事的六十大寿，场面盛大，小城各行各业的代表都如约前往。西村来中国之前是日本帝国大学的中文教授，是个标准的中国通，正是出于对中国的这份痴迷，他才踏上了中国的领土。侵略、抢夺、扩张、渗透，无一不是他们这些日本人的目的。

为了给米俊卿长脸，悠兰今天刻意打扮了一番，身穿紫罗兰色旗袍，外罩一件小款的白色狐狸毛围领，长发高高挽起，发髻上别了一枝紫罗兰色的镶钻发卡，高贵优雅，而如意则身着粉色缎子长裙，披肩长发，鬓角处别了一枝醒目的白玉兰，端庄不失可爱。米俊卿带着悠兰和如意一出现，便惹得大家向他投去羡慕的眼光。

推杯换盏之际，西村忽然诗兴大发，吟起了唐后主李煜的《虞美人》："春花秋月何时了，往事知多少。小楼昨夜又东风，故国不堪回首月明中。雕栏玉砌应犹在，只是朱颜改。问君能有几多愁，恰似一江春水向东流。"西村此时仿佛有些微醉，饮完之后，环顾四周，问来宾："谁知道我刚刚吟的词的作者是谁？"

如意觉得这问题太简单了，张嘴而出，"西村领事，这是唐后主李煜的《虞美人》。"

"完全正确，米小姐不愧是出自书香门第，好，很好。"西村禁不住赞扬如意。西村招招手，两个日本兵随即抬着一架古琴走了上来，"下一个问题，这是什么东西？"如意一看忍不住笑了起来，"西村领事，您这都不知道吗？这是古琴，我家就有，我娘会弹的。"说着她冲着悠兰说，"娘，您上去表演一段给他们听听，让他们见识一下。"

悠兰忙制止如意，"这什么场合，别瞎说啊。"

西村却当真了，走到悠兰面前，"米夫人，给老夫个面子，弹奏一曲让我们听听。"

米俊卿一看这情形知道推不了了，要是坚持不弹，西村被搞得没有面子，事就大了，于是他对悠兰说："弹一曲吧，就弹一小段，给西村领事点面子，别紧张。"

悠兰见丈夫也这样说，没办法只得上去了。古琴讲究很多，弹之前都要沐浴焚香，静心凝气，而悠兰此时顾不得这些，走到琴前向大家微微颔首，稍微调整了一下情绪，指尖随即在琴弦上拨动开来，一串音符像溪水般流泻出来，沁人心脾，一曲终了，悠兰起身再次颔首，赢得掌声一片。

西村亲自送上一杯红酒，"米桑，这就是你的不对了，你家里藏着这么一个宝贝，怎么从来不见你带出来，来，悠兰女士，认识你很幸运，我敬你一杯，哈哈。"说着就上前拉起悠兰的手，"这手，太美了，太白皙了，冰雕玉琢一般，更奇特的是用它竟然能够弹出那么美的乐章。"

悠兰想抽出手来，西村却抓得更紧，并且用自己的手不停地摸着悠兰的手，还沿着手臂向胳膊摸。悠兰被吓得使劲甩开了西村，转身跑了出去。米俊卿赶紧跟西村道歉，"我太太不懂事，请领事大人不要怪罪。"西村眯着眼睛看着远去的悠兰，"吆西，吆西，这个女人不错，你太太，有点意思。"听此话，米俊卿浑身一颤，他知道西村根本就是个色鬼，今天这事都怪自己，悠兰本不想来的，是自己非让她来，这下恐怕要惹出大事了，米俊卿真想狠狠地抽自己两耳光。

西村此刻并没有注意到米俊卿脸色的变化，他举着酒杯想离开，忽然想到了什么，双眼死盯着米俊卿，"米桑，你前几天为我推荐的商业精英慕云鹤今天好像没来吧？"

米俊卿明显感觉到西村有些不高兴，于是赶紧向西村解释，"这家伙说是生意刚开张，顾不得参加活动，真是给脸不要脸，西村大人不要跟他们这些小人物一般见识。"

西村听后，若有所思，他拍了拍米俊卿的肩膀，"你办的事情不好，我很不满意，明天你带我去见慕云鹤，我看看他究竟是何方神圣，竟敢拒绝我的邀请。"

"好好，一定带您去。"米俊卿连忙应着，唯恐再惹得西村生气。

如意全然没有在意这些，此时她正跟渡边聊得起劲呢。此前渡边虽然也见过如意，但对这个女孩子并没有什么很特别的印象，而如意今天的表现却引起了渡边的兴趣。渡边举着酒杯来到如意身边，"米小姐今天魅力非凡，我敬小姐一杯，想必米小姐不会拒绝吧。"

如意知道渡边是个厉害的人物，连爹都要敬他三分，此时见渡边主动敬自己酒，有些受宠若惊，"是渡边先生，不会拒绝，不会的。"说着接过酒杯，一饮而尽。

"您夫人还好吧？"如意想到了受伤的渡边夫人。

"她死了，已经死了，她为了救我。"提到夫人，渡边有些哽咽，如意没再多问，只是任由渡边搂着她的肩膀。她明显感觉渡边的手在胸前晃来晃去，但不知道为什么并没有害怕，反而很希望能够和渡边这样子亲近。

"米小姐，明天下午，我去你家接你，咱们聊会，我喜欢你，不见不散啊。"渡边有些喝多了，松开如意的肩膀，一摇一晃地走了，边走边说，"不能食言，等我。"

如意有些蒙，不知道渡边是什么意思，自己长这么大，还没有被一个男人这样子搂抱过，明天还能见到他？不见不散，如意脸上浮上了一片红润。

寿宴结束，三人各怀心事回到家中，车开到家门口，米俊卿在车中看到一个人影从家里出来，并很快消失在夜色中。米俊卿觉得这个人有些面熟，但一时间想不起来，于是问坐旁边的如意，"刚刚看到一个人从咱们家出来，那是谁啊？干什么的？"如意正想着明天与渡边约会的事，一时间没反应过来。米俊卿又问悠兰，悠兰也满怀心事的样子，说没看见。米俊卿有些奇怪，见鬼了，怎么都没看见。

回到房中，米俊卿把柳氏喊了出来，"咱们家最近来什么人了吗？我刚刚看到一男人从咱家出去，四十岁左右的样子，高高瘦瘦的。"

柳氏想了半天，"没什么外人来啊，不过按你说的样子应该是教如男武功的师父吧，来了也有几个月了。"

"怎么没有告诉我？这样随随便便请人到家中来，要是家里藏进了共产党，有你们好果子吃。"米俊卿因为慕云鹤的事受到西村责怪，心里有气，把火冲着柳氏发了出来。

"你这人真是的，共产党还能写在脸上啊。当时请他来的时候，我让你看看，你说没空让我自己看着定，现在又说这种话，你这在哪受了气了，一肚子邪火冲我发了，哼！"柳氏一甩手走了。

米俊卿没有心思再去想如男的师父，脑子再次被慕云鹤的事填满了。明天西村要是真去慕云鹤家该怎么办？按慕云鹤的性格是不会向西村低头的，而西村这只老狐狸更是阴险毒辣，怎样才能找出一个两全其美的办法呢，米俊卿想得脑袋都大了。他决定去一趟慕家，至少慕云鹤打个招呼。

五十五

对于米俊卿的夜访，慕云鹤似乎早有预感，他对米俊卿的态度就是冷淡加礼让。

米俊卿落座，示意慕云鹤关门。慕云鹤无奈地把门关上，"说吧，有什么事，这么晚过来一定是有要事想说吧。"

"云鹤，今天你没去参加西村的寿宴，西村大为恼火，把我给狠狠地教训了一顿。日本人你应该知道，顺从他们的人绝对会得到好处，可对于跟他们作对的人，他们是绝不手软的。前些日子暗杀渡边的那个共产党被当场抓住了，听说死得惨不忍睹，浑身被一刀一刀地割得血淋淋的，血流干了才死去的。"米俊卿不是吓唬慕云鹤，他是从心底里害怕慕云鹤惹恼了日本人。

"你什么都别说了，我佩服这些人，可我不会去刺杀日本人，我跟他们井水不犯河水，谁也别招惹谁不行吗？"慕云鹤已经有些不耐烦了。

"云鹤，我是为了你好。你太天真了，对于政治，你就是个瞎子，你以为你不惹日本人就太平了？现在是日本人的天下。"

"这是中国人的天下，什么时候成日本人的了，就是你们这种汉奸太多了，日本人才这样猖狂。"

"慕云鹤，你说我是汉奸，你，你，我好心当成驴肝肺，我跟你说明天西村要见你，你好自为之吧。"米俊卿有些气急败坏。

"我的事情你就不要操心了，还是管好你自己吧。你整天跟这帮日本人混在一起，没有好下场的。你走吧，明天的事情我自会处理的。"说完，慕云鹤推门疾步往外走，却没想撞到了正端着茶水往里送的珠儿身上。慕云鹤一把扶住了珠儿，关切地询问珠儿烫着了没有，看到珠儿手有些红，慕云鹤赶紧回房拿出一瓶药水，替珠儿抹在手上，"对不起啊，刚刚出门有些急，碰到你了，这药抹在手上一会儿就好，你下去休息吧。"

珠儿赶忙收拾了一下茶具，不停地说："对不起，是我自己不小心，又打坏了茶具。"

米俊卿见再谈下去毫无意义，悻悻地走了。

慕云鹤并没有被西村的事情干扰。第二天，他像往常一样准备出门，周妈匆匆跑来，"老爷不好了，日本人来了。"紧接着大门被重重地推开，几个日本兵带着枪闯到了慕云鹤的院子里，后面跟着进来的是西村和米俊卿，慕云鹤不慌不忙，不卑不亢地迎了出来，"西村领事光临寒舍，何劳如此兴师动众，我慕云鹤也不过一小商人，还能伤害你不成。"

西村嘿嘿一笑，"慕老板昨天不给我面子，也就是不给我们大日本帝国面子，你不仁我不能不义，今天我是向慕老板颁发聘任书的，我以日本领使馆总领事的身份，任命慕云鹤先生担任我们日本商会的会长，这是证书，慕云鹤先生签字生效。"说着西村让米俊卿把证书送到慕云鹤跟前。慕云鹤看都不看，将米俊卿递过来的证书轻轻推开，"承蒙看得起，本人实在是人微言轻，再说离开此地近二十年的时间，实在是没有能力担当此任，还请西村先生另请高明吧。"说着回头看着致清、致白，"走吧，随爹去铺子看看吧。"

西村没想到慕云鹤如此张狂，不给他一点面子，有些恼羞成怒。一旁的桂芝一看情形不妙，连忙给米俊卿使眼色，让西村进屋坐会，喝杯茶消消气。米俊卿心领神会，领着西村进入慕家堂屋。一进屋西村两眼便盯着堂屋的一些瓷器看来看去，拔不动腿了，米俊卿知道西村是个中国通，于是赶紧跟桂芝嘀咕了两句，桂芝立马明白了，走到西村面前，"领事大人，这些瓷器都是上好的白瓷、青花瓷，您看好哪一件，随便拿走就行了，别客气。"西村一听，嘿嘿一笑，"吆西，慕太太懂事理，我就不客气了。"于是兴奋地挑走了骨架上的几件瓷器，此时西村的脸上绽放出了得意的笑容，"嗯，没想到慕老板还是收藏家，这些东西，我很喜欢。"珠儿端茶走进了屋子，正在兴头上的西村见珠儿长得水灵玉润的，忽然就起了歹心，一把把珠儿扯了过去，在珠儿身上乱摸一气，口中还喊着："这个我也喜欢，我要一起带走，哈哈。"吓得珠儿拼命挣扎。

院中的慕云鹤忍无可忍，转身进屋冲着西村大喊："放开这个姑娘，这是在我的家中，你最好放尊重一点。"西村一下清醒过来，对慕云鹤的咆哮不以为然，"一个小丫头，值得慕老板这样动怒？今天这个丫头我要定了，来人，给我带走。"外面立马进来两个人，拉了珠儿就想出去。慕云鹤不知道哪里来的胆量，飞起两脚将两个带枪的日本兵踢出了门，他把珠儿拉了过来，拥在怀里。西村见状也火了，没想到一个中国人敢当面这样反抗他，他掏出手枪，毫不犹豫地朝慕云鹤开了一枪。枪一响，所有在场的人都蒙了，以为慕云鹤这下完了，死定了，但是大家定睛一看，倒在地上的是珠儿。原来珠儿眼见西村拔枪，舍身救了慕云鹤一命，血顺着珠儿的胸部涌出，刹那间染红了珠儿的整个上身。慕云鹤顾不得西村，忙让致白去喊医生，自己则抱着珠儿跑回了内室。他不能看着珠儿流血而亡，当务之急要止血，慕云鹤亲手为珠儿剪开衣服，并找来止血药为她敷在伤口处，珠儿一直处于昏迷状态，对于慕云鹤的一切行为，一点反应都没有。

一会儿工夫，医生就到了，在检查过珠儿的伤口之后，医生安慰慕云鹤道："慕老板，这枪差一点打中心脏，这丫头命大啊，这个位置只要把子弹取出来，好好调养调养，没有大碍。"慕云鹤一听珠儿死不了，放下心来。

五十六

　　两天后，珠儿醒了过来。这两天慕云鹤一直守在珠儿身边，不敢离开，珠儿见慕云鹤在身边有些不好意思，慕云鹤倒是很淡定，对珠儿说："感谢你救了我，要不是你为我挡那一枪，我这老命就没了。"珠儿笑笑，"老爷不也是为了救我吗，应该感谢的是我。"

　　桂芝和周妈进来正巧听见两人的对话，桂芝感到有些不舒服，"这是怎么说的，谢来谢去的，你救我我救你的，两人还真是默契啊。"

　　慕云鹤知道桂芝的老毛病又犯了，没再搭理她，对珠儿说："你好好养着，争取早日康复，想吃什么跟周妈说，我先出去一会儿。"

　　"你到哪去？"桂芝见慕云鹤出去了也跟着走出去。

　　"我的事情你少管。"慕云鹤冲桂芝没好气地说，自顾自地走出了家门。他感觉今天路上的日本兵明显比往日多了一些，大批军人、军车穿过街道，慕云鹤不知道这些日本人是干什么的，于是在附近找了家茶馆坐下，想打听点情况，喝茶的没几个人，但是大家似乎都在谈论进城的日本部队。慕云鹤也凑上前，"这些日本兵是干什么的，怎么忽然来这么多，这是要开战了吗？"

　　"不是，是从咱们码头上岸的。""去打北伐军的。"大家纷纷议论，说什么的都有。

　　慕云鹤听了明白了几分，原来这些日本兵是去破坏北伐的。日本人根本不想看到中国统一，现在军阀混战的局面，有利于日本对中国的控制，要是国民政府北伐成功，统一了全国，那就没有日本人的立足之地了。只是这些日本人会去哪里？他们会把战场放到哪个城市？想到这些，慕云鹤想起了远在东北的佩瑶，分开已经有几个月的时间了，不知道佩瑶过得怎样，她知道自己很想她吗？每当夜深人静，他都会拿出佩瑶的手稿，慢慢品读，品味佩瑶留在字里行间的味道。 自己一时还回不去，慕家药铺这个老字号不能丢，等这边一切理顺了，致清、致白能够独当一面了，我一定回去，佩瑶你要好好等着我。

正在想着心事，忽然，他感觉脑袋被什么东西打了一下，低头一看是一个小纸团，"北郊，老槐树，小庙。"慕云鹤觉得奇怪，看看四周并无一人。 北郊的老槐树他倒是知道，只是是谁这么神秘，见面还用这种方式。 慕云鹤犹豫了一下站起来向北郊走去。

小庙静悄悄的，根本没有人影，慕云鹤心想既来之则安之，进庙看看吧。小庙冷冷清清，貌似好久不见香火了，慕云鹤进去点了一炷香，对着如来佛祖参拜了几下，忽然身后传来一个声音，"慕老板别来无恙。"慕云鹤一愣，回头一看，竟然是冷先生，此时此地见到冷先生，慕云鹤又惊又喜，两人紧紧地拥抱了一会儿，慕云鹤看了看冷先生，"你还没死啊，还以为你早就殉国了呢，哈哈。"

"日本人没赶出去，我不能死，哈哈。"

"你怎么知道我来青城了？"

"我是做什么的，你们跟米家的一举一动都逃不过我的眼睛，哈哈。"

"什么？ 你知道我们的行踪，你在监视我们吗？"慕云鹤听冷先生的话有些奇怪。

"别急，事情是这样的，我这些日子一直藏在米家，当他们家二小姐的师父，你们那天去米家，正巧被我看到了，这也算是缘分吧。"冷先生不慌不忙地向慕云鹤解释着。

"你可真是什么事都能做得出来，他们家你也敢去。"

"那叫灯下黑，米俊卿一定不会知道他家二小姐的老师就是当年找他们借过钱的人。"冷先生有点得意的样子。

"你还找米俊卿借过钱？"慕云鹤更加奇怪了。

"很多年前的事情了，不想再提了。 对了，今天找您来，是有事要您帮忙。"说着冷先生拿出一张照片给慕云鹤看了看，照片上的人慕云鹤没有见过，看样子像是个日本人，"慕老板，这是个极端的日本军国主义分子，他是生化武器的研究专家，现在就在青城。我们获得情报，他最近研制成功了一种生化武器，可能会随时用在老百姓密集的地方，引起的后果应该不次于当年东北的'鼠疫'。"

慕云鹤一听吓了一身冷汗，生化武器的危害性他是再清楚不过，只是不知道冷先生这次找他来具体想干什么。慕云鹤已经暗暗下定了决心，不管让他做什么，只要是对国家对人民有利的事情，绝不再推辞。于是他问冷先生："我要做些什么，你尽管说，这些年我已经慢慢明白了你们这些人所做的一切是多么的有意义，能帮上你们，我深感荣幸。"

冷先生冲着慕云鹤点点头，"慕老板，别急，听我慢慢说。这个日本人现在跟米家大小姐勾搭在了一起，据可靠情报，他们几乎每天都去剪子巷附近的王子饭店幽会，我们想借此机会一举铲除这个可怕的敌人，只是他身边保镖很多，下手很难，即便下手，我也怕我们的人一时难以撤离，最终落入日本人的手里，这样的话，我们这次行动也就算失败了。"说着，冷先生眼神中忽然出现了痛苦的表情。

慕云鹤不太明白冷先生的意思，"我能帮你们做什么呢？我对剪子巷比较熟，可以接应你们。"

冷先生笑笑，"不用你出面，这时候出面非常危险，我们知道慕家原来的药铺就在附近，只要我们能够顺利进入药铺，后面的事情你都不用操心。"

"原来是这样，这倒是个办法，王子饭店一拐弯就是药铺，药铺后面还有通往后街的通道，是原来德国人修建的防空洞。"慕云鹤若有所思，"只是这家药铺，已经转给别人了。"

"地道我们知道，这才找你来商量具体细节。"

慕云鹤一愣，"这地道废弃很多年了，很少有人知道，你们这情报工作做得也太细了。"

冷先生不语，只是笑了笑。

慕云鹤低头沉思了半天，"要不这样，你们什么时候行动告诉我，我想办法把老板支走，然后我在那里盯一会儿，店里的伙计就好说了。"

冷先生想了想，一时也没什么别的好主意，随即点点头，又叮嘱慕云鹤，"一定不要被店里其他人发现，否则后果不堪设想。"

慕云鹤点点头，"这事我明白，你放心吧。"随后忽然又想起了什么，"冷先生，你刚刚说米家大小姐跟这个日本人在一起了，不会吧，我前几天还见过她。"

"他们是在西村寿宴上认识的，之后天天厮混在一起，渡边的老婆刚死，正寂寞着，这不是正好找了米大小姐当发泄工具。咱们中国就是米家这样的人太多了，还有那个米俊卿，我们也不会放过他。"说着，冷先生脸上露出了一股寒气，让慕云鹤心中一震。

"米俊卿又不是日本人，你们也想弄他？"

"慕老板还是有妇人之仁，这种汉奸卖国贼，不杀不足以平民愤。他干了那么多坏事，帮日本人侵吞中国人的钱庄，拉拢威胁普通商人加入日本人的商会，接受日本人管理。燕子巷原来是多么繁华的地方，后来米俊卿代表日本人向商家征收管理费，不交钱就砸店、抓人，结果老百姓赖以生存的店面都被破坏了。现在繁华的剪子巷，多数店面都是日本人开的，中国人开的店少之又少。"冷先生说起米俊卿来情绪有些激动。

慕云鹤连忙打断他，"我与米家那是世交，他们家就这一个儿子，要动手也得等老爷子去世之后。"

冷先生脸上又浮现出一贯的笑意，"你放心，我们先解决了这个日本人再说，上一次暗杀他没有成功，还损失了我们一个同志，这一次一定不能失手。"说到渡边，冷先生脸上浮上了一层乌云。

"那好吧，什么时候行动，我等你的通知。"

"我会想办法通知你的，慕老板一再帮助我们，我代表党感谢您。"冷先生上前握着慕云鹤的手真诚地说。

　　"党，什么党，你现在是共产党了？"慕云鹤不觉得奇怪，只是原来不想说破。

　　"是的，共产党，一个有信仰会给人民带来光明的党。"说到这儿，冷先生眼中充满了光芒。

五十七

慕云鹤回想起冷先生说起细菌武器的事情，心中百感交集，万一行动失败，刺杀渡边不成，渡边狗急跳墙，定会使用细菌武器对付中国人。想到这儿，慕云鹤拿出佩瑶的笔记，仔细研究起来，心中暗暗佩服佩瑶心思细腻，连日本人会在山东发动细菌战都想到了。这本册子在关键时刻，也许会派上用场，想到此处，心中又充满了对佩瑶的思念。

慕云鹤走出房间，抬头看看天空，此刻天空繁星点点，月亮格外圆，同在一片星空下，遥远的佩瑶在干什么呢？一阵微风拂面，慕云鹤忍不住打了一个喷嚏，只听见旁边传来一阵笑声，回头一看，原来致清和文秀也还没睡觉。两人正腻在一起，卿卿我我的，见慕云鹤过来，忙站了起来，"爹，这么晚，怎么没睡？"致清有点不好意思。

"你们俩不是也没睡吗，哈哈，是不是嫌爹打扰你们了？"慕云鹤与两个儿子之间一直是像父子又像朋友。慕云鹤忽然想起了什么，"你们来一下，有事跟你们说。"文秀和致清看慕云鹤有些严肃，不知道是不是自己做错了什么，致清怯怯地问："什么事？爹。"慕云鹤把米家大小姐如意成了日本人渡边的情妇一事告诉了致清和文秀。

两人一听，都很气愤，特别是致清，一想到那天在药铺的事情就来气，"这个如意，怎么这么不要脸，竟然给日本人当起了情妇。"

文秀倒是挺淡定，冲着致清笑了笑，"这下死心了吧，被人大小姐给甩了。"

"你，你怎么说话，谁甩谁，我根本就没把她当回事。"

见致清一脸认真，文秀故意逗他，"当不当回事，也没你的份了，敢跟日本人抢女人，那就是死啦死啦的，哈哈。"

"文秀，你，你现在说话越来越尖酸刻薄了。"致清用手点了点文秀的头。

"好啊，还说我尖酸刻薄，慕伯伯，你看看他。"文秀撒着娇，一副不依不饶的样子。

慕云鹤见两个孩子如此甜蜜，心中甚是欣慰，感叹自己和佩瑶的决定是多么明智。两个孩子年龄不小了，应该圆房了，于是他跟致清和文秀说："你们俩年纪也不小了，回头让你娘找个好日子，把事办了吧。"

致清一愣，随即高兴地跳了起来，"爹，您是说圆房吗？真的吗？我不是做梦吧。"

"傻小子，看你那点出息，我去找你娘说说。"说完慕云鹤头也不回地走了。

第二天，桂芝把致清和文秀喊了进来，有些不情愿地告诉两人，"五天后是个好日子，让周妈准备一下，把你们的事办了吧。"两人相视一笑，喜不自胜，致清忙给桂芝行礼，"谢谢娘。"还不忘提醒文秀，"你也得谢谢娘啊。"文秀羞羞答答地说："谢谢娘。"桂芝一脸不屑，"还没到喊娘的时候呢，这就着急了。"致清见桂芝又想为难文秀，伸手拉着文秀就跑了。

五十八

　　这些日子，慕云鹤一直在等冷先生的消息，闲来没事就翻看佩瑶的笔记。这天一早，慕云鹤发现自己的书桌仿佛被人动过。他清楚地记得自己昨晚上把佩瑶的笔记册子放在笔筒边上的，因为一时找不到书签，便顺手放了一根自己的头发夹在里面，今天早上他去看书时却发现书被挪了地方，里面的头发也没有了。慕云鹤心想一定是桂芝动了这本册子，她一直就不喜欢佩瑶，万一哪天一时气恼，把这本手册毁了可就麻烦了。想到这里，慕云鹤有些后怕，便找来一本放古书的盒子把手册放了进去，桂芝是个粗人，只要看不见她就不会心烦，也就不会乱找。

　　桂芝匆匆进来了，"云鹤，米老爷子有封信给你，你看看什么事情。"

　　慕云鹤接过信一看，原来后天是米老爷子八十的寿诞，让慕云鹤一家参加。此时慕云鹤哪有心思参加米家的什么寿诞，他的全部心思都在冷先生身上，这种感觉使他仿佛回到了二十年前参加米家三小姐百岁宴的那一天，同样的感觉，同样的心情。不去又实在说不过去，对米老爷子，慕云鹤还是很尊重的，毕竟师生一场。于是，他叮嘱桂芝准备点像样的东西，给老太爷祝寿。

　　桂芝推辞说："这事还是你自己去准备吧，老爷子喜欢什么，我这妇道人家，还真是不了解，也不好准备，我这准备致清圆房的事已经够忙的了。"

　　慕云鹤心想也是，自己出去溜达溜达吧。他来到街头，不知不觉到了巷子最热闹的地方。看到有卖报纸的，慕云鹤随手买了一份，这一看不得了，"日本兵在山东济南大开杀戒。"慕云鹤猛地想起前几天街上出现的日本部队，他们跟这场济南大屠杀一定有关系，想到此处慕云鹤不禁握紧了拳头。

　　"老板，前面有位先生让您过去一下。"忽然一个小男孩跑过来，指着前面拐角处一破房子跟他说。

慕云鹤一看是冷先生，冷先生没有跟他说话，径直走进了一个小院。慕云鹤跟在后面也进了这个院子。院子里很安静，杂乱地放置着很多破旧的门窗，冷先生让慕云鹤进屋，他则看看后面确认没人后，才把门关好。原来这就是他们共产党的秘密联络站，慕云鹤很激动，觉得自己能够被冷先生信任，并带到这里来，无限荣幸。

　　冷先生明白慕云鹤的感受，但此地不宜久留，长话短说，"行动定在明天下午两点，我们的人埋伏在王子饭店的暗处，他们两人幽会完之后会直接上车，我们只有他们出门时那几秒钟的机会。渡边是个很有时间观念的人，一般两点会准时出来，然后回到他的研究室。"慕云鹤不住地点头，没有插话。冷先生接着说，"你两点之前必须让药铺的人员都离开，几分钟的时间就可以搞定了。"

　　"我知道了，我会安排的，你们几个人？"慕云鹤接着问。

　　"就一个，这人你认识。"冷先生露出神秘的笑容。

　　慕云鹤见冷先生不说，也不好再多问，只是心中有些疑惑，我认识的共产党好像只有他冷先生一人啊。

　　第二天中午，慕云鹤来到老铺子，桂芝的表弟见了慕云鹤很是热情，赶忙倒水沏茶，慕云鹤忙叫住他，对他说："你表姐这几天总是咳嗽，身体不好，叨叨着想见见你，我这不过来看看你今天有没有时间，去家中一趟看看你表姐。"表弟一听表姐想见他，有些受宠若惊，赶忙说："我这就去看表姐，麻烦表姐夫帮着看下店铺。"这正是慕云鹤想要的结果，于是顺着说："你去吧，这里我看着你放心好了。"支走了桂芝的表弟，慕云鹤看台上还有两个伙计，于是对其中一个伙计说："你去理个发，咱们干药店的首先要干净利落，你看你头发脏兮兮的，赶紧去收拾一下。"接着对另外一个伙计说："我儿子要结婚了，在前街订了几套衣服，趁这会儿店里人不多你去帮我取来。"安排走了三人，慕云鹤看看表，已经将近两点。此时慕云鹤的神经绷得很紧，心脏也开始不由自主地快速跳动起来，不管接下来要发生的事情是否顺利，自己现在能做的就是静静地等待。

时间一分一秒过去，仿佛一切都处于静止状态，慕云鹤连呼吸都感到困难，心脏几乎要跳出来。该来的终究会来，两声枪响打破了刚刚死一般的寂静。紧接着，一个人以极快的速度进入药铺，看了慕云鹤一眼，便从后窗迅速地消失了，但是这一眼已经足够了，那人是徐达，慕云鹤看得非常真切。

等外面传来日本人的追赶声和警察的鸣笛声时，徐达早就跑得很远了，慕云鹤暗暗称赞徐达，"这小子，真是条汉子。"

刺杀行动是否顺利，慕云鹤不得而知，或许明天米老爷的寿宴是个好机会，能够探听到一些情况，慕云鹤心中暗想。

五十九

　　慕云鹤带着桂芝和两个儿子来到米家参加米老爷子的寿宴。 米俊卿见到慕云鹤便摆出了一副冷冰冰的面孔。 慕云鹤不以为然，先见过了老爷子，送上了贺礼。 慕云鹤感觉现在与米家人实在无话可说了，不禁想起十八年前，两家人见面其乐融融的情景，往事只能回味，这点他深有感触。 慕云鹤回头看到桂芝尴尬地坐在那里也没有人搭理她，柳氏在忙着应酬其他客人，而姨太太悠兰根本就没见到人，慕云鹤此时最想见到的如意没有出现，不知道昨天的暗杀情况到底怎样了，慕云鹤心绪非常乱。 这米家不是久留之地，还是早些打道回府吧。 慕云鹤看看四周发现小儿子致白不知踪影了，慕云鹤心想，这小子跑哪去了，也不打声招呼。

　　致白今天来米家有他的目的，他心中挂念着如萍，自从上次在药铺见了如萍，两人就一直没有再见，米老爷子的生日正好是个机会，他肯定不能错过。 经过上次致白对这个院子也算是熟悉了，轻车熟路地找到了如萍居住的院落。 院子里很安静，似乎没有人，致白心想，是不是都去参加老爷子的寿宴了，但是在寿宴上没有看到如萍啊。 他忍不住轻轻推开门，往屋子里张望，如萍的身影出现在他的眼中，此时如萍正在专心地写字。 致白轻轻走到如萍身后，看她专心的样子，实在不忍心打搅她，于是在后面站了一会儿，最后实在忍不住咳了一声，如萍被吓了一跳，回头一看竟然是致白，她又紧张又害怕，赶紧问："你什么时候进来的，有人看见吗？"

　　致白一脸不屑，"本少爷会使用障眼法，不会有人看见，你娘在吗？"致白说着往屋里看了看。

　　"没在，在前厅招待客人呢？"如萍如实对致白说。

　　"那我就放心了。"说着一把就抱住了如萍。 如萍被他这突如其来的举动

五十九

189

吓得连忙向后倒退，"致白，你别这样，我们还不太熟悉，你这样子我有些害怕你了。"

致白一听知道自己有些心急，忙摆出一副一本正经的样子，"如萍，你喜不喜欢我，你要是喜欢我，我跟我爹说说，让你嫁给我，反正我们两家有婚约，娶谁都是娶。"

"这，这能行吗？ 我想想好吗？ 给我点时间，我问问我娘再说。"如萍很依赖悠兰，什么事情都会和悠兰商量。

"我现在是问你喜不喜欢我，不是你娘。 这样吧，你今天就问，我明天在永乐茶楼等你，到时候你一定要给我答复。"致白有些赖皮的样子。

"明天？ 这么快，我不一定行。"如萍无力地抗拒着。

"反正，你不来我就不走，一直等着你。"

"我不去你就别等我，我可能走不开。"

"等到晚上，你不来我就到你家找你，我说到做到的。"致白一副不依不饶的样子。

如萍拿他没有办法，只得点点头，表示答应。

致白抬眼看了看如萍写的字，一脸惊喜，"小鬼，你是不是真的是狐狸精转世，这字，写得真好，工整有力，清爽雅致。"致白由衷地赞叹道。

如萍稍稍有些得意，"从小就练字，你看我的手都是一边大一边小。"致白一听赶紧拿起如萍的手左看右看，就在此时，如男走了进来，看到两人腻在一起，立马就明白了怎么一回事。 于是上前一步，一把推开了致白，"你是干什么的，偷偷摸摸地勾引我小妹，赶紧滚啊，要不我可就要喊人了。"致白和如萍吓了一跳，待致白看清楚是如男时，立马又摆出一副吊儿郎当的样子，"二小姐啊，我不想要你，你也不至于生这么大的气啊，还惦记着嫁给我不成？ 不好意思，现在晚了，我喜欢你妹妹了，请你以后最好不要对我这样说话，本公子特别讨厌女孩子盛气凌人的样子。"

"你，你，在我家还敢张狂，你这样的白给我都不稀罕。"如男简直气愤到了极点，说着出手直勾致白的脖子，致白一躲，如男没得手，接着如男对着致白抬腿就是一脚，致白回身一把将如男的脚握在了手中，如男想抽抽不动，气得大声嚷嚷，"慕致白，有本事跟姑奶奶出去较量较量。"

"本少爷还怕你这小妮子不成？比就比。"致白和哥哥从小跟着父亲习武，可是真正用武的时候并不多，他听说如男也是从小习武，还真想跟她比试比试。致白对旁边着急的如萍说："别急，宝贝，等着看场好戏。"说着跟如男来到花园里。

两人此时就像仇人见面一样，恶狠狠地盯着对方，互不相让。致白开口："你是女人，你先来吧。"如男不客气，上前一个蹲步，一腿扫向致白，致白身体很是轻盈，毫不费劲地就躲过了，如男又接着上第二条腿，致白反击一腿，把如男掀翻在地，如男爬起来，又想出拳，致白一手抓住了她的手腕，如男动弹不得。致白得意地看着如男，"二小姐，就这些本事啊，我还以为你多厉害，不过我告诉你，你这些花拳绣腿打几个人足够了，但是本少爷的爷爷那是四品带刀侍卫，本少爷的爹功夫盖世，本少爷，你自己想想吧。"说着，致白松了如男的手，如男一个趔趄差点摔倒。如男知道自己不是致白的对手，但还是不服，冲着致白大声嚷嚷："嗯，你本事大，本事大有什么用，就会欺负女人，有本事参军打仗去，去跟日本人打啊。"

致白听到如男的话，心中一惊，这小妮子，貌似不简单，说话有些来头，于是故作害怕地靠近如男，"二小姐，你说话注意点，你敢跟日本人作对吗，别忘了你爹是干什么的？这话要是被你爹听见，你死定了。"

如男一副天不怕地不怕的样子，"我才不怕死呢，当年，那帮德国佬来我家抢我爷爷保存的同治皇帝的圣旨，我追着他们连咬带打，他们也没把我怎样。"如男说起这事有些得意。

还有这事？致白倒是没想到如男还有这胆量，更没想到米家还有一道同治皇帝的圣旨。

"姐，这事爷爷不让说的。"如萍见如男口无遮拦，有些着急。

"宝贝，我又不是外人，咱们马上就是一家人了。"致白还是痞子模样。

正在这时，从外面跑进来一丫头，慌慌张张的，如男一把抓住她，"怎么了，跑什么？"丫头说："不好了，来了一帮日本人，想占姨太太的便宜，被慕家少爷给打了。"

"啊？"致白一听，吓了一跳，心想，哥哥不是个爱冲动的人，怎么会打日本人？致白二话没说就往前院跑去，如男和如萍也紧跟着跑了过去。

六十

事情原来是这样的，慕云鹤本想抓紧离开米家，但是到处找不到致白，这时，西村忽然带着一帮人来了，慕云鹤躲闪不及，被西村看见了。西村主动向慕云鹤示好，慕云鹤却没有搭理他，西村觉得没有面子转而向桂芝伸出手，桂芝慌忙跟西村握了握手。西村看桂芝今天打扮得有些靓丽，于是带着满脸的淫笑摸了摸桂芝的脸，"夫人保养不错，我喜欢年龄大的女人，成熟，有味道。"说着靠近桂芝故意闻了闻。

致清见状有些控制不住，举起拳头想对西村动手，被慕云鹤一把按住了，西村并没有注意到致清的举动，他径直走到米俊卿面前，"米桑，那晚见到你的太太之后，用你们中国人的话讲，我就是夜不能寐，害上了相思病，天天想她，天天梦见她，今天来你家，一是给你老爷子祝寿，二是来看看你的悠兰夫人。"西村恬不知耻地说。

米俊卿似乎早有准备，虽然极其不情愿，但是脸上还是挤出了一堆难看的笑容，"好，好，快去喊悠兰夫人。"

悠兰这几天一直在老太太的房间拜菩萨，自从那天见了西村，她就有种不祥的预感，感觉这个日本人不会放过自己。此时听到米俊卿的召唤，悠兰苦笑着站了起来。在这个家二十几年，自己一直信守本分，虽然生了三个女儿，但她从来不邀功、不争权、不争利，她没有忘记自己的身份，而现在，自己在米家赖以生存的丈夫却要把她送给日本人了，她知道，米俊卿为日本人做事，这些厄运是早晚会来的，只是没想到来得这么快。

悠兰整整衣服，来到前厅。西村一见悠兰就跟馋猫闻到腥一样，他拉起悠兰的手不停地抚摸着，"这手真是一双宝贝啊，竟然能够弹出那么美妙动听的乐曲，今天，我带你回去，弹给我自己听。"悠兰轻轻地抽出手，"领事大人，当着这么多人的面，这样不好，请自重。"

西村见悠兰对自己冷冷的，心中不爽，于是态度来了个大转变，"别敬酒不吃吃罚酒，我不喜欢女人哭丧着脸，你们整个青城，甚至全中国，早晚都是我们大日本帝国的，不要和我们作对。"说着又用手摸悠兰的脸，悠兰没有动，西村的手顺着悠兰的脸往下走，停在了悠兰的脖子上，想顺势进入衣服的深处。悠兰不知道哪来的胆量，拿起西村的手就咬了一口。西村疼得大叫起来，冲着悠兰就是一耳光，并命令手下把她带走。几个日本兵上前拉着悠兰就走，米俊卿急得团团转，但是没有一点办法。慕云鹤实在看不下去了，想出手从日本兵手中抢回悠兰，但却被桂芝拦住了。眼见西村屡屡挑衅，致清已经到了忍无可忍的地步，日本人上次在自己家打伤了珠儿，这次竟然公然抢人，致清越想越生气，不由得举起了拳头，对着毫无防备的西村就是一拳。西村顿时满脸开花，当场倒地。几个日本兵顾不得悠兰了，一起上前对付致清，慕云鹤一看儿子要吃亏，三十六计，走为上策，于是冲致清喊："快跑。"

此时致白和米家的两位小姐也赶了过来，如男和如萍一看悠兰衣衫不整的样子，赶忙上前扶住母亲。西村已经坐了起来，他左右看看，面目凶恶地对悠兰说："今天我要定了你，给我带走，"又转身对随从歇斯底里地喊，"抓住刚刚袭击我的那个人，我要剥了他的皮。"几个随从有的继续追致清，剩下几个上前拉着悠兰就往外走，如男立马明白了状况，她从旁边拿起一把椅子对着正在拉悠兰的日本人砸了过去，那人当场倒地。

西村已经彻底疯了，他掏出手枪对着如男就是一枪，但是这一枪没有打中如男，因为他的手被慕云鹤随手拿起的一只杯子砸中了，"都抓走，把这两个女人都抓走。"西村歇斯底里地喊着。

几个日本人上前拉起悠兰和如男就往外走，西村恶狠狠地看了看满院子的人，"跟大日本帝国作对，你们一定不会有好果子吃。"致白想要动手，被慕云鹤死死地拦下了。

致清不知道该往哪跑，这个院子实在太大，绕来绕去的，似乎总是在转圈。 后面的日本人越来越近，他心里有些紧张，看到不远处像是有一杂物堆，不知道自己能不能藏进去。 正在犹豫着，忽然一只手抓住了他的胳膊，"别说话。"那人带着他速度很快地跑进了一小胡同，小胡同有数不清的门，看着都晕，但他似乎对此地很熟悉，拉着他左拐右拐，然后彻底把后面的人甩开了。等他们停下后，致清才发现，救他的人竟然是冷先生，致清有些茫然，怎么会在这儿碰到冷先生。 冷先生看出致清的疑惑，"说来话长，以后有时间再慢慢告诉你。"说着他看看致清，"长成大小伙子了，文秀怎样，还好吧？ 你们是不是已经成亲了？"

致清见冷先生还惦记着他和文秀的婚事，有些不好意思，"我们只是定亲了。"冷先生拍拍致清的肩膀，"文秀没有看错你，你跟你爹一样，好样的，你赶紧从后面小门出去，这两天不要回家，去中天门的得意酒店等我，我会去找你，记得，千万别回家。"

致清回答，"知道了，我就在那里等您。"

六十一

一家四口出门，回来三口，文秀没见到致清，忙问致白："你哥呢？"致白支支吾吾不知道说什么好。

文秀又转头看着慕云鹤，"慕伯伯，致清呢，他怎么没跟你们一起回来，出什么事了吗？"文秀很敏感也很聪明，从慕云鹤和致白的神色中就发现了问题。

桂芝忍不住了，"这天杀的日本人啊，他们当着老多人的面就干这种事。致清，我的致清啊，谁让你多管闲事，你到底是死是活啊，呜呜。"桂芝说着说着哭了起来。

"什么是死是活，到底怎么了？ 慕伯伯，你不要瞒着我啊。"文秀听到桂芝的话，又紧张又害怕。

慕云鹤见事已至此，不能瞒着文秀了，便把之前发生的事情都告诉了文秀，文秀一听感觉血液刹那间涌到了头上，脑袋猛然地涨大了好几倍，眼前一黑，向前踉跄了几步，差点栽倒在地上。 慕云鹤忙扶着文秀坐下，看文秀脸色煞白，赶紧让致白拿来一条热毛巾，文秀接过来压在了太阳穴上，太阳穴实在是疼，一阵一阵的跟痉挛一样。

慕云鹤知道，现在急也没用，致清到底有没有被抓住，还不得而知，于是他安慰文秀，说一有消息马上告诉她。

文秀走后，慕云鹤摊在椅子上，刚才的一幕幕循环出现在脑海中，致清袭击西村，二小姐和姨太太被日本人带走，可是大小姐为何一直没有露面，难道渡边死了？ 不像，渡边要是死了西村不会有闲心来米家抢女人，那就是受伤了，米如意没有出现就说明她没在家，她在陪渡边养伤，这个想法慕云鹤觉得有些合理。 渡边没有死，也就是说冷先生的这次行动失败了，想到这里，慕云鹤又有些失望。

思绪太乱了，慕云鹤有些头痛，他此刻又想到了远在东北的佩瑶，不由得又去翻看佩瑶的手册。慕云鹤伸出去的手停在了半空中，原来那本放手册的古书盒子此时是关着的，他记得当时放书的时候，因为想到桂芝不会到处乱翻，就随意地放进了盒子，这个盒子虽然有个小开关，但是慕云鹤为了拿书方便，并没有关上，但此时盒子却是关着的，难道有人进我的书房？再看看其他东西，也感觉被动过，桂芝一天跟自己在一起，文秀不会进来，难道是周妈打扫卫生？但是前几天已经跟周妈打过招呼了，书房不用她打扫，那还有谁？珠儿？珠儿刚为自己受了伤，还没好利索，更不可能，慕云鹤寻思着，可能自己想多了，记错了。

慕云鹤走到院中，看珠儿一只手在艰难地扫地，慕云鹤心中有些不忍，于是上前接过她手中的扫把，有些责怪地看着珠儿，"伤还没好利索，怎么能干这种活，快点回屋歇着吧，院子我来扫。"

珠儿想擦擦汗，但是一抬手伤口就一阵钻心的痛，慕云鹤见状，忙拿出手绢帮着擦了擦汗。这一幕恰好被桂芝看到了，桂芝一直在为致清的事情发愁，见此情景哪里受得了，她不管珠儿是否有伤在身，上前对着珠儿就是一巴掌，打得珠儿后退几步，差点坐到了地上。珠儿捂着脸委屈地哭了起来，慕云鹤知道桂芝又发飙了，忙拉起珠儿。

桂芝见慕云鹤对珠儿如此关心，妒从胸涌，冲着慕云鹤嚷嚷，"致清是死是活还不知道，你还有闲心在这打情骂俏，你这老东西，恨不得我们都死了，我们死了你就清心了，想和谁睡就和谁睡，老草嫩草你都想吃，别以为我不知道。"

慕云鹤见桂芝越说越不像话，心中的怒火无法压制，上前对着桂芝就是一耳光，桂芝捂着脸哭着喊着，"你有本事去打日本人，儿子被人抓走了，你不敢出去找，你这个胆小鬼，就会在家里打老婆，我算是看透你了。"

被桂芝没头没脑地骂了一顿，慕云鹤倒是平静了许多，是啊，儿子到现在生死未卜，自己还窝在家里等消息，自己跟冷先生他们比起来简直就是胆小鬼，桂芝骂得一点都没有错，慕云鹤双腿像灌了铅一样，好重好重，修长的身躯仿佛是被暴风吹斜了的枯枝，那样无力，那样苍白，随时都会倒在地上。

慕云鹤就这样一步一挪地回到了房中，他思绪万千，心乱如麻，要是致清被抓怎么办，要是没被抓，西村是不是会来家中找麻烦，致清会躲到哪里？

这样想着，天色渐渐黑了下来，致清还是没有回来，慕云鹤有些坐不住了，他想到了冷先生。对，找冷先生去，主意一定，慕云鹤就向昨天那个联络点走去。

慕云鹤没有想到的是，他前脚出门，后面便有一个人影远远地跟过来。

六十二

凭着记忆，慕云鹤没费多大力气就找到了那个小院。从外面看，里面没有灯光，应该没人，慕云鹤想既然来了就进去看看吧，他推开院门径直进入了内院，他敲了敲门，里面果真没人，不知道冷先生此时能在何处。他等了一会儿，有些不知所措，正打算离开，冷先生却正好回来了，在此处见到慕云鹤他有些意外，他向慕云鹤使了一个眼色，示意跟在自己后面，慕云鹤已经见惯了冷先生这种行事方式，并不觉得奇怪，只是默不作声地悄悄跟着。

两人一前一后来到一热闹酒楼，冷先生绕了一圈进了男厕所，慕云鹤也跟着走了进去，冷先生看四周没人，又迅速从厕所的窗子跳了出去，慕云鹤有些摸不着头脑，但是没有办法只能跟着跳了出去。外面是块僻静之地，漆黑一片，慕云鹤刚想问冷先生葫芦里卖的什么药，冷先生立马示意他不要出声，慕云鹤被冷先生这一系列的举止彻底搞糊涂了。片刻，两人又一前一后出现在街边一处茶馆中。

慕云鹤被冷先生搞得晕头转向，忙问："你这是怎么回事？为什么这样偷偷摸摸的？"冷先生神秘一笑，"你刚才去我那里，没告诉什么人吧？"

慕云鹤更是纳闷，"没有啊，连太太都没说就一个人出来了。"

"那就奇怪了，感觉有人一直跟着你，是一个女人。"冷先生也有些纳闷，但凭他多年的经验，这感觉应该是没有问题的，他的确看到有个女人在不远处盯着慕云鹤。

"我这边你不要轻易过来，这个地点一旦暴露，很多同志都有生命危险。"冷先生不无担心地说。

"冷先生，我知道，只是今天我实在是没有办法了。"慕云鹤一听自己被人跟踪了，也有些自责。

"是不是关于致清？"冷先生开门见山地说。

慕云鹤一愣，他没想到冷先生这么神通广大，"是啊，你知道这事？ 对了，你现在的公开身份是米二小姐的武功师父，今早米家的事情你一定听说了吧？"

"你放心，致清很安全，只是要先躲几天，看看风声如何再做决定。"冷先生淡淡地回答慕云鹤。

"你见过致清，他到底在哪里？"慕云鹤见冷先生这样说，知道致清没有被日本人抓住，心中稍安。

"慕老板别急，这有个地址，你和文秀晚上可以过去看看他，但是他最好不要回家。"

慕云鹤接过纸条，赶紧装进口袋里，"谢谢冷先生，致清这孩子有些莽撞，没被西村给抓了算是万幸。"

"慕老板这话不对，致清是我看着长大的，对于日本人的暴行熟视无睹，那不是他的作风，他是个有侠义心肠的孩子，性格像极了慕老板。"

慕云鹤点点头，致清确实很像自己年轻的时候，性格柔中带刚，敢爱敢恨。

"对了，昨天刺杀渡边的事情怎么样了，今天没看到米家大小姐。"慕云鹤一直惦记着昨天的刺杀活动。

"渡边没死，这家伙命大，连着两次都没杀死他。"冷先生沉思一会儿接着说，"他很可能会在近期对部分街道进行生化武器试验，要是这个试验成功了，后果不堪设想。"

慕云鹤一听也很紧张，"这可怎么办，有什么办法能制止他？"

"办法只有一个，摧毁他的实验室，但是难度很大。"冷先生皱起眉头，焦虑涌上心头。

"这些日本人简直太没有人性了，也不知道米二小姐和姨太太怎么样了？"慕云鹤忽然想到了被抓走的如男和悠兰。

"落在日本人手里凶多吉少，这都是被米俊卿这个汉奸祸害的。"冷先生气愤地说，"我会想办法营救她们的，不能让两个无辜的女人遭受日本人的凌辱。"

"要能救出来最好，有需要我帮助的地方，不必客气。"

"我从来都没有对您客气过。"冷先生苦笑一下说。

知道致清平安，慕云鹤心中的一块石头落了地，只是他百思不得其解，到底是什么人在跟踪自己。

六十三

跟踪慕云鹤的是珠儿，珠儿知道致清现在正被日本人追杀。慕云鹤心急如焚地出门一定是去找人对付日本人。珠儿跟踪慕云鹤的目的就是查出他们，找到他们。

只是没想到，自己竟然跟丢了，慕云鹤这个人真是不可小觑，有勇有谋，软硬不吃，要是中国的老百姓都像他一样，大日本帝国想征服中国那是难上加难啊。

这样想着，不知不觉珠儿来到了渡边的住所，她从情报中得知，渡边要在青城进行试验，可珠儿认为时机不到，不能让渡边擅自行动。

珠儿径直进入渡边住所的后门，那里有一条偏僻小道，直通渡边的实验室，这条道只有珠儿知道，关键时期她可以随时进来。实验室内，渡边吊着一只胳膊坐在一堆瓶瓶罐罐中不知道在想什么，看到珠儿从后门进来，心中一惊。忙问："你怎么来了？有什么事情吗？"

珠儿转身坐到沙发上，答非所问，"伤得怎么样，严重吗？"

"还好，这帮中国人一再挑战我的极限，我快崩溃了。"渡边恶狠狠地说。

"听说你要在青城试验你的武器？"珠儿直接进入主题。

"是的，不能再等了，再等我就死定了，他们就是想我死。"

"不行，生化武器现在还不能广泛试验，大日本帝国很快就会全面入侵中国，现在暴露未免早了一些。"珠儿直接否定了渡边的想法。

"你管得有些多了吧，我的事情不用你指手画脚，你赶紧走，回到慕家去，管好你自己的事情。"渡边有些烦躁。

提到慕家，珠儿忽然眉头一皱，"渡边君，我要提醒你，慕家有一份祖传的药册，上面记录的全部是治疗各种传染病和毒药的相关信息，不知道你这生化武器是不是早就被人破解了？"

渡边一听倒是真吓了一跳，"不会吧，这种书从没有听说过。"

"是慕云鹤东北的一个朋友给他的，种类非常多，千奇百怪的解毒方子都有。"

渡边一听很感兴趣，"找个时间偷出来，这是个好东西，大日本帝国一定需要。"

"慕云鹤天天抱着书看，我试过两次，怕被他发现了，没敢动手。我一定会找到机会。"珠儿有些遗憾地说，"只是，大面积试验细菌的事情，你要三思。"

两人正说着话，外面忽然传来如意的喊声，"渡边君，你在吗？"渡边忙示意珠儿躲起来。

如意听说母亲和妹妹被西村抓了很着急，想去看看二人，渡边竟然没有拒绝。如意在西村处见到了母亲，母亲已经不是原来那位高雅孤傲的贵妇人了，她披头散发，精神恍惚，见到如意一脸恐慌，不停地喊着让如意快跑。

如意想安慰母亲，但母亲却越发地歇斯底里地喊着让她快跑，"如意快跑，晚了就来不及了，这都是日本人，如男已经被他们抢走了，快跑，别管娘，娘会拦住他们，娘会保护你们。"

如意见母亲这样子，心中痛苦万分，平日里，自己与大娘走得比较近，以为母亲不怎么疼爱自己，没想到，在这关键时刻，母亲竟然豁出命去保护自己，她现在真是后悔，后悔自己的虚荣心害了母亲，如意暗下决心一定要救出母亲和妹妹。只是怎么救呢，让西村放人不是件容易的事情，如意想来想去，毫无头绪。忽然，她发现西村的住处，摆放了很多中国瓷器、玉器，她想，只要投其所好，送点值钱的古玩，西村或许会放母亲走。想到这里，如意忽然想到了自己家的那件宝贝，这宝贝要是送给西村，一定能够换回母亲和妹妹，只是不知道爷爷舍不舍得。

管不了那么多，如意匆匆回到家中，找到爷爷和父亲商量此事。父亲沉默不语，愁眉紧锁，爷爷也不吱声，不知道在想什么，三人就这样僵了一会儿，如意有些耐不住了，"难道你们看着母亲和如男受欺负不管了？ 这都什么时候了，你们还抱着一张废纸当宝贝，实话跟你们说，我刚刚见过母亲，她，她，她很不好，如男情况更糟，是死是活都不知道，要是你们还犹豫不决，她们就是死路一条，你们看着办吧。"说完，一摔门走了。

如意的话不是没有道理，米俊卿看看爹，想听听老爷子的意见，老爷子却装作没看见他。 片刻后，老爷子忽然说："让米宝进来一趟，我有事找他。"此时，米老爷子已经做出了决定，救人要紧，上次不也是为了救儿子差点把宝贝交给德国佬么，人要是不在了，留着宝贝又有什么用。

米宝进来，见过老爷和少爷，在老爷子眼中米宝不是外人，从小吃米家饭长大，比自己的儿子都值得信赖。 于是老爷子把刚刚如意出的主意说给米宝听，其实，米宝也万分焦急，他很多年前就喜爱和崇拜悠兰，但是他明白自己的身份，知道没有这个资格，所以把对悠兰的这份爱恋深深地埋在心底。 自从那天悠兰被日本人带走，米宝的心就像被人挖了肉一样的痛，无时无刻不在想办法救出悠兰，如今听老爷子说出此话，如释重负，如果这份圣旨能够救出悠兰母女，那它就真能称得上是宝贝了。

老爷子让米宝去趟慕家，把那份圣旨拿过来，米宝二话没说转身就出去了，五分钟不到，便把那份圣旨送到了老爷子和米俊卿跟前，老爷子很是奇怪，去趟慕家这么快，就是插上翅膀也飞不回来啊，这是怎么回事？ 见老爷子疑惑地望着自己，米宝便把十几年前那晚的事一五一十地说了出来。

原来，那天晚上，米宝奉老爷子之命赶往慕家藏宝贝。 但是一出家门，他就感觉背后有人跟着自己，米宝很是紧张，他进入慕家祠堂以后，便躲在暗处观察，发现有个黑影尾随其后，米宝当下决定，不能冒险将圣旨藏在此处，于是带着圣旨迅速翻墙离开了。 这么多年过去了，这份圣旨实际上一直在米宝身边。 老爷子一听，微笑着点点头，"好样的，宝儿，不愧是我米家的好孩子，你这叫有勇有谋。"

而此时坐在旁边的米俊卿有些坐不住了，浑身不自在，当年那个跟踪米宝的人不是别人，就是他米大少爷。 那天晚上，米俊卿见米宝匆匆出门，心想定是老爷子授意他干不想让自己知道的事情，越是这样，米俊卿就越是想知道。于是他跟踪米宝到了慕云鹤家中，没想到进了慕家祠堂后，米宝就不见了，他只得悻悻而归，之后见到米宝又不好问。 这件事情是埋在米俊卿心中多年的一个谜，没想到，这个谜底今天被米宝这样轻描淡写地给说了出来，米俊卿心中仿佛卸了一块石头般舒畅了许多。

六十四

　　如意匆匆回到渡边宅邸，见实验室的门虚掩着，心中纳闷，平时这扇门关得很紧，渡边不准她靠近半步，出于好奇心，如意一边喊着渡边，一边推门走了进去。

　　出现在如意眼前的是一些花花绿绿的药罐子，如意不懂这些，刚想动手摸，渡边突然出现在她眼前，看到渡边，如意伸出胳膊想拥抱他，没想到，渡边对着如意挥手就是一耳光，打得如意倒退了好几步。如意从小娇生惯养的，哪里受得了，上前就想跟渡边动手，渡边一条胳膊受伤，不是如意的对手，但是他用另一只手迅速掏出了手枪，如意见渡边来真格的，吓坏了，恐慌起来，"别开枪，别开枪，我不是故意进来的，你，你，门没有关，我回来看不见你，就以为，不是，是知道你在这里，别，我不是故意进来的，渡边君，我知道你不会真开枪的。"如意对着枪口，吓得口不择言。

　　渡边收起枪，看着如意的眼睛，"大路朝天你不走，鬼门关口你偏行。我的实验室是大日本帝国的机密，你既然进来了，就别想再出去了，我不杀你，但是你必须服从我的安排，要是我发现你想往外跑，那就只能让你永远闭嘴了，知道吗？"如意发现渡边说这话时，眼中散发着的邪恶，让人不寒而栗，"我知道，渡边君，我全都听你的，你放心好了。"

　　"哈哈，渡边君也会怜香惜玉，我看就干脆一点，弄死算了，留下她将会后患无穷。"珠儿说着从夹缝中现了身。

　　"她跑不出去的。"渡边说。

　　"渡边君是不是喜欢上这个中国女人了？你要是现在不解决了她，会有后悔的一天。"

　　"我警告你，我的事情你少来指手画脚，用中国话讲，你走你的阳关道，我过我的独木桥。"渡边对珠儿的提醒特别反感。

"渡边次郎，你说话注意点。 我可是黑龙会的人，在中国，黑龙会的意思就代表天皇陛下的意思，这些你应该明白。 再提醒你一句，不要胡来，否则，军事法庭见。"珠儿这一席话，渡边敢怒不敢言，因为事实的确如此。

但是渡边可不是一个被女人所左右的人。 他来自日本最有权威的生化武器研究世家，这次来青城的目的就是要验证他的实验究竟有多大的杀伤力，而且他相信实验一旦成功，日本天皇一定会为他颁奖，所以就算冒着违抗黑龙会的风险，试验也要进行，而且试验对象他也早就选好了，任何人都阻止不了他的行动。

六十五

　　慕云鹤刚进屋，文秀就进来了，"慕伯伯，有消息吗？"文秀一脸焦急。

　　"关上门，我跟你说。"或许受冷先生影响，慕云鹤越发警惕起来。"文秀，致清没事，冷先生救了他，他现在藏在得意酒店，很安全。"慕云鹤看着文秀说。

　　"冷先生？他怎么会救了致清？冷先生怎么会在青城？这是怎么回事？"说到冷先生，文秀似乎有很多问题，不停地追问着慕云鹤。

　　于是慕云鹤就把这次在青城如何跟冷先生相遇以及冷先生这次是如何救致清的事跟文秀一一说了个明白。

　　"原来是这样啊。冷先生真是个了不起的人物，他是中国人的骄傲，我真心地佩服他，崇拜他。"其实，一直以来，在文秀的心中，冷先生一直高高在上，他的一切行为，就像神的光芒一样，影响自己，指引自己。

　　"慕伯伯，我去看看致清，您别阻止我。自从来了山东，我一直活得没有理想没有目标，感觉没有意思，我有时候就想，一辈子就这样度过了很不值。我不想这样，这不是我要的生活，我要去找致清，去找冷先生，我要加入他们。"文秀一口气说完自己想说的话。

　　这才是文秀的性格，她从小就叛逆，让她像其他女孩那样文静、顺从、结婚生子相夫教子一辈子，恐怕她就不是文秀了。慕云鹤见此情景忽然想起了文秀和佩瑶争吵，惹佩瑶生气的样子。

　　慕云鹤知道文秀一旦拿定主意，没人能劝说得了，想想自己也挂念着致清，不如陪文秀去一趟吧。于是二人出门，在门口碰到了刚回来的珠儿，文秀见珠儿这么晚回来有点奇怪，"珠儿，这么晚了，你去哪里了，你的伤没好利索，不要乱走动。"

　　"小姐，我衣服扣子掉了，出去买了点针线。"说着拿出一盒线给文秀看。

"噢，晚了就明天再买，注意安全。"慕云鹤接着说。

两人匆匆来到得意宾馆，宾馆老板好像认识他们一样，不等他们说话，便将他们引进了内室。内室的结构很复杂，老板敲了敲里面的门，不一会儿门开了，冷先生、致清和徐达都在。大家热情地拥抱在一起，冷先生摸着文秀的头，"文秀，几年不见，长成大姑娘了，我们知道你俩会来，正等着你们呢。"

"冷先生，那天您从我们家走了以后都干什么去了，说给我听听好吗？"文秀见到冷先生又亲切又激动。

见此情景，致清故作不高兴，"文秀，你眼中怎么都是冷先生，没看到你的丈夫我吗？"

"哈哈，是啊，也没看见我这同学加老乡还差点跟她定亲的哥哥，哈哈。"徐达见了文秀也是备感亲切。

"你们，这么坏，都笑话我，再不住嘴，我走了。"文秀故意装出一副生气的样子，边说边冲着致清的肩膀一顿乱打。

"哎哟，谋杀亲夫，疼死了。"

"怎么了，你受伤了？"文秀和慕云鹤赶紧查问。

"没有，爹，骗文秀玩的，您还当真了。"致清有些不好意思。

"你这家伙，都什么时候了，还有心骗我玩，人家在家都急死了。"文秀羞答答地看着致清，忽然发现桌子上放了一个小面人，跟自己一模一样，文秀知道，一定是致清捏的，怪不得她一进门，老板就冲她笑。

这时，冷先生忽然严肃了起来，"今天聚在这里的人，都是有血有肉，侠肝义胆的有骨气的中国人，也都是我冷世君最信得过的人，我想告诉大家一件事情，逃过我们两次刺杀的渡边次郎现在已经到了丧心病狂的地步，他想在青城试验他的生化武器。据可靠情报，他选择的试验地点是北陵的纺纱厂。"

"他的计划一旦实施，影响不亚于东北的鼠疫。"慕云鹤淡淡地说。

"鼠疫，那太可怕了，坚决要摧毁他，一定不能让他得逞。"文秀、致清还有徐达都是从东北过来的，深知鼠疫给东北人民带来的危害。

"是的，绝对不能让他得逞，这也是我们这次会议的主要目的。"冷先生深情地望着大家。

忽然，外面传来一阵枪声，冷先生反应很快，立马用桌子顶住了房门，并迅速组织大家从窗户逃跑，徐达毕竟跟随冷先生多年，见状拔出手枪，让冷先生快跑，冷先生哪能丢下徐达，等大家都撤走后，两人才迅速从窗口跳出，但此时警察已经破门而入，冲着他们两人就是一阵乱枪扫射，两人顿时从高高的窗台上跌落了下去。守在下面的慕云鹤一行人见状，忙扶起冷先生和徐达飞快地离开了此地。

慕云鹤觉得此时最安全的地方就是不远处自己刚开的药铺。趁着夜色，他们联手把二人背了过去。冷先生中弹已经不止一次了，所以大家并不觉得事情很严重，然而这次却不一样。冷先生没事，但是徐达却牺牲了，一颗子弹打穿了徐达的脑袋，其实他应该是当场就牺牲了，只是大家都不愿意这么想。

徐达的死，对慕云鹤来讲如同当头一棒，他虽然知道冷先生这个组织经常会有人流血牺牲，但是真正看到死亡，这是第一次。一个跟自己儿子年龄差不多的年轻人，本应该有远大的前程、幸福的家庭，但现在却这样面目全非地躺在这儿。一个鲜活的生命，就这样一眨眼便不存在了，慕云鹤感到害怕，特别是现在致清和文秀也加入进来了，他不知道自己的选择是对还是错，面对死亡，他忽然对以前的信念产生了怀疑。

冷先生似乎看出了慕云鹤的犹豫，他看了慕云鹤一眼，像是对慕云鹤说，又像是冲着其他人说，"死亡只是一个生命肉体的结束，他的精神和灵魂一直存在，存在于我们每个人的心中。要想把我们这个伟大事业进行到底，最终解放全中国，流血牺牲算什么，人都有一死，但是共产党人是为人民而死，为国家而死，为我们的信仰而死，死得重于泰山。"

众人看着徐达，默默无语，周围死一样的寂静，大家能感受到自己的心跳，证明自己还活着，致清伸手拉起文秀的手，感觉到文秀的手在微微发抖。

六十六

米俊卿为了救悠兰和如男不惜拿出了镇宅之宝，西村见了自是喜不自胜，爱不释手，"吆西，吆西，宝贝，这是个好东西，米桑，你大大的有功劳，我会向总部打报告嘉奖你，册封你为大日本帝国的优秀子民。"

米俊卿见西村开口不提放回悠兰和如男的事情，于是怯怯地问西村："领事大人，这宝贝您留着，我那二夫人和闺女是不是能让我带回去了？"

"哦，原来是这样，你的良心大大的坏了，我说怎么会好端端的送我宝贝。"西村看了看米俊卿，沉思了一会儿，一丝奸笑露了出来，"也好，闺女，你带走吧，二夫人嘛，哈哈，她，也是我的宝贝啊，怎么舍得让你带走。"

米俊卿很无奈，想再说点什么，但西村的脸上已经露出了寒意，他明白，此时若再开口就是自找麻烦。

如男被几个人抬着扔了进来，米俊卿一看，吓了一跳，这哪是自己那活蹦乱跳的如男，分明就是一具活死尸，脸色苍白、眼圈乌黑、口唇无色，裸露在外面的肌肤满是伤痕，头发蓬乱地粘在脸上，要不是看到如男眨了下眼睛，他无法相信出现在眼前的是一个活人。米俊卿悲痛欲绝，上前为女儿整理衣服，如男却并不看他，眼中空空荡荡，没有流泪。

如男回家的第三天，悠兰也回家了，只是回家的是一具尸体。悠兰自杀了，她用一条被单吊死在西村的卧室里。悠兰听说如男被米俊卿带回家后，认为再也没有活着的必要了，自杀是最好的选择。

米俊卿看着悠兰伤痕累累的尸体，知道她一定是遭到了西村这个老色鬼的虐待，又想到如男遭受的凌辱，心中深感对不住悠兰，情不自禁放声痛哭了一场。

悠兰这个平时淡雅，如兰花般清香的女人就这样走完了她的一生。米俊卿把她葬在后院的西南角，说是这里可以长时间接受阳光照耀，她还在时，最喜爱沐浴在阳光里。

悠兰的死受打击最大的是如萍，她从小生活在母亲身边，二十年来点点滴滴都是母亲照顾。母亲是个讲究的人，不管有没有客人，是否要外出，总是早早起来梳妆打扮。她告诉如萍女人就该让自己美一些，自己看着也舒服。如萍起床后习惯性地往母亲的卧室看过去，屋内空无寂静，"娘，您起来了吗？我要过去了。"往日，如萍起床一定会这样喊，而现在，如萍刚喊了一声"娘"，便顿时泪流满面了，没有娘的回答，只传来一声空荡荡的叹息。

这声叹息，如萍听得真切，难道是娘听到了我喊她？娘知道我想她，如萍赤着脚丫跑了出去，"娘，是您吗，您回来了吗？娘，您回来吧，您知道萍儿多么想您吗，您怎么把我丢下了，您走了，我怎么办？谁陪我写字，您不是说过，我的字要再练几年吗？您走了谁陪我练，娘，晚上睡觉，我害怕，您就给我读书，现在，我还是害怕，也没人给我读书，娘，您回来啊，我想你啊。"如萍哭诉着对母亲的思念。

又是一声叹息，如萍有些愕然，抬头环顾四周，并没有人，如萍并没觉得害怕，只是心中有些乱，暗想，是不是娘真回来了，不管是人是鬼，只要是娘就行，于是她围着屋子转了起来。小时候听娘说过，人死了之后，只要不出七天，在他经常住的地方向前转六圈，向后转六圈，然后静心祈祷，默念他的名字，他的灵魂就会回来，与人对话。如萍前后转了六圈之后，闭上眼睛，心中默念着："娘，回来，娘回来。"等待奇迹出现。

或许奇迹真的出现了，如萍感觉一个人站在自己身边，有脚步声有呼吸的气息，"娘！"如萍立马睁开眼，希望娘像往日一样，依然笑盈盈地站在自己面前。但是悠兰没有出现，出现在面前的是致白。如萍不知道致白是怎么进来的，她傻傻地站在原地，有些不知所措，致白什么都没说，只是猛地将如萍紧紧地抱在怀里，抚摸着如萍秀长的头发、瘦小的肩膀。自母亲去世后，接连几天，如萍都没有好好哭过，因为大姐不见了，二姐闭门不出，跟活死人一样，此时见到致白，如萍再也控制不住自己，眼泪倾泻而出。

致白没有动，任凭如萍肆意地释放着自己对母亲的思念之情。等如萍情绪稳定下来，致白捧着如萍的脸，仔细地看着，仿佛怕遗落了什么，如萍感受到了致白的爱，把自己的手压在了致白的手上，致白心疼地说："看你眼睛肿得跟个电灯泡一样，这样子就不漂亮了，你娘要是知道，她会心疼你的，我也心疼得要死。"

"致白，我好害怕，这么大的院子，没有了我娘，就我一个人，两个姐姐也不来看我，爹更不敢来看我。"如萍说。

"还说你爹，你爹就是个大汉奸，害死了你娘，害得你二姐生不如死。你爹其实最该死。"致白一听米俊卿就来气。

"我爹从来都不喜欢我，他一直想要儿子，爷爷奶奶也是想要抱孙子，可是偏偏我还是个女儿身，我从小就没人疼没人管的，身边只有娘一个人，只有她不嫌弃我是个女孩。"如萍说着说着，眼泪又不由自主地流了下来。

致白忙掏出手绢为她擦拭泪水，但是如萍的泪水像断了线的珠子一样，无法止住。

"如萍，别人不疼你，还有我，我疼你。从第一天见到你，我的心就被你填得满满的，吃饭、睡觉、走路，全是你的影子，你嫁给我吧，我跟我爹和我娘去说，他们会同意的。二十年前咱们两家就想结亲，咱俩要是能够在一起，也了却了这些长辈们多年的心愿。"致白一厢情愿地认为，他和如萍在一起是件又简单又容易的事情。

"致白，那是以前，现在你爹不一定这么想，我娘说过的，你爹嫌弃我爹给日本人工作，亲事是他不愿意的。"如萍想起悠兰的话，对致白说的话有些担心。

"我爹要是不同意，我就带你跑，离家出走，我还不信我慕致白养活不了一个媳妇，你别急，等着我，这几天给你消息。"致白是个果断利索的人，他的长相中和了父母的优点，虽然不像哥哥和父亲那样英姿飒爽，但是饱满的额头，古铜色的脸庞，还有高高扬起的眉毛，整合在一起，也是个不可多得的美男子。

如萍点点头，抬头看着致白，"我现在只有你了，你别辜负我，我会一直等你，等到你来接我，等到你来娶我。"说着，如萍从桌上花瓶里取出那株勿忘我，捧在手心里，"还记得它吗？ 它就代表了我的心愿。"

致白又一次被如萍那双迷离的眼睛给迷住了，幸福来得这么突然。

六十七

致白是个急性子，回到家第一件事就是到处找父亲，桂芝见状忙问："急着找你爹什么事啊？"

桂芝一摇一摆地来到致白跟前，"儿子，看你跑得一头汗，跟娘说说怎么了？"说着伸出又白又胖的手想给致白擦擦额头上的汗。

"你别擦了，我不热，我就想找我爹，他去哪里了？"致白焦急地问。

"我哪知道，整天神不知鬼不觉的，不知道跟哪个女人幽会去了。"桂芝恨恨地说。

"娘，您就整天瞎猜吧，懒得理你。"致白把头转向一边。

"儿啊，娘老了，你爹瞧不上我了。那天周妈跟我说，你爹前脚出门，珠儿后脚就跟着出门了。珠儿还刻意打扮了一番，可能是不想让别人认出来，但是周妈整天跟她住在一起，再怎么打扮也认识她啊。我当时肺都要气炸了，但是没凭没据，你爹不会承认，等哪天我捉奸在床，看他认不认这壶酒钱。"桂芝越说越生气，越说越伤心，竟然流下了眼泪。

致白见状，忙安慰桂芝，"娘不老，你看你这细皮嫩肉的，我都喜欢得不得了，何况是我爹，放心啊，儿子给您撑腰啊。"

"小子，你给谁撑腰，你有多大力气？"慕云鹤的声音从门外传来。

致白一见慕云鹤回来了，赶忙上前拉着慕云鹤的胳膊，做出一副撒娇的样子。这就是致白和致清的不同，老大一般会独立稳重，小儿子则多了一份任性和霸道。

慕云鹤心疼小儿子，知道他肯定有事相求，不然不会这样，于是故作一副严肃的表情，"先松开手，二十几岁的人了，拉拉扯扯，像什么样子，有事不会好好说。"

"爹，我想结婚。"致白脱口而出的一句话，把慕云鹤和桂芝都吓了一跳。两人面面相觑，不知道孩子在耍什么花样。

"什么？结婚？你是不是病了，糊涂了？结婚不是件小事，你以为想结就结啊。"慕云鹤没想到致白会说出这样的话，有些恼怒，但是静心想来，孩子确实也到了该成亲的年龄了，于是他又转变态度对致白说，"你想结婚不要紧，赶紧让你娘找媒婆看哪家姑娘合适，给你定一家，你也确实老大不小了。"

见慕云鹤态度转变了，桂芝也忙附和着，"是，是，孩子长大了，娘一直以为致白还小，没当回事，我这就去办。"

"不是，你们误会了，我已经有自己喜欢的女孩子了，现在只是告诉你们一声，我要结婚，我要娶她。"

"你自己喜欢的女孩子？哎哟，儿大不由娘，跟你哥哥一样，都会自己找媳妇了，你喜欢谁？哪家的姑娘啊？你说来我们听听。"桂芝一听，心中老大不满意，她不喜欢儿子自己找对象。

"米家的，你们认识。"致白一脸无所谓的样子。

"什么？致白，你疯了，如男被日本人糟蹋了，现在都不像人样了，你还敢娶她，我不同意。"桂芝一听是米家的小姐，自然想到了如男。

致白见母亲又误会了自己的意思，马上解释，"不是如男，是米家三小姐，如萍。"

慕云鹤一听愣住了，从椅子上站了起来，一脸严肃地看着致白，"我们和米家从此以后不会再有任何来往，米俊卿是个大汉奸，咱们绝对不能和这种人扯上任何关系。米家，不管是二小姐还是三小姐，都不能进我们家的门。"慕云鹤口气相当坚决。

致白没想到慕云鹤会是这样的态度，一时没了主张，"如萍，如萍和他们不一样，她从小和她娘相依为命，根本算不得米家人。"致白有些无理取闹。

"胡说八道，这事没有商量，立马断了这个念头，让你娘抓紧时间为你再说一门亲。"慕云鹤也有些不耐烦。

"不可能，我哥哥和文秀在一起你就支持，我的事情你为什么这么反对。爹，你偏心。"致白忽然想到了致清和文秀，认为这是打击慕云鹤的好办法。

"是啊，你爹是有些偏心文秀，我看那如萍也不错，你不是总觉得致清退婚欠了米家吗，致白和如萍要是成了不也是和米家联姻了吗，这也算是个好事啊。"桂芝不失时机插嘴进来。

"你们俩是不是脑子缺根筋啊，现在都什么时候了，还和汉奸的女儿联姻，这是民族大义问题，不是简单的一桩婚姻，这事绝不可能，你和如萍认识也没几天，跟致清和文秀没法比，以后就别再想了。"在这件事情上，慕云鹤态度相当坚决，没有给致白留任何余地。

六十八

半个月后致清回到家中，因为慕云鹤发现致清根本就不是西村的抓捕对象，家中也没有日本人来过。

致清这段时间跟冷先生同吃同住，深受冷先生革命思想的影响，一心想加入冷先生的组织。文秀对冷先生更是崇拜不已，虽然几天前徐达和酒店老板的牺牲给他们带来了一些惊吓和刺激，但是他们非但没有退缩，反而更坚定了加入组织的决心。

这段时间慕云鹤被几个年轻人的牺牲给搞蒙了，他心中纠结万分，不知道自己还有孩子们的未来到底在哪里。冷先生是对的，慕云鹤心知肚明，但是面对孩子们的牺牲，慕云鹤却是百般不舍。

慕云鹤想起冷先生的一句话："得意酒店是最安全的地方，这次却忽然被警察抓个正着，我怀疑我们内部出现了问题。"内部出现问题？这是怎么回事，自己刚带文秀过去警察就出现了，难道我们被人跟踪了？他又想起冷先生说的有一个女人跟着他，那又是怎么回事，慕云鹤感到头痛，思绪怎么也理不清楚。他揉了下太阳穴，顺手拿起佩瑶的笔记想再看看，但不知道为什么，他总是感觉有人动了这本书，是谁呢？桂芝吗？不会，她是个直肠子，要是看着不顺眼，她会跟他吵，周妈？珠儿？也不像啊，她们连字都不认识，动书干什么？可能是自己太想念佩瑶了，瞎琢磨的，一定是这样，慕云鹤找到了理由说服自己。

正寻思着，致清和文秀跑了进来，"爹，刚刚街上一个卖报纸的小孩子塞给我们的，是冷先生想见我们？"

慕云鹤接过纸条一看，果然是冷先生的笔迹，"傍晚，北郊老槐树。"

慕云鹤点点头，"时间差不多了，我去一趟。"

"我们也去。""上次的任务还没有部署完，冷先生一定是找我们部署重要任务的。"致清和文秀抢着说。

慕云鹤其实并不想让他们俩参与，"我先去看看，万一有危险怎么办？你们老实在家待着，有任务回来我告诉你们。"

"不行，有危险我们更要和您一起去，相互有个照应。"致清接着说。

"是啊，慕伯伯，我知道您是为我们着想，但是我们已经是成年人了，命运应该掌握在自己手里。"

慕云鹤没办法，只得同意。"这样，我们三人分开走，你们跟在我后面，要有一定的距离，记得留意后面看有没有人跟踪。"此刻，慕云鹤的反跟踪意识有了很大进步。

致清和文秀郑重地点点头，他们知道，一旦暴露，几个人的性命都有危险。

三人一前一后出了门，慕云鹤身穿长袍大褂，长袍随着慕云鹤身体的走动一起一落，飘逸飒爽，五十岁的慕云鹤依然干练、矍铄。

文秀和致清做出一副悠闲逛街的姿态。文秀身穿浅黄色缎子面紧身小袄，鹅黄色坠地长裙，显现出婀娜的身姿，两条黑黑的大辫子在胸前一摆一摆，看得致清有些眼晕。文秀见致清这样盯着自己，有些不好意思，羞答答地说："看什么看啊，像是没见过一样。"

致清一脸坏笑，趴在文秀耳朵边上，"我真的没有见过，到底什么时候给我见见啊？"

文秀一听致清这话，又气又羞，上前猛捶致清的背，致清伸手拉住了文秀的手，"想谋杀亲夫吗你，下手够重的。"

"什么亲夫，我还没嫁给你？"文秀嘴硬着。

"是啊，我慕致清娶个媳妇咋就那么难呢，都等了快二十年了，还没娶成。"致清故作委屈状。

"又不是我不想嫁给你，你那天出事跑了，跟我有什么关系。"文秀也有些委屈，"我看，你娘根本就不想让你娶我，还说什么再找日子，哼。"

致清一听文秀这话，回头看着她，"你是不是急着想嫁给我？好，我跟我娘说，今天晚上，我们圆房。"

"你讨厌，谁让你说，我是随便说说的，你还当真了。"文秀着急了。

"我当然当真，你不知道，我都想了快二十年了。"

"什么快二十年，你四五岁就想娶媳妇？"文秀调侃致清。

"第一次见到你，就想娶你，真的。"致清两眼紧盯着文秀，两手把文秀的手握得紧紧的。

两人对视了一会儿，文秀发现路边有个卖糖葫芦的，致清赶紧过去给文秀买了一串，两人依偎在一起，文秀边吃边注视着前方的慕云鹤。

"致清，你那天哪来的勇气打日本人？"文秀边吃糖葫芦边问致清。

"我也不知道，只是觉得再不动手，那日本人就会以为我们中国男人都是缩头乌龟。"说着致清做出一副乌龟的样子，冲着文秀比画着。

"现在后悔吗？万一哪天西村再想起你来，派人抓你，怎么办？"文秀也做出抓人的样子上前抓致清。

"要是日本人真来抓我，我就带你走，咱们回东北去。我想东北了，想院子里的秋千，还记得你躺在上面，我使劲推你，你就会吓得尖叫，哈哈。"致清此时仿佛真的回到了东北，回到了那个没有战争的独门小院。

"我也想我娘了，要不咱们成亲之后，就回去？"

"文秀，说真心话，你是不是特想嫁给我。"致清故意逗文秀。

文秀脸一红，"什么啊，谁想嫁你，还不是你整天缠着人家，害得人家不能定亲。"说到这里，文秀忽然顿住了，两人几乎同时想到了徐达，文秀不再说话，致清也收起笑容，表情严肃地看着文秀，"文秀，徐达是个好人，真男人，我应该向他学习，他比我坚强，比我有信仰，我佩服他。"

文秀低着头，表情很凝重，眼前又浮现出徐达牺牲前的面容，心中顿感不安，她抬头看着致清，"致清，我们是不是也会和徐达一样牺牲？"

"我也许吧，但是你一定不会，你别害怕。"致清看文秀的表情像是有些害怕，于是安慰文秀道。

"怕什么，我爹就是被日本人害死的，我这是为父报仇。"

不知不觉，三人前后来到了大槐树下，慕云鹤示意他们两人找地方躲起来，自己则不住地环顾四周，看后面有没有盯梢的。

忽然一个声音传来，"慕老板现在的警惕性越来越高了。"

大家一看是冷先生，冷先生说："没事，我已经看过了，没人跟踪。"

跟冷先生一起来的还有一个人，三十几岁的样子，头戴毡帽，腰上随便扎一条布带子，开胸短衫被随意地披在身上。冷先生为大家做了介绍，说这人是青城共产党一级联络员李大海。

李大海现在的公开身份是北陵日本纱厂的染匠师父，这次任务就是以他为主。慕云鹤忙问究竟是什么任务，他们能做什么？冷先生摆摆手示意慕云鹤冷静，"慕先生，记得上次开会时说的渡边要进行细菌试验的事情吗？"

"记得。"三人同时点点头。

"据我们的可靠情报，渡边要在那家纱厂进行试验，日期定的是本周五中午，也就是后天中午。目前得到的消息是他们会在午餐上动手脚，吃过午餐的工人一定会出问题，但是这种武器究竟有多厉害，现在还不得而知。"

"那我们能做什么呢？"致清看着冷先生问。

"这次，想让你和文秀参加这次行动。"冷先生盯着致清，又看看文秀。

"他们俩可是一点经验都没有……"慕云鹤有些担心。

"不用经验，任务很简单，只要他们明天能顺利进入这家工厂，以后的事情听大海的安排就行，我们会保证他们的安全。"冷先生的话让人无法拒绝，慕云鹤没再说什么。

"我们一定行！"致清见文秀没表态，于是问："文秀，你行吗？要不我自己去吧。"

"不是，我是担心咱们从来都没干过纱厂的活，他们能要我们吗？"文秀见致清误会了自己，赶紧解释。

"他们每天都在招人，你们就说是兄妹，刚从济南逃荒过来。"大海给他们编了个身份。

大海接着说："他们是招工人干活，不是招军人、特务，不会问得很仔细，都能进去。"

大海这么一说大家也就放心了。

六十九

按照冷先生的部署，致清和文秀必须要经过乔装打扮才能顺利进入纱厂。文秀打扮成了乡村女孩，短褂长裤，头上扎了头巾，而致清也是同样的短褂长裤，腰间像大海一样扎了一条布带子，两人相互看看，都觉得有些可笑。冷先生却很严肃地提醒他们，此行很危险万万要小心，绝不能马虎。

纱厂的戒备真的跟大海说的似的跟没有一样，工作人员只是简单地问了他们几句话，就直接把他们带了进去。这个纱厂规模不是很大，前后有两个院子，纺纱车间在前院，染纱车间在后院。

根据冷先生的交代，文秀和致清进厂后就立马四处张望，想尽快熟悉环境，以备不时之需。

工头见他们东看西看的，有些不耐烦，"看什么，赶紧点，车间急着用人。"

"我想先上厕所。"致清看着工头说。

"懒驴上磨屎尿多，在那边，快点。"

致清飞快向厕所跑去，厕所在院子的北墙角。进入厕所，致清发现，这儿的墙体又矮又破，几乎用脚一踹就能踹塌，而那高度也就一个人的身高，从这跑出去根本不是问题，致清爬上墙头往外看了看，外面一片庄稼地，此时正是玉米成熟的季节，进去之后没人能找他。侦察完地形，致清拍拍衣服上的土，大摇大摆地走了出来。

文秀被安排到了纺纱车间，致清则被带到了运输队，运输队就是推着车子往后院送纱的部门。文秀所在的纺纱车间温度特别高、湿度大，很多人只穿了单衣在工作。这种纱需要在水中浸泡并不停地反转，因而很多人的手都被水泡得变了形，肿得很大很大，严重的甚至已经腐烂，但是这些人仿佛感觉不到疼痛，依然在不停下地干自己的活。文秀不由得为这些人感到悲哀，他们难道一点都不想为自己的权益进行斗争吗？

文秀跟着一个三十岁左右的妇女干活。这妇女抬头看了看文秀，指了指旁边的一堆纱线，又指了指前面的水池子，示意她放进去。文秀照做了，女人没有说话，顺手拿起一捆纱线自顾自地缠了起来，文秀赶忙过来，"我帮你吧。"女人把脸扭向一边，不理睬文秀。文秀觉得纳闷，心想难道是个哑巴？

正琢磨着，一个工头模样的人走了过来，冲着女人就是一脚，指着池中的纱说："为什么不翻纱，泡久了纱线会断的，你不知道？今天中午不准你吃饭。"又指着文秀，"你去，用手把纱线不停地翻动起来，动作要快，不停地翻。"文秀立马照做，工头看了看文秀，满意地离开了。

中午开饭了，大家都拿出自己的饭盒去打饭，女人却没有动。文秀觉得她实在可怜，就把自己的饭分出了一些，递给女人，女人看了看文秀，没动手吃，而是从衣服里拿出一张油纸，把饭包了起来，文秀奇怪地看着她，女人看出了文秀的不解，"给孩子的。"女人终于开口说话。

"原来是这样啊，那你干这么多活，也不能不吃饭啊。"文秀想了想，把自己的饭盒推到女人跟前，"我不吃了，我不饿，这些你都吃了吧。"女人又推了回来，文秀又推了回去，"我真不饿，我来的时候刚在外面吃过饭。"女人这才拿起饭盒，狼吞虎咽地吃了起来。

文秀发现她所在的这个车间有将近三十人，几乎都是女性。很多女人都会省下午饭，回家带给孩子吃，要是直接跟她们说饭菜中有毒，她们会信吗？要怎么做，明天的午饭才能不让她们吃呢？不知道大海会想出办法来吗，文秀心中焦急万分。

不知不觉，天色渐渐黑了下来，女工们没有任何休息的机会，她们都像机器一样在忙着手上的工作，干活慢的还会被工头毒打。

"天都黑了，什么时候下班？"文秀有些着急地问女人。

"还得一会儿，等这些活都拿走以后就下班了。"女人说了一句今天最长的话，然后低头继续干活。

"哦。"文秀没有办法，只能边干活边等着。

过了一会儿，远处传来咣当咣当的声音，女人忽然主动对文秀说："该下班了。"文秀一看，来了几辆带大型轱辘的手推车，其中一个推车的是致清，文秀立马站起来扬手向致清示意，致清也在寻找文秀，他看到文秀后立马推着车子走了过来，文秀向女人介绍致清，"这是我哥哥。"女人一笑，没有吱声。

大家一起把纺好的线装到大车上，看着大车渐渐远去，女工们纷纷起身，活动了一下腰骨，一天的活总算是干完了。

家住本地的女工们都回家了，外地的住在工厂宿舍，文秀是外地的，自然住宿舍。

女工们都入睡了，文秀在院子里溜达着，一直不见致清来，心中有些着急，不知道明天的行动到底是什么。

"文秀，文秀。"声音很小，但是文秀听得很清楚，她顺着声音看到致清在不远处向她招手。文秀赶忙跑了过去。"怎么才来，担心死我了。"文秀冲着致清噘起了小嘴，致清最受不了文秀这个样子，刚想凑上去，就被文秀一把推开了，"傻子，咱们现在是兄妹，你想坏事吗？"

"谁让你故意诱惑我？"致清反咬一口。

"你，你，你等着，我回去告诉冷先生。"文秀知道致清故意在逗自己玩，没办法，只有冷先生能镇住致清。

"跟你闹着玩的，说正事吧。"致清表情严肃了下来，随即从怀中拿出一什么东西，"看，这是什么？"

文秀一看竟然是一只可爱的仓鼠，黄灰色的毛整个看上去像个小肉团，瞪着两只黑黑的眼睛看着文秀，"好可爱，从哪儿弄的？ 给我的？"文秀接过仓鼠捧在手中。

"是给你的，但不是给你玩的，明天的计划就靠它了。"

"什么意思，靠这只小仓鼠，没搞错吧？"文秀有些不解。

"这是大海刚刚交给我的，明天上班的时候想办法把它带进车间，中午的饭菜让它先吃，明白吗？"文秀明白了这只小仓鼠的作用，为了全车间三十多名工人的生命安全，这只小仓鼠献出自己的生命也值了。

　　文秀点点头，"然后呢？小仓鼠被毒死，一定会引起工人们混乱，我们怎么跑出去？"

　　"昨天来的时候，我看了下厕所，里面的墙很矮，你趁着工人们乱起来，就去那个厕所，我在那里等你。"

　　文秀没想到致清早就找好了退路，由衷地佩服起致清来，"没想到，你现在考虑事情这么周密了，不简单，令我刮目相看了。"

　　致清嘿嘿笑笑，"能得到文秀姑娘的赞赏，本人喜不自胜，定当竭尽全力。"

　　"没正形了，你不紧张啊，我还真有点紧张，万一被他们拦住跑不出去了怎么办？"文秀悠悠地说。

　　"放心吧，大海会接应咱们的。"致清对明天的事情信心十足。

　　"藏好仓鼠，早点休息。"

　　"嗯。"文秀答应着。

七十

天刚蒙蒙亮，起床的哨声就响了起来。女工们睡眠不足，纷纷打着哈欠，伸着懒腰。有的女工连洗漱都顾不得，吃上两口东西，就匆匆上工了。文秀把仓鼠藏在衣袖里，向车间走去。没想到的是，今天车间门口竟然有人在搜身，文秀有些紧张，要是被搜出仓鼠，该如何解释，她忙问前面一个女工，"每天都搜身吗，搜什么啊？"女工冲前面努努嘴，"也不是每天这样，刚来的那个工头不是什么好东西，就是想占我们便宜。"

"啊，原来是这样，那怎么办？"文秀故作害怕。

"没什么的，他也就是摸你一把，还能怎么着。"女工一脸无所谓的样子。

马上就要到文秀了，文秀自己给自己鼓劲，"既来之，则安之吧，我一定不会有事。"随即用手拍了一下袖中的仓鼠，仓鼠大概已经睡着了，没有反应。

"下一个。"文秀听到喊声立马来到门口接受检查，工头看看文秀，"刚来的？从哪儿来的？"文秀低着头装作不敢正视他的样子，"济南。"

工头用手托起文秀的脸，看着文秀，满脸奸笑，"小妞长得不错，好好听话，不会吃亏。"回头对旁边的一个小监工说，"给我好好照顾她，别累着了。"

监工忙点头哈腰，"好，好，您看，要不这姑娘您亲自来。"

"好的，我来就我来，"说着，工头伸出手就想对文秀搜身，文秀收起刚刚害怕的表情，把脸一横，"拿开你的脏手，要搜身，这活我就不干了。"工头一愣，"好家伙，小姑娘够横的，不想干了，有那么容易吗？你以为这地方想来就来想走就走？"

"反正我是不会让你搜身的，你要敢碰我一手指头，我就死在这里。"此时文秀的脾性暴露无遗，有些话，想都没想就脱口而出。

"唉，今儿碰上硬茬了。"工头见文秀这样倔强，有些发蒙。

周围的女工们见文秀的态度如此强硬，也反抗起来，人群随即一片混乱。

这时候，远处走来几个人，其中一人问身边的人怎么回事，身边的人用日语解释了几句。此人一听，立马面露凶相，快步走上前冲着工头就是一耳光，"巴嘎，你的良心大大的坏了。"

工头抬头一看来人竟然是老板，捂着脸站在一边不敢吱声。

日本老板对女工们鞠了一躬，对身边的人耳语了几句，身边的人随后对女工们说："进去干活吧，不用查了。"

经过早上这一闹，文秀成了车间的名人，大家纷纷向她投以佩服的目光，而文秀却在为自己刚刚的莽撞感到后怕。

一上午的时间缓缓而过，大家都在盼着免费的午餐，而文秀的心却提到了嗓子眼，感觉心脏仿佛要从口中跳出来一般。送饭的车子终于在大家的期盼中按点来了，大家争相向前靠拢，想得到第一份饭。

文秀一看不能再耽搁了，她用力推开人群，挤到饭车前，"大家听着，今天的饭有问题，请大家不要食用。"大家看着文秀，不明白她什么意思。

"不能吃，你们相信我，我可以证明给你们看。"于是文秀从袖子里掏出仓鼠，仓鼠已经两顿没吃了，见到饭菜，大口大口地吃了起来，不一会儿，这只仓鼠忽然眼睛发出一种绿光，伸伸腿，倒在地上不动了。

"有毒啊，这是为什么？"

"找老板去，我们辛辛苦苦为他们干活，还这样对待我们。"

"亏了这位刚来的姑娘。"

"为什么想药死我们，我们做错了什么？"

"日本人太狠了吧。"

"这活我们不干了，不干了，哪里找不到口饭吃。"就在大家纷纷抗议，乱哄哄的时候，文秀带着中毒的仓鼠按照致清事先看好的路线，向院内厕所的方向跑去，一进厕所便看到了等在那里的致清。致清先坐到墙上，弯腰伸手一把

半世烟雨

BANSHIYANYU

228

拉住文秀，稍微使劲，文秀便跟致清并排坐在一起，两人相视一笑，然后迅速跳下去，消失在茫茫的玉米地里。

在北郊小树林里，冷先生正等着他们，听了他们俩的汇报，他兴奋地拍着文秀和致清的肩膀，"没想到你们行事如此周全，连我准备的后备军都没用上，我代表组织为你们俩记上一大功。"

"什么是记大功，是给我们很多钱，还是很多好东西？"文秀听不明白冷先生的话。

"记大功就是你为人民做了好事情，让人民都能记住你，以后你就明白了，哈哈。"冷先生此时无法向文秀多解释什么，只是觉得这次任务完成得出奇的顺利。

"那只仓鼠怎么办？"文秀想起了带回来的仓鼠。

"什么仓鼠，是中毒的那一只吗？ 快拿出来我看看。"慕云鹤一听文秀带回了仓鼠，很是感兴趣。

文秀把仓鼠拿出来，慕云鹤接过来一看，倒吸一口凉气，"这不是绿丹吗？这毒已经好多年没有出现了，二十年前日本人在东北曾经使用过，怎么会出现在这里？"沉思了片刻，看着文秀默默地说，"文秀，你的父亲就是死于此毒。"

冷先生当然知道此事，他关切地看着文秀，"文秀，今天这次行动能够顺利完成，看来都是天意，此毒害死了你的父亲，却由你查出真凶，也算是为父报仇了。"

"冷先生的意思是真凶就是渡边？"慕云鹤一听有些不解。

"以年龄来看应该不是渡边，但是渡边来自日本的一个医药世家，二十年前的施毒事件很有可能是他的父辈所为。"

"他们为什么使用的是绿丹，而不是之前说的鼠疫？"慕云鹤突然想起冷先生曾经说过，渡边会在青城使用鼠疫的事情。

"这个，我也没搞明白，或许他就是想报复中国人，不过他的实验室里一定还在研究威力更大的细菌武器，我们一定要想办法摧毁它。"

　　文秀听到慕云鹤和冷先生的话，有些茫然，事情那么巧合，真是天意吗？冥冥之中，或许父亲一直都在帮助自己、保护自己，想到此处，文秀的眼泪忍不住掉了下来。

七十一

慕云鹤回到家中研究起了这只仓鼠，目的很简单，既然日本人又使用了绿丹，那他这次一定要找出解药，以防日本人狗急跳墙再次大面积使用，残害无辜。

他一边翻阅着佩瑶的解毒笔记，一边感叹佩瑶的未卜先知，竟然早就算到日本人会在山东使毒。佩瑶的笔记中并没有记录关于绿丹的解毒方法，只是说，绿丹本性极寒，可口服也可通过气味传播，一旦中毒，当使用暖性药材将寒气压住，以防寒气上扬，但并不能痊愈，三到五年间，寒气必会伤透五脏六腑，病发身亡。

慕云鹤愁眉不展，绿丹要是没有解药，那日本人很可能会使用它来打击一切反对他们的势力，而它的传播方式如此简单，随着呼吸就能够中毒。

"属性极寒，以暖性药克制，不让寒气上扬。"慕云鹤看着佩瑶的笔记，脑子里不断地出现各种暖性药物，但都被他一一排除，因为那些药姚家明之前都使用过，无法根除毒素。

慕云鹤正想得焦头烂额，忽然有人敲门，慕云鹤一看是珠儿来喊他吃饭。他收拾了一下去了餐厅，一家人都在等着他。看他来了，文秀和致清忙问药有结果了没有，慕云鹤摇摇头，表示没有大的进展。之前发生的事情，慕云鹤并没有刻意瞒着致白，此时致白见大家都愁眉不展心中着急，"爹，他日本人敢对咱们用毒，难道我们就不能对他们用毒吗，要说用毒，我们这医药世家，不一定比他们差。"

"日本人那是人吗，他们没有人性，咱们中国人能跟他们一样吗？"文秀不赞同致白的观点。

"是啊，我们跟他们不一样，不能伤害无辜百姓。"致清赞同文秀的观点。

致白有些急了，"你们俩说话一唱一和的，我跟你们说，以其人之道还治其人之身，就以毒攻毒，你们就是假仁义。"

"你怎么说话，谁假仁义？"文秀也急了。

慕云鹤一直没出声，听到孩子们吵吵，忽然站了起来，"停，你们等等，刚刚谁说，以毒攻毒？"

致白看了看致清和文秀，以为父亲要责难自己，支支吾吾地说："我，我说的。"

"太好了，这就对了。"慕云鹤站起来急匆匆地走了。

三人愣在了桌前，致白嘟囔道："爹这是怎么了，有点不对，是不是生气了。"

"不会，他刚刚说的是太好了。"致清说。

"难道慕伯伯也赞成对日本人用毒，不会吧？"三人相互看看，有些莫名奇妙。

慕云鹤返回书房，想着刚刚致白的话，以毒攻毒，这难道不就是绿丹的解毒方法吗？对，绿丹属于极寒，用极寒的药物跟它相融，结果会如何？他忽然想起了，在东北时佩瑶曾向他推荐的生石膏，当时就是添加了生石膏，假鼠疫才得以治愈。不容多想，他赶紧找来生石膏，取出一勺，放水中溶解，然后用棉棒沾了轻轻地擦到仓鼠的眼睛上，并把剩下的都倒进了仓鼠的口中。不出所料，过了一会儿，仓鼠的眼睛慢慢脱去了绿色变得温暖起来，貌似有了生命迹象，又观察了一会儿，感觉仓鼠的身体有了温度，四肢也有了轻微地抖动。慕云鹤大喜，原以为已经死翘翘的仓鼠活了过来，也就是说，绿丹的解药找到了，就是生石膏。慕云鹤兴奋得不能自抑，突然，他想到了药书中曾经有过记载，"寒者热之，热者寒之"的说法。理论加实际结合在一起，白石膏克绿丹已经成为不争的事实。

致清和文秀走了进来，看慕云鹤兴奋的样子，知道他已经有了突破，慕云鹤有些得意，"这毒总算是被我解了，要是早几十年就好了！你爹也就不会死了。你们俩，赶紧去通知冷先生。不，不行，还是我自己去吧，你们在家吧，哪都别去。"慕云鹤兴奋得有些过了头，说话貌似没什么条理了。

看慕云鹤兴奋的样子，致清和文秀也很高兴，两人表示让慕云鹤在家休息，他们俩去通知冷先生，但是慕云鹤摆摆手，一副不容商量的口气，"你们还是老老实实在家待着吧。纱厂的事情，日本人不会算完的，这几天不要出门了。"

慕云鹤一推门撞在了珠儿身上，水洒了一地，慕云鹤连忙拿起珠儿的手查看烫着了没，珠儿有些不好意思，忙收回手，说："没事，老爷，没事的，只是烫了一下。"

慕云鹤一看珠儿的手有点红，喊周妈赶紧去拿烫伤药，药拿来后，慕云鹤亲自给珠儿涂在了手上，一旁的周妈有些悻悻然地看着这一幕，转身走了。

慕云鹤此时心情非常好，他给珠儿涂完药就脚步轻盈地哼着小调出门去了。桂芝站在门口看见了慕云鹤欣喜的神态，以及出门时轻盈的步伐，感到心灰意冷，"云鹤啊，夫妻二十几年，在我面前你从来没有这样子过，难道你真的喜欢上了珠儿这丫头吗？难道你真是一个见谁爱谁的多情种吗？在东北你喜欢佩瑶，我无话可说，她确实比我好，可现在，你竟然会被珠儿这样的小丫头迷住了，难道就是因为她年轻漂亮吗？云鹤，你太让我失望了。"想到此处，泪水顺着桂芝的脸颊流了下来，周妈赶紧给太太送上了手帕，周妈已经将刚才慕云鹤为珠儿擦药的事情告诉了桂芝。见桂芝掉眼泪，周妈安慰她说："太太，你也别太当回事，男人在外面玩玩没什么大不了，像老爷那样的男人，哪个女人不喜欢，你就睁一只眼闭一只眼算了。"

桂芝叹口气，"这么大岁数了，不想再计较什么了，随他吧。"说着就想往屋里走，就在这时，她们俩几乎同时看到珠儿一身素衣悄悄地出门去了，周妈没有吱声，只是回头看了看桂芝，桂芝的脸色相当难看，面无血色，双眼像喷出了火，"在自己眼皮底下，两人竟然一前一后出门去干龌龊之事，也太不把我放在眼里了。"桂芝越想越气，"今天，我就要看看他们到底去哪里，要是被捉

奸在床，我就把这小妮子给活劈了，看他慕云鹤还敢在我面前扮清高。"说着
迈开大步追珠儿去了。 周妈一看，阻止不了桂芝，只能跟着，于是珠儿在前，
桂芝和周妈远远地跟在后面。

七十二

桂芝没有想到的是，珠儿这次出门并不是跟踪慕云鹤，而是急急地赶往渡边的宅邸，因为她偷听到慕云鹤已经找到了绿丹的解药。她要赶紧通知渡边，并再次警告渡边如果再擅自轻举妄动，她将会直接报告黑龙会首领，把渡边遣返日本。

珠儿顺着小路来到渡边的后门，圆门处有一按钮，她轻轻一按，出现一暗道，她环顾四周见没人后快速走了进去，这一切桂芝和周妈看得真真切切。桂芝心想，这是什么地方？以前怎么没来过？他们幽会怎么不找个像样的酒店？既然来了，就不能放过他们。

桂芝来到圆门处，看见了那个按钮，想都没想就按了下去，暗道被打开了，桂芝看到里面有灯光，于是对周妈说："你在这等着，我进去看看。"她其实是害怕那龌龊的一幕被周妈看到，太尴尬了。周妈正好也不愿意进去，点点头说："好，好，我在这等太太。"

桂芝顺着暗道向灯光处走去，暗道尽头竟然是一间超大的客厅，香樟木的桌椅，一张大圆形的桌子上摆了一些瓶瓶罐罐，墙边放置着一排书柜，上面摆放了一把日式弯刀，桂芝再抬头一看，墙上竟然挂了一面太阳旗。桂芝忽然明白了，这是一个日本人的居所。慕云鹤和珠儿怎么会在这儿幽会？桂枝想不明白，于是继续往里走，旁边有个小门，门虚掩着，桂芝悄悄地贴近门口。"渡边君，你太自以为是了，不经组织允许就擅作主张，你的计划已经失败了，你祖传的绿丹慕云鹤已经找到解药了，你还有什么话可说。"

"巴嘎，不可能的，几十年了绿丹屡试不爽，怎么会被慕云鹤找到解药。"渡边咆哮的声音传来。

"上次已经跟你说过，慕云鹤手中有一本解毒的秘籍。现在纱厂工人正在

七十二

235

罢工，我们日方的老板找到西村领事，责问为什么在他们的纱厂施毒，要求我们给出合理解释。"珠儿的声音传来，"渡边君，你的行为已经严重损害了我们大日本帝国在青城树立的形象，破坏了我们对青城实行的逐步渗透的计划，按照我们的规矩，你必须离开青城，回到日本。"

"不可能，我的新式武器还没有使用，怎么可能离开，我不会走的，除非看到我的试验有了结果。否则，我就是死也不离开。"渡边继续咆哮着。

"这由不得你，这里的一切总部会派人来接手，你好自为之。"

桂芝算是明白了，原来珠儿是个日本间谍，而慕云鹤之所以兴奋是因为找到了绿丹的解药。这样一想，桂芝想赶紧回去向慕云鹤揭发珠儿，但是她没想到这一动竟然碰倒了旁边的瓶子，也许这就是桂芝的命。听见动静的珠儿和渡边冲了出来，两把枪一起对准了她，桂芝被吓得浑身抖成了筛子。珠儿见桂芝出现在这儿，也很奇怪，但是立马就明白了是怎么回事。

"慕太太，您是来捉奸的吧？对不起，好戏您没看上，是不是有些遗憾？"珠儿有些无奈地看着桂芝，"慕太太，我就不明白，你整天吃饱了没事干，怎么不琢磨自己男人的好呢？对了，你不自信，你觉得配不上自己的先生，是不是？不过，我说句实话，你还真是配不上慕云鹤，他那样英武、率真、坦坦荡荡，而你是一肚子男盗女娼。"

桂芝被吓得说不出一句话，只是不停地说："是啊，是啊。"浑身颤抖不已。渡边走上前用枪顶着桂芝，对珠儿说："毙了算了，不能让她活着出去。"珠儿淡淡一笑，"你不是愁找不到活体做试验吗，这不是现成的吗。"

渡边一听，走到实验桌前，拿出一只长长的针管子，冲着桂芝的胳膊扎了进去。桂芝立马觉得眼前一片漆黑，然后慢慢地闭上了眼睛。

过了一会儿，渡边翻看了一下桂芝的眼睛，对珠儿说："死了。"珠儿一惊，"怎么回事？怎么会死了，不是说感染上以后会进行传染吗，渡边，你，你，成事不足败事有余，你坏了我的大事"珠儿气得哇哇地叫着，她本来是想让桂芝把病毒带回去的，可现在桂芝竟然死了。

渡边也有些纳闷，"我也不知道，我给米如意注射过，她还活得好好的啊。"

事情来得太突然，珠儿也有些想不通，为什么同样的病毒注射到不同的人身上，效果却不一样呢？除非是人的体质不同。忽然她想到，桂芝从东北回来，身体一直不好，每天都饮用热参汤，是不是无意中她的体质已经发生了改变？对，一定是这样。但是她不想对渡边说破，只是瞟了渡边一眼，"把尸体拖到后院埋了吧。"渡边有些心虚，忙说："哈依，哈依。"

周妈在门口等了很久不见动静，急得围着院子转来转去。她忽然看到有几个日本人拖着一个人从前院向她这边走了过来，周妈赶紧躲了起来。等他们走近，周妈被才看清楚，那个被拖的人竟然是慕太太，周妈吓得差点叫出来。只见这几个日本人把慕太太扔在一个墙角里，随便挖了几铲子土，草草地埋了，因为埋得太浅，怕被人发现，在上面随便放了一些树枝。

看日本人走远了，周妈跑过去查看。她用手拨开一层薄薄的土，桂芝的脸露了出来，周妈伸手摸了摸，感觉还有温度。周妈想背她回家，但桂芝实在是太重了，根本背不动，于是她赶紧回家报信去了。

周妈进门的时候，慕云鹤已经回来了，见周妈慌慌张张的，忙问："太太呢，你怎么慌慌张张的，你们干什么去了？"

周妈一见慕云鹤，一时不知该如何解释，只是说："快，快，去救太太，晚了就来不及了。"

慕云鹤和孩子们一听吓了一跳，"周妈，慢点说话，怎么回事，去哪里救太太？"

周妈就把桂芝跟踪珠儿的事情说了一遍，慕云鹤一听惊呼道："坏了，珠儿是日本奸细。致清、致白，快随我去救你娘。"说着就向门外跑去。

趁着夜色，慕云鹤和两个儿子把桂芝背回了家。桂芝紧闭着眼，面无血色，慕云鹤翻了翻她的眼皮，又摸了摸脉搏，眼睑呈白色，没了心跳，已经没救了，看着桂芝这副样子，慕云鹤摇了摇头，眼泪在眼圈里打着转。忽然，他发现桂芝的胳膊上有一个红点，看着像是针眼，难道桂芝是因为被注射了病毒才死的？ 要是这样，尸体也会携带病毒。 他赶紧让孩子们都出去，自己则用毛巾捂住鼻子进行查看，果然是针眼，慕云鹤心中暗喜，既然是病毒，那就依照佩瑶的方子试试看，死马当活马医。 他吩咐周妈配了一服汤药过来，用勺子撬开桂芝的嘴喂了下去。 一会儿工夫，桂芝的眼皮闪了一下，这一下没有逃过慕云鹤的眼睛，他赶紧扶桂芝起来，又连着喂了几勺，桂芝忽闪着眼皮，慢慢地睁开了。 桂芝看到慕云鹤，眼里淌出了泪水，"云鹤，我，我，对不起。 我，以为，你和珠儿……珠儿是日本人，他们有实验室。 你要，你要为我报仇。"

慕云鹤点点头说："桂芝，你死不了的。 你虽被注射了病毒，但是我已经给你喝了药了，别乱想了，多休息休息就好了"

桂芝摆摆手，"云鹤，我的命，我有数，都是我自找的。 我，我，害怕，害怕你不要我了。 我想，你，一直都在我身边，陪我。"说着她微微抬头看着慕云鹤的眼睛，"珠儿说，说我，配不上你。 我，也这样想。 我是，个傻女人，有这么好的丈夫，却不懂得珍惜。"

慕云鹤听到这话也觉得这些年自己对桂芝确实没有尽到丈夫的责任，忽视了她，才使她这么多疑，遭此大难，心中很是不忍，"桂芝，我也不好，没有好好疼你、爱你、关心你，使你整天害怕，这一切都是我的错，以后咱们再也不要这样子了，咱们要好好生活，看两个儿子结婚生子。"

桂芝摇摇头，"回，回，不去了。 你喜欢佩瑶，我，我知道，我不如她，好。 你和佩瑶，要在一起。"慕云鹤没想到桂芝竟然还想着他和佩瑶的事情，禁不住泪如雨下。

"别哭，云鹤，你幸福，我就安心了。 我想，我想……"慕云鹤发现桂芝刚刚还有光亮的眼睛忽然暗了下来，"想什么？ 桂芝，你跟我说。"慕云鹤急切地喊着桂芝。

"儿子，"慕云鹤反应过来，赶忙喊两个儿子进来，桂芝看着两个儿子的眼睛，"儿子，娘，娘，走了。你们，好好照顾你爹。他，他，是个好人……"说着，桂芝头一歪，再也没有醒来。两个儿子哭成了泪人，但是无论怎么呼喊，桂芝再也没有醒过来。很多年以后，每当想起这事，慕云鹤都不明白，当时桂芝明明已经没心跳了，后来怎么就醒过来了呢？难道真的是因为一服汤药吗？或许她根本就是牵挂着自己和儿子，想回家道个别，说上几句话。这个解释，慕云鹤觉得很有道理，至少能够说服自己。

珠儿是日本特务这件事情已经毋庸置疑，致白在她的房间发现了带有黑龙图案的护身符。因为走得急，这个护身符珠儿没有带在身边。致清、致白年轻气盛，都想为母亲报仇，但是大家对这个日本人的实验室的内部情况不了解，慕云鹤认为这件事情须从长计议，而且要依靠冷先生他们的力量才能完成。

珠儿知道自己暴露了，慕家是回不去了，住在慕家的那些日子，她深深地感受到慕云鹤的英武和胆气。从第一次见面的出手相救，到她遭西村侵害时慕云鹤再次出手相救，以及每每在慕太太为难自己时，慕云鹤的袒护，珠儿都没有忘记。她甚至觉得，慕云鹤这样一个英武豪气之人，压根儿就不应该是个中国人，是个日本人才对，想到此处，珠儿有些黯然神伤。

七十三

母亲的去世把致白彻底打垮了。 从小他就备受母亲呵护，母亲对他疼爱有加，虽然也时常指责他，絮叨他，但他知道母亲都是为他好，而现在忽然看不到母亲的身影，听不到母亲的嚷嚷，家中安静得让人害怕，致白时而感觉自己像一匹狼，想大声怒吼；时而又感觉自己像脱缰的马，想狂奔而出；时而又像一头绵羊，任人宰割，那样无助。 致白就是在这种心情转变之中悄然地度过一个个日日夜夜。

这天早上，头昏脑涨的致白刚起床，周妈过来对他说，外面有一位小姐找他。 致白一听，感到奇怪，自己从不认识什么小姐啊，心里这么想着，但还是向门外走去。 站在门外的是如萍，如萍一身白衣白裙，长发齐腰，薄薄的刘海遮住了眉毛，只露出一双炯炯有神的大眼睛，长长的睫毛忽闪忽闪地看着致白。致白被突然出现的如萍吓了一跳，猛然想起，前些日子在米家曾经答应过如萍要娶她，但由于母亲突然出现意外，致白把这事给忘得一干二净了。

看到致白一脸憔悴，欲言又止的样子，如萍先开口安慰起致白，"你母亲的事情我已经听说了，我也是刚刚失去母亲，我最理解你现在的心情。"致白一听二话没说，伸手一把将如萍抱在了怀里，像个孩子一样嘤嘤地哭了起来。

"致白，先别哭，大街上都是人，让人看见了不好，咱们找个地方坐坐吧。"如萍提出建议。

"找什么地方？ 就到我家坐坐吧，你还没来过呢。"说着就拉着如萍进家门。

"不行，我不能进去。 致白，你别拉我了。"

正要出门的文秀看到致白和如萍不知为什么事在门口拉拉扯扯，赶紧走了过来。 文秀从心底里喜欢这个三小姐，于是也伸出手拉如萍，"快进来吧，又不是外人，都走到这里了，别客气了。"

致白说："就是，嫂子都让你进来，你就别再犟了。"

如萍无奈地跟着致白走进了慕家大院。

文秀喊来了慕云鹤和致清。大家见到如萍自然想到了惨死的悠兰，继而又想到桂芝，两人都是惨死在日本人手中，在座的每一个人都和日本人有着血海深仇。慕云鹤不想再为难致白和如萍，一个人默默地走了出去。

桂芝走后，慕云鹤心中空落落的。桂芝的惨死，令他陷入了深深的自责，他觉得对不住桂芝，平日里要是对桂芝好一些，多把心里话说给她听听，她也不至于这样猜忌，误入了狼窝。他知道世上没有后悔药，自己酿的苦果，只能自己慢慢品味。

慕云鹤独自走在街上，街上是一幅热闹的景象。小摊小贩们都在忙于自己的生意，没有人注意到他的悲凉。他看到路边有一个馄饨摊，便走了过去，要了碗馄饨喝了起来。此情此景，慕云鹤感觉仿佛回到了几年前在东北给冷先生的组织送药时的场景，心中暗想，有一段时间没有冷先生的消息了，不知道冷先生最近怎样了。

"卖报，卖报。最新消息：张作霖被日本人炸死了。"慕云鹤一听，赶紧买了一份，头版头条醒目大字"张作霖专列被炸，当场身亡"慕云鹤倒吸一口凉气，中国的时局真是越来越乱，东北的现状一定更糟了。不行，要回东北去。慕云鹤在东北生活了近二十年，已然把那里当成了自己的家，那里有他牵挂着的小院，还有自己这一生唯一深爱的女人。

打定主意，慕云鹤起身结账，正想走人，忽然肩膀被人从后面拍了一下，慕云鹤反应很快，反手抓住了那人的胳膊，定睛一看，竟然是大海。"慕老板您力气也太大了，想把我胳膊扭下来啊。""是你，我这还没有用力，哈哈。"慕云鹤见到大海，颇有些意外。"你怎么会在这里，冷——"大海忙使眼色，慕云鹤立马明白什么意思，两人随即转身离去。

"慕先生，您太太的事我们已经知道了。冷先生让我告诉您，报仇的事情不要着急，我们正在想办法争取一举捣毁这个实验室。"

"太好了，我还正想找你们呢。 你们什么时候行动，我会尽力帮助你们。"

"行动时间一旦定下来，我们会通知您的，请耐心等待。"

"好。"

寥寥几句话之后，大海转身消失在人群中。

慕云鹤改变了回东北的想法，决定暂时留下来，为了帮冷先生，更为了替桂芝报仇。

七十四

眼见日本人在东北炸死了军阀张作霖，米俊卿认定自己没有跟错人，中国早晚都是日本的，自己追随日本人，前途定然一片光明。

西村的侄子西村明夫已于日前抵达青城，他是来接手柳永福钱庄的日方代表，柳永福钱庄股份转让签约仪式定于两天后在王子饭店的贵宾大厅举行。米俊卿自认为在这件事上他是功不可没的，没费一牛一毛，仅靠自己的三寸不烂之舌就把事情搞定了，日本人高兴起来，还不得重重嘉赏自己。

这天一大早，米俊卿刚刚吃过早饭，下人传话，说是西村明夫来米家拜访，现正在外面候着。

"啊，还不快快有请。"米俊卿一听西村明夫不请自来，着实吓了一跳，慌忙整理衣衫出门相迎。

明夫看起来像个明事理的人，他总是西装革履，干净利落，不管见到谁都是一副彬彬有礼的样子。此时见到米俊卿出来，他立马深深地鞠了一躬，"米桑，实在抱歉，本该早来给您请安的，琐事给耽搁了，实在抱歉。"说着又鞠了一躬。

米俊卿有些慌张，忙鞠躬回礼，请了西村明夫上座。

西村明夫在日本时就受伯父的影响很喜欢中国建筑，来中国后，真正令他怦然心动的中国建筑，他还没有遇到过，但是今天，他却开了眼界。自打他走进米家，眼睛就不够用的，感觉到处都是文化古迹，他已经被米家大宅的恢宏气势震撼了。他表示想到处走走，看看中国皇上御赐的大宅究竟有多么神秘。

在米俊卿的陪同和介绍下，明夫一个院子一个院子地参观。他不时用手摸摸刻在墙上的祥云、喜鹊，不时抬头看看刻在屋顶的飞禽走兽，感叹着中国人是造物天才，内心生出敬佩之情。

走到如萍居住的院子外，米俊卿知道女儿此时一定在里面，明夫这样进去会惊扰到她，于是他想绕过去。就在此时，一阵悲凉的古琴声却传了出来。明夫一听，立马停住了脚步，诧异地看着米俊卿，"这是谁在弹琴？我能认识一下吗？"

米俊卿暗自叹息，这或许就是如萍的命吧，想躲都躲不过。只得让下人进屋告诉如萍，随后他带着明夫走进了小院。正值春季，小院的花草树木正吐着嫩黄的春芽，黄色的迎春花开满了枝头，明夫被眼前的景色吸引住了。米俊卿拽了拽明夫的衣角示意他可以进屋了，明夫这才从"画"中走了出来。

推门进屋，一股淡淡的幽香随即飘了出来，那是女孩子特有的清香。明夫已经意识到这是个女孩的闺房，而房中的女孩究竟是什么样的呢，明夫非常期待。

进屋后，不见有人，只有一台古琴安静地摆放着。

"如萍，如萍，爹知道你在这里。有人来看你了，别再躲着了，乖女儿，给爹点面子，快点出来。"米俊卿知道自从悠兰去世后，如萍就不理会自己了，见到他就躲得远远的，仿佛他就是个病毒。这孩子从小跟着母亲长大，跟母亲感情很深，自己没怎么疼过她，如今她母亲死了，他想跟孩子亲近亲近，但是孩子却根本不给他机会。"如萍，出来吧，再不出来爹生气了。"米俊卿装出要生气的样子。

见爹如此执着，如萍也很无奈，只得从里屋缓缓地走了出来。

如萍依然是一身白衣白裙，头上别了一朵刚刚从园子里摘的白色的梨花，长发从中间分了开来，扎着两条长长的辫子，紧锁着眉头，露出忧郁的眼神。明夫看傻了，寻思着仙女也不过如此。

"这是我的小女儿，米如萍，刚才就是她在弹琴。"米俊卿看到明夫的傻样子有些自豪地介绍着如萍。

"如萍，如萍，犹如风中的浮萍，那样随意，那样缥缈，那样让人怦然心动。"明夫也是个中国迷，能够把如萍这两个字解释得如此生动，"如萍小姐，认识你很高兴，以后我们会成为朋友吗？"明夫说着向如萍伸出一只手。如萍像没看到一样，转身对着米俊卿冷冷地说，"爹，您要是没什么事情，请带着您的朋友回去吧，别耽误我练琴。"

米俊卿知道如萍的犟脾气，赶紧向明夫赔不是，"孩子不懂事，明夫君不要见怪。"

明夫不以为然，他对如萍深深地鞠了一躬，"米小姐，不打搅你了，后会有期。"

当西村再次找到米俊卿的时候，就是为自己的侄子提亲，原来明夫自那天见到如萍后奉如萍为天人，知道如萍还待字闺中，喜不自胜，忙让伯父西村为他说媒。西村知道这姑娘是悠兰的三女儿，开始时有些不太情愿，毕竟是自己逼死了她母亲，但是架不住侄子的死缠烂打，最终才同意了。

西村来提亲，米俊卿并没感到意外。他早就感觉明夫看上了如萍，只是没想到这么快就提亲，毕竟在中国父母亡，三年不能嫁娶，这如萍还在守孝期间就出嫁传出去不好听，但是又无法拒绝西村，只得如实向西村讲明。

西村听言表示理解，只是说再等个两三个月吧，要说三年，他那侄儿可等不及。米俊卿想想也只能如此了。

王子饭店的签约仪式如期举行，米俊卿以双方见证人的身份出席本次活动。签约仪式进行得很顺利，柳永福签下字后，钱庄的管理权就归日本人了，而他就只剩下寥寥的股份，成了一个有名无实的股东。米俊卿一手促成此事，得到了西村的大力赞赏。米俊卿喜不自胜，又想到即将成为西村的亲家，顿感如虎添翼，马上就要飞黄腾达了。

然而让米俊卿揪心的事情还在后面，二女儿失踪了。自从发生那件事以后，如男就像死了一样，原来的二小姐再也回不来了，取而代之的是一个如行尸走肉般的躯壳。

老太太早就没了，悠兰也去世了，家中几乎没人跟如男交心，如男整天一个人闷在屋里。米俊卿担心她会像悠兰一样寻短见，于是派人白天黑夜地看着。 一段时间之后，大家发现如男虽然不再爱说话，但是绝没有寻短见的迹象，也就松懈了，都该干什么干什么去了。 没想到如男竟然跑了，还留了一封信给米俊卿，信中说："我痛苦，我无奈，我是您的女儿，但这是命中注定，我别无选择，我只能离开。 虽然我很爱这个养育我二十多年的家，但是在生命和尊严面前我选择了尊严。 我一直有个理想，能够自由自在地活着，我离开就是为了寻找这个理想，我离开就是为了与那些侵略我们残害我们的帝国主义进行斗争，直到流干身上的最后一滴血，而我绝不后悔。 爹，也许这是我最后一次这样叫您，您不觉得您应该为我娘的死偿命吗？ 您不觉得您该为我的离开负责吗？ 您不觉得你该为大姐的失踪而悲痛吗？ 也许您真的感觉不到。 但是，我告诉您，有一天，早晚会有一天，您会成为历史的罪人、国家的罪人，您会众叛亲离，凄惨地度完一生，无人问津。 女儿，如男。"

米俊卿读完这封信气得差点吐了血，这哪儿是自己的女儿，简直就是冤家。 要不为什么都说生儿子好，女大不中留，留来留去留出仇，这话一点都不假。

米俊卿心想，好在身边还有个小女儿，如萍从小乖巧，断不会忤逆自己。如萍也二十岁了，绝对不能再留在家中，得赶紧嫁出去了。 米俊卿打定了主意，命下人去喊三小姐。 如萍一会儿便来到堂屋中，见到父亲，也是一副不理不睬的样子。 米俊卿气得直翻白眼，"如萍，我知道你娘去世对你打击很大，但是你不能把责任都归结到爹身上，爹也没说嫌弃她，她那是自杀。"说到此处，米俊卿看了看如萍，如萍低着头不吱声，"你听好，我跟你说件重要的事。上次来的西村明夫，你应该有印象吧，他看上了你，他的伯父已经向我提亲了，三个月后你就嫁过去吧。 以后有了丈夫，就有了自己的家，就不会再老想你娘了。"米俊卿极力做出一副语重心长的样子。

如萍大吃一惊，"不会吧，他是日本人啊，我娘就是死在他伯父手中的，我二姐也是被他们的手下祸害的，怎么还让我嫁给他？ 爹，您是不是糊涂了？"如萍不敢相信自己的耳朵。

"混账，竟敢说你爹糊涂了，还反了你不成。 你别跟你二姐学，你给我好好在家准备准备，三个月之后嫁人。"米俊卿态度非常坚决，没有商量的余地，他似乎把对如男的气，都撒在了如萍身上。

"爹，不行，绝对不行。 我不会嫁给日本人的，死也不嫁。"如萍呜呜地哭着跑了出去。

柳氏从内屋走了出来，见米俊卿气呼呼的样子，于是安慰他。

"女大不由娘，嫁过去就好了，你也不必难过。"

"你也希望她嫁过去？ 嫁给日本人？"米俊卿没想到夫人会支持他。

"我也是私心。 你想，这明夫已经接管了我们柳家的钱庄，钱庄其实就是他们西村家的了，这如萍要是嫁给他，也算是肥水不流外人田，帮着咱们看着钱庄，不是件好事是什么。"

"噢，对啊，这层意思我怎么没有想到，夫人精明。"米俊卿拍拍夫人的手，"我以为你还在为钱庄的事生我的气呢？ 那么，这事就这样定了，你去为如萍准备嫁妆，咱们要办得风风光光的，不能让日本人小看了咱们。"

"嗯，老爷就放心吧，一切有我。"柳氏痛快地答应着。

七十五

致清和文秀最近很忙，他们俩每天都埋伏在发现桂芝的地方，观察这个院子，为捣毁藏在这个院子里的实验室做准备。

一段时间下来，这个院子的情况被他们了解得差不多了，经常出入的人大约有二十个左右，他们都备有手枪，从不独自行动。

珠儿和渡边从没露过面，但是他们却发现了另外一个神秘的女人。这个女人隔三岔五出来一次，出来时总是浓妆艳抹，回来时却总带回不同的人，而且都是有说有笑的样子，奇怪的是进去的人从没见出来过，于是两人下一步的计划就是跟踪那个女人。

两人像往常一样在原来的地方埋伏好，等待着神秘女人的出现，但是一连几天这个女人都没有露面。两人看天色已近黄昏，正犹豫着是否该回去了，就在这时，这个女人出现了。依旧浓厚的彩妆，波浪长发，窄窄的旗袍显出婀娜的腰身，脚穿八寸高的鞋子，臀部一摇一摆，一副风尘女人的样子。

致清和文秀相互使下眼色，跟在女人身后不远处，女人并没发现，依然一摇一摆地在前面走着。女人好像没有什么目的性，走大街穿小巷，每当她走过，总会惹来一阵阵的喧哗声和口哨声，致清和文秀有些发蒙，不知道这个女人究竟想干什么。

只见女人不但不回避这些男人，还一直向他们抛媚眼，打招呼。几个胆大的男人上前挑逗起女人来，女人冲他们做了个手势，几个男人便跟了过去。不远处是一个桥墩，女人走到那里，站住了，回头看看跟来的几个人，眼中充满了妩媚，"每次只能去一个，你们猜拳决定，谁输了谁去。"

男人们一听表示不服气，"应该是赢了的去吧，嘻嘻。"

"你们只有听话的份，马上决定吧，我可没有时间在这等你们。"女人看起来有些不高兴。

"好好，听你的。"男人们猜拳，输到最后的人，喜不自胜，看着女人两眼冒出了火，一副想吃人的样子。

女人装作没看见，冷冷地说了一句话，"走吧，会让你尽兴的。"

男人伸手挽住了女人的腰，却被女人一把打了下来，男人有些气恼，"装什么装？骚娘们，到时候弄死你，嘿嘿。"说着紧跟在女人后面。

也就在此刻，致清和文秀仿佛突然明白了什么，两人相互看了一眼，"致清，这个女人是不是给他们找人进行活体实验的？"

致清一惊，"八九不离十，在东北的时候听父亲说过，日本人用中国老百姓进行细菌实验，看来这是真事。"

"致清，前面有个小胡同，我们在那里藏好，抓住这个女人，你看怎样？"

"嗯，但是这样会不会打草惊蛇？"致清有些犹豫。

"管不了那么多了，不抓住她，就会多死一个人。"文秀的急性子性格此时暴露无遗。

"也好，咱们快点过去吧。"于是两人带上事先准备好的面具，快速藏到了小巷子处。一会儿，女人和男人走了过来，男人还不忘了对女人动手动脚，女人装作没看见自顾自地走在前面。

致清和文秀见机会来了，从巷口冲了出来。致清对着女人的后颈就是一掌，女人一声没吭身体软了下来，男人一见吓得直哆嗦，致清对男人说："与你没关系，出去不许乱说，赶紧滚。"男人连滚带爬地跑了出去。

此时天色已晚，致清和文秀看不清女人的脸，喊了半天也不见动静，"死了吗？不会吧？"致清想不明白，没办法两人决定先背女人回家。

回到家后致清把女人放到后院柴房中，文秀随即点亮了灯，然后将灯光凑近想看看她醒了没有。这一看两人大惊失色，吓得倒退了几步，原来这人竟然是米如意。米如意是渡边的情妇，这点大家都知道的，但是她怎么沦落到了出卖色相为渡边找活体实验对象的地步，这事简直是太离谱了，太可怕了。

慕云鹤看到如意的脸呈紫色，眼皮和嘴唇发黑，是明显的中毒迹象，于是开了一服药让致清马上去准备好。

一会儿工夫，致清将药端了过来，慕云鹤亲自喂她喝下，也就一刻钟的工夫，如意醒了过来。她微微睁开眼睛，看看四周，慕云鹤、致清和文秀的脸落入她的眼帘，"怎么是你们？我怎么会在这儿？"如意有些迷茫。

"你先别动，我刚给你喝了解药，你会没事的。"慕云鹤看着如意说。

"解药？慕伯伯，您给我喝了解药？您知道我中毒了吗？"如意一听又惊又喜，有些不敢相信。

"对，我一看你的脸色就知道你中了七花散，这种毒只能坚持七天，第七天必犯，但是施毒人给你的解药也只能够维持七天，是不是这种情况？"慕云鹤看着如意问。

如意点点头，眼泪哗哗地流了下来，"我中了毒，被渡边控制住了，做了那么多坏事，还害死那么多人，你们让我死了算了。"

"这么说，刚刚你真是为渡边找活人做实验的？"致清忙问。

"是的，是的。但是我没办法，我没找女人和孩子，我只找了些坏男人，真的，他们都是坏人，本来也是该死的。"如意苍白无力地为自己辩解着。

"可他们也有家庭、有亲人、有孩子，难道你没想过吗？"文秀接着说。

"我不知道，不知道，不知道，反正他们是坏人，是坏人。"如意拼命地摇着头，情绪有些激动。

"别再刺激她了，她好像神志出现了问题，先让她冷静一会儿。"慕云鹤又回头看着致清，"如意的失踪定然会引起渡边和珠儿的警惕，为以防万一他们会随时撤走，我们可能再也没办法找到他们。"

"那怎么办？"致清和文秀同时问。

"去找冷先生，马上行动。"慕云鹤目光炯炯，表情坚定地看着俩人。

"不用找了，冷先生来了。"致白的声音传了进来。冷先生依然穿着藏青色的长衫，长长的头发向后自然地隆起，露出宽大的额头。俗话说，额头大的人聪明，冷先生就是那种聪明透顶之人，凡事都在他的掌控之中。

"冷先生，您过来真是太好了，正在想去哪找您呢？"慕云鹤看着突然出现的冷先生，惊喜万分。

"我这几天一直在附近，看到致清和文秀天天去那个小院，有些不放心，毕竟他们缺少斗争经验。"说着冷先生看了看如意，"她对渡边实验室的内部情况知道得太多了，渡边给她下毒就是为了控制她，她失踪了，渡边一定会转移实验室的。所以，行动今天必须马上进行！"

"嗯，我们想一块去了。"

"那好，咱们来布置下任务。文秀和致白在家看好了如意，不能让她乱跑，并准备一些生活用品，随时接应我们。"文秀点点头，致白却不同意，"为什么不让我去？我要为我娘报仇。"

"先听冷先生的安排，别瞎嚷嚷。"致清忙喝止住致白，致白噘着嘴不再吱声。

冷先生看看大家，从身上掏出两把枪，分别给了慕云鹤和致清，"你们二位随我们参加行动。记住，千万不能贸然行事，一切行动听指挥，我们争取一举端掉这个魔窟。"他忽然顿了顿，看着慕云鹤，"慕老板还记得上次在东北，我们因为捣毁了一个日本人的实验室而全部感染假鼠疫的事吗？"

慕云鹤一惊，忙回答："记得啊，当然记得。"

冷先生神秘地看了慕云鹤一眼，"前几天，大海跟你说我在为这次行动做准备，做的就是这个。"说着他从身上拿出了两个防毒面具，递给慕云鹤，"这是上级组织专门为我们这次行动定制的防毒面具，带上他，就不会被感染。"慕云鹤接过面具，心中暗暗佩服冷先生行事周全。

"我们的人已经在实验室周围埋伏好了，就等咱们过去了。"冷先生看看大家，"走吧，时间不早了。"

七十六

　　珠儿自桂芝出事后就知道自己暴露了，一直没敢回慕家，暂留此地也是为了等待组织交代新任务。此时天色已黑，米如意却没像往常一样带人回来，珠儿心中忐忑不安，预感到将会发生什么事，不停地在房间里走来走去。渡边心绪也有些乱，看到珠儿在眼前晃动，有些不耐烦，"请不要在我面前晃动了，珠桑。"

　　珠儿本来就烦，一听渡边这话更来气了，"渡边君，我早就说过，让米如意出去找活体不是明智之举，你就是不听，现在可好，人失踪了，你怎么想？你说说看，你现在怎么想的？"

　　渡边沉思了一会儿，"米如意失踪，两种可能。一是毒性发作，不知道在什么地方失去知觉倒地而亡；二是被人劫持了，但是如果真被人劫持了，都这时候了，估计也活不了了。"说完，他看了看珠儿，征求珠儿的意见。

　　珠儿根本不看渡边，若有所思，她忽然抬起头，看着渡边，"你想没想过，可能她被人劫持了，毒又被人解了？"

　　"不可能，这七步散不是一般人能解得了的。"渡边有些不以为然。

　　"一般人当然解不了，但是慕云鹤可以。"珠儿想到了那本解毒秘籍。

　　"什么，难道会有这么巧的事。"渡边心也慌乱起来。

　　"你把这些瓶瓶罐罐处理一下，我们得赶紧走。"珠儿越想越害怕。

　　"走，走不了了，你们这帮王八蛋。"一声大喝从密道口传了进来。珠儿和渡边吓了一跳，这密道口什么时候被人发现的？怎么会有人从这里进来？他俩正纳闷着，密道口先后进来了五六个人，珠儿是特工出身，反应很快，举枪对着来人就打，慕云鹤眼疾手快飞起一脚就把她手中的枪踢飞出去老远，珠儿翻身想再次拔刀，却被冷先生一枪正中要害，当场死了。渡边一见这阵势拔腿向外屋跑，企图开启自动毁灭装置，与来人同归于尽，但是被致清一枪打中，绝望地倒在了实验台下。

"外面的鬼子已经被全部干掉了，冷先生，我们撤吧。"大海进来说。

"好，抓紧撤出，准备引爆实验室，大家戴好面具。"冷先生答应着，不忘叮嘱大家戴好面具。

正在大家向外撤退之际，渡边醒了过来，他躺在地上，缓缓地抬起手，对着刚刚冲他开枪的致清就是一枪，这一枪正好打在致清小腿上，致清哎哟一声，踉跄几步，差点摔倒，慕云鹤见状，举枪将渡边送回了"老家"。

大家按照冷先生的要求，都戴上了防毒面具，然后点燃了炸药。这个罪恶的实验室终于被大家顺利地解决掉了，看着实验室燃起的熊熊大火，大家激动万分。一个实验室的毁灭，不是结束，在抗日救国这条道路上，这也许只是个开始。

七十七

致清腿受伤，反倒因祸得福。养病期间，他得到了文秀无微不至的照顾，做饭熬药，换药擦身，用他的话讲，"这条腿就是瘸了也值。"每当这时，文秀就会狠狠地瞪着他，"你要真瘸了，我就不嫁给你了，看你还敢不敢胡说。"致清只得闭嘴，装出一副受了惊吓的样子。

这些日子如意的身体也逐渐康复起来，每当看到致清和文秀在一起打情骂俏、恩恩爱爱心中就酸酸的，羡慕妒忌一股脑地涌上心头。

这天，文秀出门去了，如意知道这个点文秀会去药店拿药，得过一阵子才能回来，她鼓足了勇气，推开了致清的房门。

致清见进来的是如意有些奇怪，忙起身想坐起来，但是腿却疼得要命，根本不听使唤，如意见状忙赶过来帮着致清慢慢坐了起来，"别慌，慢点，这枪伤好得慢，得好好养着。"

"哼，看来你对枪伤很有研究啊？"致清没好气地说。

"没有，没有，我之前听渡边说起过。不，不是，是日本人，他说过的。"如意自知失言，想解释，但又语无伦次。

"别说了，以前的事情都过去了，你还是想想以后怎么办吧？"致清打断了如意的话。

如意想了想说，"家是回不去了，我知道，渡边死了，我也就应该死了。"

"你明白就好，总在这里待着也不是个事，等找我爹商量商量，给你找个合适的去处。"

如意点点头，"致清，谢谢你，你对我真好。"说着眼泪掉了下来，"致清，其实这么多年，我的心一直牵挂着你，不管你在东北待了多少年，我始终认为你会回来娶我，可是现实怎么会变成这样了呢？我想不明白，这到底是怎么回事。"

看到如意这样子，致清感觉自己也有责任，于是安慰如意说："其实你的本性不坏，要不是你想到给西村送圣旨，你娘和如男也救不出来。"

"唉，白白地浪费了这个宝贝，我娘还是死了，如男生不如死，跟没救一样。"

"不一样，至少你的出发点是为了救她们。"

"可我觉得，我家的宝贝这样白白地送给了西村这个老王八蛋，我心有不甘，等有机会我一定会拿回来，绝不能便宜了他。"如意恨恨地说。

致清听如意这话，心中一惊，"你可不能轻举妄动，一旦日本人发现你还活着，我们恐怕都会有危险。"

"你放心，你们救了我，我知道感恩的。 我发誓，不管什么情况，我绝不会出卖你们，要是出卖你们，天打五雷轰，出门被车压死。"如意举起手做出一副发誓的样子。

致清见如意这样子有些可笑，但还是非常严肃地警告她，不许乱来。

如意点点头，看上去像个乖女孩一样。

忽然，如意话题一转，"致清，你是不是不讨厌我？"

致清一愣，没反应过来，如意接着又解释，"我的意思是，要是没有文秀的话，你是不是会喜欢我？"

致清这下算是听明白了，他看了看如意，如意正用一副期待的眼神看着他，他不忍心直接拒绝她，婉转地告诉她，"你还年轻，你会有新的生活，也会有新的感情，不要总在不可能的事情上绕弯子。"

如意明白致清的意思，但是不听话的眼泪又一次流淌出来。 致清随手拿起一块手帕递给如意，"擦擦泪，回去吧。"

"嗯。"如意接过手帕无意中碰到了致清的手，感觉到手上的温度。 她忽然大胆地握住了致清的手，致清一愣，忙想着把手抽出来，但是如意却抓得很紧，"致清，让我这样握一会儿吧，以后不会了，永远都不会了。"如意哀求地看着致清，致清没再动。

事情往往就这么巧。文秀买药回来了，她大步流星地来到致清的房前，推门进入，却撞上了眼前这一幕。文秀一时不敢相信自己的眼睛，她使劲睁了睁眼断定自己没看错后，转身跑了出去。

"文秀，文秀，你误会了。"后面传来致清的喊声。

文秀装作没听见，摔门跑了出去。其实，文秀也知道致清和如意是不可能在一起的，但是刚刚那一幕又不得不让人生疑，两人手拉手，还误会了，有什么误会的，你能解释通吗？"慕致清，你是个花花公子，我看错了你。"文秀边想着嘴上边嘟囔着。

"花花公子来了，来看看这个醋意大发的女人。"文秀一听，回头一看致清竟拄着拐杖来了，文秀顾不得生气，连忙扶住了致清，"傻瓜，你来干什么？腿脚不利索，还到处走。"文秀扶着致清坐在花园的老藤树下。

"看你那样生气，我担心你想不开。"致清故意逗文秀。

"想不开还会死啊，我是那样的人吗？你和如意青梅竹马，两情相悦，我成全你们好了。"文秀也故意气致清。

"你有没有搞错，我们才是青梅竹马，连青梅竹马这个词都不会用，没文化。"

"你，你说我没文化。我，我……"说着就扑上来对着致清的肩膀一阵乱打。

"哎呀，疼啊，疼啊，你这女人，太狠毒了，真不能要你了。"致清假装被弄疼了。

文秀一愣，刚才这一闹还真把致清腿受伤的事给忘了，于是想蹲下查看，没想到却被致清一把拉住，顺势倒在了致清怀里，"你干什么，让我起来，你这个瘸子。"

"瘸子怎么了，瘸子现在就想吻你，看你还闹不闹。"说着把文秀的头掰了过来，吻住了文秀的唇，一阵心跳，一股热浪涌上大脑，"我等不及圆房了，你整天在我身边转来转去的，我们做真的夫妻吧。"说着就想站起来抱文秀，"哎哟，我的腿。"

文秀知道致清这次不是装的，赶紧推开致清，站了起来，面带嗔怒，"自己的伤还没好，就想着干坏事。"

"谁说这是坏事，我是爱你才这样的。"致清一副理直气壮的样子，见文秀羞答答的，于是指着自己的腿笑着说："这该死的腿，坏我好事。"

"好事多磨，你别着急，等腿好了，我们再……"文秀不敢说出后面的话。

致清故意叹口气，"唉，我命怎么这么苦，别人娶亲一面都不用见，而我跟你都见了快二十年了，还没有娶成。"

文秀一听又撅起小嘴，故作生气，"又说这话，谁让你等？ 等不及你去娶米如意吧，哼。"

"还是等你吧，二十年都等了，不差这几天了，我要是娶了别人，你还不得杀了我。"

"对，跟杀日本人一样，哈哈。"

"你，天下最毒妇人心一点没错，呵呵。"

如意看着两人恩爱的场景，抹了一把眼泪，深深地叹了口气，自知致清的心始终在文秀的身上，无论她使用什么手段都不会改变的。 俗话说，命运掌握在自己手中，而此时的如意却觉得她始终都没有掌握过命运。 从小的娃娃亲都没有被自己掌控住，更别说日本人渡边了，自己生命中的这两个男人，一个做尽坏事已经烟消云散了，而眼前这个根本就不是自己的，从来都不是。

想到此处，如意顿感人生凄苦，世界很大却根本没有自己的立足之地，也许只有死亡才是自己最好的归宿。

如意的尸体是在第三天在海边被发现的，米俊卿望着女儿肿胀的身躯老泪纵横，但是又有诸多不解。 渡边的实验室被炸了个底朝天，里面二十几人无一生还，他以为如意和渡边死在一起了，为此他痛苦伤心了好长一段时间，连西村领事都前往家中看望他，并且以尽快结亲的形式安抚他。 在他心中女儿如意虽死犹荣了，但是今天如意的尸体却莫名其妙地出现在了海边，自己百思不得其解，也不知道该如何向西村解释。

七十八

今天是桂芝的百日祭。 想到桂芝，慕云鹤不禁黯然神伤，后悔自己没有早些看穿珠儿，以至于害死了桂芝。 现在想来，珠儿身上其实疑点很多，从开始时，几个男人抓不住女孩，被她跑了出来；在燕子巷的武馆门口遇见她，她说是桂芝让她出来找慕云鹤父子的，但后来经过证实，桂芝却说根本没这回事；书房的药书一再被动；那夜跟踪自己的女人；还有，还有，慕云鹤忽然想起来，得意酒店的暴露，一定也是珠儿干的。 因为那天他和文秀出门的时候，刚好碰到珠儿回来，自己当时怎么那么大意，也不注意下是否被人跟踪，害得徐达和酒店老板丢了性命。 慕云鹤越想越气，越想越懊恼，自己竟然被一个日本女人玩弄于股掌之上，虽然珠儿现在已经死了，但慕云鹤无法原谅自己，他认为这一切都是自己的大意造成的。 慕云鹤觉得他必须见冷先生一面，向他当面说清楚珠儿的事情，否则自己无法释怀。

七十九

第二天中午，海边的岩石下。冷先生如约而至，经过了这么多事慕云鹤见到冷先生格外亲切，"冷先生，好久没见了。"爆炸事件之后，慕云鹤这是第一次见到冷先生。

"慕老板，不，慕兄，应该喊您慕兄了，您不约我，我也会约您的。"

"又有任务吗？"慕云鹤一听，马上意识到又要有新任务。

"不是，哈哈。每次找慕兄都是让您帮忙，不管您愿不愿意，这些年我都觉得欠您很多。"

"这是什么话，我谢你都来不及，没有你们，我夫人的仇报不了。"说到这儿慕云鹤忽然想到了珠儿，于是把珠儿潜伏在自己家里以及自己被跟踪从而间接害死了徐达的事情都向冷先生说了。

冷先生听后并不觉得奇怪，他默默地点了点头，"日本特务遍布全国，防不胜防。您千万不要自责，您为我们做了这么多，我们已经感激不尽了。"

"可我，还是觉得对不起徐达。"

"慕兄不要再纠结了，要革命就不能怕牺牲，徐达是为党为人民牺牲的，我们永远都会记得他。"

慕云鹤点点头。

说话间，远处走来一个女孩，短发及耳，长裙短褂，像是个女学生的样子，慕云鹤忙示意冷先生有人过来。冷先生回头看了看，"慕兄不认识她吗？"

慕云鹤一愣，恍然明白了，来人是如男。慕云鹤早就得知如男离家的消息，在慕云鹤心中，如男就不像米俊卿的女儿，她个性张扬、豪放、敢爱敢恨，像个侠女。而冷先生这几年一直都在给如男当老师，如男离家后投靠自己的老师也是意料之中的事情。

想到此处，慕云鹤哈哈一笑，"冷先生真是桃李满天下，到哪都有追随者。"说完又回头看着如男，"如男，你的老师可是个了不起的人物，跟他在一起会学到很多知识和道理。"

如男见到慕云鹤也有些意外，"慕伯伯，真是您呐。冷先生跟我说见一个熟人，真没想到是您。"慕云鹤发现如男的性格与原来有些变化，她看上去成熟稳重了许多。

冷先生仿佛看出了慕云鹤的想法，"那件事以后，如男就像脱胎换骨了一样，成熟起来了。"

如男低头笑了笑，"多亏了冷先生的开导，要不然我早就随我母亲而去了。"

提到悠兰，慕云鹤叹了口气，"你母亲外表看起来那样柔弱，没想到却是个内心十分刚烈的女人。"

"她母亲的事情你了解的并不多。"冷先生忽然开口，"记得我曾经说过要想办法救出他们吗？"

慕云鹤点点头，"记得啊。"

冷先生接着说，"我们买通了西村家的佣人，传话给如男母亲，让她装病，只要是西村带她出门，我们便有机会救她。但是，她不同意，说一旦她被救出去，如男就活不了，除非她先看到女儿平安出去。"

"你们怎么没先救如男？"慕云鹤有些不解。

"如男是死是活西村根本不管，因此我们始终没有什么好的办法救如男，后来还是米俊卿拿他们家的祖传宝物才换回了如男。如男是出来了，可那祖传的宝贝却便宜了日本人。"冷先生叹了口气。

"冷先生，不会的，就是再死一次，我也要把圣旨拿回来。"如男仿佛又恢复了原来的样子，恶狠狠地说。

"对，不能便宜日本人。"慕云鹤赞成如男的决定。

"如男，你别着急，当下我们还有更艰巨的任务，跟小日本的账我们会一笔一笔地算。"冷先生轻轻地拍了拍如男的肩膀，温柔地看着如男。

"你们又有新任务了吗，我能帮你们做些什么？"慕云鹤一听急着问。

"我和如男要离开这座城市了，组织上已经给我们安排了新的任务。"

"这么突然，什么时候走？去哪里呢？还会回来吗？"慕云鹤一听冷先生要离开青城，忽然有些心慌，仿佛一个人突然失去了灵魂，只剩下了躯壳。

冷先生没回答，而是望着大海，随后俯身捡起一块石子扔了出去，"世界很大，而我们就像这颗石子，也许有一天会随着潮汐的变化和海浪的冲击再回到此地。"

如男也学着冷先生的样子，捡了一块石子，向大海的深处使劲扔了出去。

八十

"致白少爷，上次那位小姐又来了。"周妈忙喊致白。

致白一听，匆忙跑了出来，见到如萍，心中又惊又喜，"你怎么来了？ 不是让你在家等着吗？ 姑娘家不能乱跑的？"

"致白，你什么时候娶我啊？"如萍一见致白泪如雨下，原来，如意的尸体在海边被发现后，西村说如意死得蹊跷，尸体不应该出现在海边，并以此要挟米俊卿，让如萍尽快嫁给他的侄子明夫，而米俊卿也想借此拉近与西村的关系，因此他答应了西村就这几天将如萍嫁过去。

致白不明缘由，见如萍哭成这样，心中很是纳闷，"你想嫁给我也不至于这样子哭啊，咱们俩的娘都刚刚去世，急着成亲多不好，再过一段时间，我会说服我爹同意的。"

"等不及了，致白，过几天我就要嫁给西村明夫了，呜呜。"如萍泣不成声。

致白一听也懵了，他一直以为他和如萍之间的障碍是自己的父亲，没成想，竟然被日本人捷足先登了。 看到如萍伤心的样子，他懊恼到了极点，"你爹真是糊涂啊，竟然要把你嫁给日本人，他忘了你娘是怎么死的了？"

"我爹根本不管这些，他现在只想讨好西村，不敢得罪他。"

"要真是这样，我带你离家出走得了。"

"离家出走？ 咱们能去哪里？"

"咱们都读过书，不愁养不活自己，"说到这，致白像做出了重大决定一样，表情严肃地看着如萍，"要是我真带你离开家，你愿不愿意跟着我吃苦受罪？"

如萍见致白一脸认真，不像开玩笑的样子，于是点点头，"只要能跟你在一起，上刀山下火海，我都愿意。"

"那好，一言为定，你回家做好准备，随时等我消息。"

"好"。

三天后。

"致白走了，不好了，致白走了，慕伯伯。"文秀手中拿了一封信慌乱地跑了进来，慕云鹤心中一惊，忙接过来打开看，"爹，儿子不孝，不辞而别了。您看到这封信的时候，我已经带着米如萍踏上了寻求革命理想的道路。 记得我曾经跟您说过，我想去参军，去为国家统一奉献自己的青春，但那时，您说不到时候，我没有违背您的意愿，因为我知道，在您心中我永远是一个长不大的孩子，您不放心我独自远行。 但是现在不同了，我必须要走，这是我唯一的选择，因为我深爱的如萍不久就要被迫嫁给日本人，我不能看着这种事情发生，我有责任保护她，因为我爱她。 爹您放心吧，我们安顿好后，会和您联系，不用挂念我，保重身体。 不孝子，致白。"

看完信，慕云鹤瘫坐在椅子上，口中念念有词，"儿孙自有儿孙福，孩子大了，翅膀硬了，是该飞出去了。"

八十一

三个月后，致清的腿已经康复，慕云鹤决定带致清和文秀回东北去。其实在东北发生张作霖被日本人炸死事件之后，慕云鹤就想回去。现在致白离家，冷先生也离开了青城，青城实在没有什么可留恋的了。他知道，回东北也是致清和文秀的心愿，离开东北快两年了，大家都想念那个温馨的小院和那里的一花一草、一山一水。

"老爷，外面有人找您。"周妈进屋喊道。

"什么人？"

"长得高高大大的，还说找姚小姐。"周妈继续说

"找小姐？出去看看。"说着慕云鹤疾步来到门口。

只见来人身着黑色长袍，古铜色马褂，头发三七分开，自然的向后梳着，脸上一副硕大的墨镜，手上提着方方正正的文件箱，一副气派的商人装扮，慕云鹤见此人先是一愣，接着问，"先生是？"

"慕伯伯，不会吧，连我都不认识了？"来人抢先说话。

慕云鹤恍然明白了，来人是文龙，"文龙，你怎么来了？还这副打扮，你不开口还真是不敢认你了。哈，快进来。"说着转身向院里喊，"致清、文秀，你们看看谁来了。"

两人听见喊声跑出来，见到文龙，也是又惊又喜，三个人激动地抱在一起。

稍作休整，慕云鹤便迫不及待地询问文龙东北家中生意的情况，文龙有些不好意思，"慕伯伯，生意暂时关门了，我没有能力经营好它。"

"什么，这才两年，你就，"慕云鹤不想责怪文龙，毕竟还是个孩子，"算了，我们这就要回去，回去再说吧。"

半世烟雨

BANSHIYANYU

"什么？ 你们要回东北，我这才刚来。"

"哥，你来青城干什么？ 是为了找我们吗？ 娘自己在家你怎么放心。"

"对啊，你来青城到底干什么，看你这打扮不像是无业的样子。"致清心中也很疑惑。

慕云鹤摆摆手，示意两个孩子先别说话，让文龙说说这两年来东北发生了什么事以及这次来青城的目的。

文龙看了看大家，脸上浮现出肃穆的表情。 他叹口气，自从慕家走后，他本来也想老老实实继承祖宗的基业，但是命运却一再跟他开玩笑，先是一个伙计抓错了药，差点害死了人，顾客得理不饶人，把店面给砸了，刚重新装修好店面，想好好干吧，又来了几个警察说是所有的商家必须停业，日本人想把这条街搞成特色文化街。 街上有几个老板不愿意，带头闹事，直接被警署的人给抓走了。 文龙考虑到家中有老母亲，没敢跟着闹事，于是关门在家以期重整旗鼓，但是命运却又一次跟他开玩笑，素素嫁人了。 刚开始几天文龙茶不思饭不想，低迷了很久，在母亲的开导下才慢慢地释然，只要素素过得好，自己就放心了，可没想到的是，素素过门才三个月就被丈夫打了，并且小产引发了大出血，差点丢了命。

文龙见素素受此磨难哪里受得了，于是趁着天黑，跑去素素家用自制手枪把素素丈夫的脑袋给打了一个血窟窿，然后带着素素跑了。 后来听说素素男人没死，但是傻了，文龙不敢回家，带着素素直接投奔了张学良的东北军，由于文龙的枪法好，被选拔进入了张学良的贴身侍卫队，相当于担任张学良的贴身保镖，素素也在部队谋得一文职，两人从此算是安稳了下来。

文龙这次来青城是为了执行任务，日本人搜刮了一批黄金藏在青城的一家钱庄内，想伺机把它运往东北，用于购买武器弹药。 这些武器弹药一旦到位，日本就将向中国全面开战，所以这次文龙的任务就是阻止这批黄金运出。

山东自古盛产黄金，自从被日本占领以来，已经有大批的黄金被运往了日本本土，在日本人眼中山东就像他们的聚宝盆、摇钱树，是一块绝不会轻易放弃的宝地。

八十二

慕云鹤看着文龙长大，知道他并不是个适合做生意的人，参军当兵或许是他最好的选择。 真正的命运，不是被人选择的，而是从开始它就选择了人，无论你如何逃避，它始终对你不离不弃。

既然文龙的任务这样艰巨，慕云鹤定不能袖手旁观。 这么多黄金不能便宜了日本人，等事情办妥之后再回东北吧。

文龙每天早出晚归，打探黄金的消息，几天下来一无所获，青城有不少日本人的钱庄，具体在哪一家，大家一时不好揣测。

"老爷，米家送信来，说是老爷子不行了，让您去看看。"周妈进来说。

致白带如萍离家之后，慕云鹤一直担心米俊卿会找上门来，但是过去这么久了，米家一点动静都没有。 不知道是米俊卿根本不知道是致白所为，还是他另有动作，慕云鹤心中一点底都没有，这也是他想早点离开青城的原因。

米老爷子不行了，去还是不去，会不会是一场鸿门宴？ 慕云鹤心中纠结万分。

几个孩子看出了慕云鹤的焦虑，忙问缘由，慕云鹤没有隐瞒，把米老爷子的事情和自己的担心说了出来。

"慕伯伯，致白带如萍离家米家其实并不知道，因为他们的交往只有二小姐如男知道，而如男早就跟冷先生走了，断然不会向她父亲告发这件事的。"文秀分析说。

"是啊，要是米家知道是致白干的，还不得带着日本人把咱家给点了。"致清赞同文秀的观点。

"也是，去一趟又如何，即使他们说是致白干的，也拿不出证据来啊。"慕云鹤找理由说服自己。

半世烟雨
BANSHIYANYU

这时文龙突然开口，"慕伯伯，您别担心，我陪您去一趟米家，我想看看这个大汉奸究竟是何方神圣，他跟日本人关系那么亲密，说不定会有意外收获。"

慕云鹤低头想了想，也好，有文龙陪着心中也踏实了很多。

米家接二连三地出事，把米老爷子彻底打垮了。米老爷子躺在床上，脸色苍白，奄奄一息，看到慕云鹤，老泪纵横，他拉起慕云鹤的手，放在自己胸前，"云鹤，古话说自作孽不可活，我家就是作了孽，才受到老天的惩罚。我现在告诉你个秘密，"他靠近慕云鹤的耳边，"你爹救了我爹，我爹却在皇上面前参你爹，说你爹没有规矩，目无尊长，所以你爹年纪轻轻的就被贬回了老家。"

这件事慕云鹤确实是第一次听说，但是见米老爷子此时神情恍惚，不知道说的话是真是假，于是安慰老爷子说："都是陈年旧事了，不要再提了，老师保重身体要紧。"

"云鹤，找你来，我还有事相托，就是我家那宝贝，我让米宝放到你家了，你替我看好了。"

慕云鹤一惊，忙回头看米宝，米宝上前一步，"老爷子，您糊涂了，宝贝不是为了救二太太和如男小姐送给日本人了吗？"

老爷子叹口气，"唉，又糊涂了，可是她们还是死的死，走的走了，呜呜。"说着忽然哭了起来。

慕云鹤知道老爷子想起了死去的悠兰和如意，心里难受，他安慰了老爷子两句，就想回去。

这时候，米俊卿跟大舅子柳永福回来了，见慕云鹤在自己家中，米俊卿有些意外，倒是柳永福快人快语，"这不是慕兄吗，好多年不见了，还是那样神清气爽，气势不减当年，哈哈。"

慕云鹤早年就认识米俊卿的这位大舅子，只是来往不多，见柳永福热情地冲自己打招呼，也忙还礼，"柳兄的生意也还不错吧？"柳永福看了看米俊卿，"托日本人的福了，钱庄还算过得去。"

"怎么托日本人的福，难道柳兄也成了日本人的？"不等慕云鹤说完，柳永福忙解释，"钱庄这不是被日本人收购了吗，哈哈，俊卿知道，俊卿知道这事。"

慕云鹤看了看米俊卿，想起冷先生曾经说过，米俊卿帮着日本人收购中国人的钱庄、工厂、医院，没想到他连自己大舅子的钱庄都不放过。于是叹口气说："柳兄不能怪俊卿，要怪就怪你的钱庄生意好，日本人专门收购能给他们挣钱的生意，那半死不活的生意人还看不上。"

柳永福摇了摇头，"我那钱庄你还不知道，也就是养家糊口，生意是一般，日本人看好的是我那地角，方便。"

说者无心，听者有意，旁边的文龙对柳永福说的这家钱庄非常感兴趣，于是插嘴问，"这位伯伯，你那钱庄还能好得让人日本人赔钱都要收购吗？"

"小伙子你这问题问得好，我都想知道他们为什么非要我家这个钱庄。"

米俊卿注意到文龙，忙问："这位是？"

"这是家明的儿子，这不来青城玩两天。"慕云鹤向米俊卿介绍文龙。

"小伙子说话注意点，不该打听的别乱打听。"米俊卿面无表情，悠悠地说。

慕云鹤点了点头，拉着文龙离开了米家。米俊卿看着两人的背影，若有所思。

八十三

通过慕云鹤与柳永福的谈话，文龙断定这批黄金很可能藏在柳家钱庄。这些日子他每天都围着柳家钱庄转来转去，从多方面打探钱庄的消息。柳家钱庄位于热闹的巷子口，出门逛街购物的人，都会从它的门口走过，想从钱庄明目张胆地运走黄金不是件容易的事，钱庄后面是一个教堂，中间则隔了一个小型的四合院，如果把黄金暂时藏在四合院中，或许是个办法，但是四合院的主人未必愿意配合。想到此处，文龙想去四合院门口看看，刚走到门口，四合院的门忽然开了，院中伸出一只手迅速将文龙拉了进去，文龙吓了一跳，定睛一看，眉开眼笑起来，原来竟然是冷先生。

"冷先生，您怎么在这里？慕伯伯不是说您已经离开了吗？"文龙有些奇怪。

冷先生微笑着看着文龙，答非所问，"早就知道你小子不会安心好好做生意。怎么样，这几天柳家钱庄考察到什么情况了？"

文龙一愣，摸摸脑袋，"什么都瞒不了冷先生，学生佩服。"边说边冲着冷先生鞠了一躬。

"青出于蓝而胜于蓝，学生不一定比老师差，你小子是干这一行的好材料，只是可惜了……"冷先生叹口气，没继续说下去。

"冷先生的意思我明白，我现在是张学良将军的人，而您却是共产党，可惜咱们已经不是一路人了，是不是？"

"文龙，你真是太聪明了，人各有志，老师不想多说什么。"

"冷先生，您多虑了，我们东北军里也有你们共产党的人，我们的目标是一致的，都是为了国家、人民的利益与日本人进行坚决斗争的队伍，既然目标一致，我们就是朋友，就能够团结在一起。"

冷先生摇了摇头，"文龙，你还年轻，看问题不长远，也不深刻，或许以后你会明白的。"

文龙若有所思，没有吱声。

"文龙，你不是想知道老师为什么在这里吗？ 我告诉你，我的目的和你一样，为了黄金来的。"

文龙愣住了，没想到冷先生要和自己争抢日本人的黄金，而且冷先生貌似比他更早知道这批黄金的藏地。

冷先生见文龙不说话，于是继续说，"文龙，这批黄金对我们太重要了，我们必须得到它，而且我们已经有了具体的实施方案，希望你们不要再介入。"

文龙没想到冷先生会说出这种话，心中百感交集，现在大家各为其主，凭什么将黄金让给他们，我们也是为了抗日做准备的。 他稍作沉思，抬头看着冷先生说："冷先生，这事我现在说了不算，要是真把黄金让给了你们，我回去就得受军法处置，我想你也不会看着我被枪毙吧。"文龙想了想又接着说，"要不这样，我向上级汇报，黄金的事情，咱们联手合作怎么样？"

冷先生点点头，"这倒是个办法，我们来个国共合作吧，哈哈。"

根据冷先生提供的情报，这批黄金的确藏在柳氏钱庄的金库里，而且冷先生的人已经在挖地下通道了，只要挖通他们就会通过暗道把黄金转移出去。 文龙想了想，"转移到四合院吗？ 可是想从四合院运出去也不容易。"

冷先生看着文龙神秘地说："这只是第一步，具体细节，回头再告诉你。"

文龙有些不解，"现在为什么不说？"

"这是我们组织的机密，你们要是真想合作，必须拿出诚意来。"

文龙一听，叹了口气，"老师真是精明，现在就跟我谈条件了。"

冷先生笑笑，"我不是代表自己，我代表了一个组织，文龙，希望你明白。"

"我们需要做些什么，冷先生您不必再客气了，直接说吧。"

"今天晚上，在慕先生家，咱们两方聚一下，大家拿出诚意，争取把这批黄金顺利运出来。"

"慕伯伯家？ 他也要参与此事吗？"

"他早就参与了，要不我怎么知道你在考察柳家钱庄。"说到此处，冷先生顿了一下，"文龙，其实我们合作也是慕先生的意思。 他不想让我们为了这事产生矛盾，他是个好人，我只能答应他。"

"原来是这样啊。"文龙若有所思，"既然是慕伯伯的意思，我也无话可说了，希望我们合作愉快。"

在慕家的会议上，大家达成了共识，冷先生提供黄金的具体位置以及运出的线路，而文龙则负责运输、找车、办理通行证、联系码头等事宜。

冷先生的人在没日没夜地挖掘暗道。 这天，暗道前面忽然出现了一个洞口，大家都很茫然，不知道这个意外发现的洞口会通到什么地方。 于是冷先生找到慕云鹤询问，慕云鹤毕竟是本地人，好歹比他们知道的情况会多一些，慕云鹤想了一会儿，双眉紧锁到一起，"难道是教堂的逃生通道？"

"什么逃生通道？ 通往哪里？"

"你别急，我想想。"想了一会儿，慕云鹤忽然抬起头来，"大功告成了，这条密道很可能是德国传教士修建的逃生通道，因为当时他们感觉在中国传教并不安全，为了保命，挖了这条一直通向码头的暗道，一旦发生危险，他们会顺着暗道逃向码头，从海上离开。"

冷先生一听有些欣喜，"就是说，要真是这条暗道的话，我们可以直接把黄金运送到码头了？"

"对，是这样的，看来老天都在帮我们。"慕云鹤也为事情的转机感到欣慰。

文龙和致清自告奋勇去探路，文秀见状也要跟着，慕云鹤没有阻拦他们。三人进入暗道，发现这个暗道竟然出奇的宽，别说走人，就是开车都可以，运送黄金简直是易如反掌。 三人继续前行，约莫十几分钟便到了洞口，三人跳出洞口，向四周一看，发现不远处就是茫茫大海，而洞口就在一块巨型的岩石后面，出来后把岩石放好，神不知鬼不觉的。

不远处，海面上停放着几艘船，见此情景，文龙有些激动，张开双手拥抱了文秀和致清，"马上大功告成了，完成任务我们就可以回家了。"

致清和文秀点点头，"对，我们一起回家。"

几天后，通道已经接近金库，甚至连金库中发出的声音都能听得到，大家决定，行动就在当天晚上。

此刻一声吱吱的闷响从金库传了出来，文龙透过一条细小的缝隙向里观望，只见金库门被打开了，进来了三个人。柳永福和米俊卿文龙见过，只见他们俩频频向一个年轻人鞠躬弯腰，但是具体说的什么文龙却听不清楚，只看见年轻人对着架子上的黄金指指画画。

见此情景，文龙有些疑惑，他们不会要把黄金运走吧，要是这样的话，我们就前功尽弃了，于是他决定行动马上开始，不能等到天黑。

冷先生也同意文龙的决定，给大家做了明确的分工。文龙负责联系船，慕云鹤和文秀、致清在出口接应，而冷先生带着如男、大海他们负责向外运送黄金，黄金全部运出后，立马封好洞口，快速上船一起离开青城。

八十四

西村明夫已经感到这批黄金存放在这里不安全，但是他明白，黄金是运往东北购买武器的经费，自己不能随便转移，一旦在转移过程中出现问题，自己罪过就大了。因此，他每天都要亲自到金库好几趟，以防万一。

西村明夫做事认真执着，从不以权压人，与人相处也是以礼待人，自从在米家见到三小姐以后，他就被深深地吸引了，一厢情愿地以为如萍也会喜欢他，甚至自己感叹，娶了如萍，此生足矣。但是，事与愿违，如萍莫名其妙消失了，甚至连一封信都没留下，简直像人间蒸发了一般，但他没有埋怨米俊卿，只是深深地自责，没有好好地去爱如萍，没有来得及告诉如萍他的爱有多深。看到他如此萎靡不振，伯父告诉了他关于如萍母亲和姐姐的事情，并劝解他，"米如萍不可能和你成亲，即便真成了亲，她也会找我或者你进行报复的，她走了，未尝不是一个圆满的结局。"人已经走了，不圆满又如何，西村明夫是个识时务的人，过去的已经过去了，他知道自己该做什么。

西村明夫始终保持一天三次查看金库，中午带米俊卿和柳永福刚查看过，他感觉黄金摆放的位置有些问题，似乎被人移动过一般，越想越不放心，午饭后他想再去看看，但就在此时，伯父来了电话，让他过去一趟，总部派人来了。

明夫一听不敢怠慢，赶紧驱车前往，原来总部派人来就是为了运走这批黄金，具体哪一天运走，如何运走明夫都不得而知。但是，黄金被运走对于明夫来讲就像是从自己头上搬走了一块石头，这个消息让他好一阵子兴奋，回去的路上他还特意去了一趟理发店，然后才驱车回到钱庄。

此刻坐在办公桌前，明夫心情不错，他眯着眼睛想着如萍到底是为什么出走，是一个人？不可能，那她能跟谁走？米俊卿也说不清楚，只说三小姐大门不出二门不迈的怎么可能认识外人？这就怪了，她一个从来没有出过门的小女孩自己能走多远？除非，她在自己家中认识了谁，想到这里，西村明夫起身打了一个电话让米俊卿过来。

米俊卿对于这个明夫是崇拜加信赖，这么好的男人，如萍怎么说走就走了呢，对于如萍的出走，米俊卿也是满腹疑惑，根本无法向明夫解释。

见到米俊卿，明夫一如既往地站起来鞠躬，米俊卿慌不迭地回了礼，"米桑，我在想，如萍小姐一定不会自己出走，记得你说过，她从来都不自己出门，怎么敢离家出走，一定是有人教唆她，带她走了。"

听到此话，米俊卿慌忙解释，"明夫君误会了，我们真没有教唆她，她能够嫁给你是她的福气，我们怎么会教唆她走呢？"

"不是你，你想想，她这些日子跟谁在一起。"

"没有啊，就是她娘，她娘死后她就一个人关在屋里，连我都不愿意见，哪里还有什么外人。"

"不对，你还得想想，她一定不会自己走，绝对不会。"明夫沉默了一会儿，看着米俊卿，"一定是个男人带她走的。"

米俊卿一听吓出了一头汗，"明夫君，不可能的，我家家教还是很严格的，女儿怎么可能跟人私奔了呢，不会的，别开玩笑。"

明夫看到米俊卿一头汗，忙给他递了一条手绢，默默地说："米桑，别害怕，我没有怪你的意思，只是我很喜欢她，很想知道她现在在哪里，跟谁在一起。"

"跟谁在一起，跟谁在一起，这个死丫头，你到底跟谁在一起啊？"说着米俊卿脑子里忽然闪出一个镜头，就是老爷子生日那天，悠兰被西村打倒在地，如萍、如男还有一个人同时从后院跑了出来，"对了，想起来了，慕致白。"

明夫一听来了精神，"哪个慕致白，你说给我听听。"

这一问，米俊卿却说不明白了，"慕致白其实是给二丫头定的，二丫头不喜欢。"说着米俊卿摇了摇头，觉得不可能，"如男不喜欢的人，还能带着如萍跑了？不可能。"

"没有不可能的事，咱们去找这个慕致白。"说着，明夫拉了米俊卿就往外走。米俊卿没有办法，去就去吧，问问慕致白也好，没有如萍的消息，说不定会有如男的消息。

两人驱车来到慕云鹤家，大门紧锁，两人奇怪，大白天的家中怎么连个佣人都没有。于是他们又来到慕家新开的药房，药房的伙计也说老板好几天都没来了，不知道干什么去了。米俊卿暗想，难道回东北了？不会啊，前几天在家中还见到他的，姚文龙刚从东北来青城，应该不会马上就走的。对于慕云鹤一家的莫名失踪，米俊卿百思不得其解。

两人一无所获，回到钱庄，已将近傍晚，明夫忽然想起忘记去金库检查了，于是他喊上米俊卿来到金库，金库大门锁得很好，没有一点损坏的痕迹。保管员小心地打开层层门锁，推开沉重的大门。眼前的一幕，让西村明夫倒退了几步，然后瘫坐在地上，金库里的黄金全部消失了，只剩了一排空空的货架，货架后面的墙上赫然出现了一个大洞，明夫慌忙站起来跑到洞口处查看，洞口像极了一张血盆大口，仿佛随时都会将西村明夫一口吞下。

大白天的黄金被盗，这对于日本人来说简直就是奇耻大辱，警察局也觉得此事非同小可，满城张贴海报，捉拿黄金案的窃贼，抓来抓去，只抓了几个惯贼做了替死鬼，但是黄金却一直没有下落。

对于如此重大的失职，西村明夫只能剖腹谢罪，但是伯父西村渡边却认为是自己的失职造成的，是自己没有管理好侄子，没有尽到一个领事的职责，该剖腹的是自己，而不是年轻的明夫。他选择了在一个明媚的午后，在自己的办公室里，面对着天皇的照片和太阳旗毫不犹豫地将刺刀插进了自己的身体。

八十五

得到的黄金，在慕云鹤的见证下，按约定冷先生和文龙一人一半各自带回。慕云鹤带着致清和文秀也回到了朝思暮想的小院。

小院依然那样安静，深秋的枫叶染红了半个院子，洒满了一条小路，葡萄架下的秋千依旧在微微荡悠着，仿佛随时等待着有人光顾，不远处那辆已经不新的自行车也安静地停在那里，等待为主人效劳，一切的一切，还是老样子。致清和文秀触景生情，紧紧地相拥在一起。

慕云鹤此时完全忘记了矜持，两年不见佩瑶了，她在干什么，为什么不出来接我们？想着，慕云鹤脚下生风般地来到了佩瑶的房间，"佩瑶，佩瑶，你在吗？我们回来了。"慕云鹤不停地喊着，可是里面并没有声音，倒是院中传来了莲儿尖叫的声音，"小姐，姑爷，你们回来了。太好了，我都不敢相信自己的眼睛。"

见佩瑶屋子里没有回音，慕云鹤推门走了进去，屋内整洁如初，紫色的床单在阳光的照耀下闪烁着温暖的光润，紫色的窗幔柔软地低垂着，像一个羞涩的少妇，桌上一个白色的花瓶中几只白掌静静地开放着，散发出阵阵清香。

奇怪了，佩瑶去了哪里？怎么会不在屋中？慕云鹤心中嘀咕着。会不会在书房？想到此，慕云鹤疾步往书房走去，却和进来的莲儿撞在了一起，"老爷，对不起，撞到您了。"

"没撞到你就好，你家夫人呢？怎么没见她？"

"夫人，夫人去寒烟寺了，这是夫人给您写的信。"说着将一封信递给慕云鹤。

慕云鹤见到佩瑶的信，心中升起一种不祥之感，慌忙打开来看。"云鹤，好久没给你们写信了，因为实在没有什么好跟你们聊的，时日不见，人心则变，我就是如此，我觉得我的心已经变得失去了色彩，不管是红的还是白的，都没有了颜色。

"自你们离开那天起，我的心就死了，我不指望这辈子还能得到什么，见一面或许都是奢求，好在还有龙儿陪着我，可是龙儿是个志向远大的孩子，我把他锁在自己身边，对他不公平，我只能给他自由，让他随意驰骋去了。

"这个院子只有我自己，我每天都会梦到你们，我的生活只留下回忆，满满的回忆，睁眼闭眼挥之不去，我觉得再这样下去我会疯掉的，只能离开了。离开是我唯一的选择，也是我的解脱，佛门清净，或许那里才是我的归宿。佩瑶即日。"

看完信，慕云鹤泪流满面，佩瑶出家了？不会的，她答应等我的，怎么会，她在埋怨我不早回来，让她孤独的等待没有结果，她怎么会不等我。慕云鹤像疯了一样夺门而出，向寒烟寺的方向狂奔而去。

山上寒烟缭绕，红叶似火，慕云鹤疾步奔跑，希望早点见到佩瑶，他知道佩瑶做出这个决定，内心一定是痛苦过、挣扎过，她是在多么绝望的情况下才来到这里的。自己在青城那么想她，为什么不写信告诉她呢，让她独自承受思念与煎熬，以至于彻底对自己失去信心，都怪自己，想到这里，慕云鹤恨不得狠狠地抽自己两耳光。

寒烟寺今天有些不同寻常，大雄宝殿中，每一尊神像都静静地站在自己的地盘前，凝重地俯视着眼前的人。他们的脚下都点燃了一盏莲花灯，厚墩墩沉甸甸的蒲团，也换上了莲花新装，殿堂的地面被清扫得一尘不染，香火的气息缭绕着高大的香炉，尼姑们身着簇新的僧衣，一边一排列队站开，口中念念有词，神色虔诚、肃穆。

原来，今天是寒烟寺一年一度的剃度节。据说佛祖这一天会显灵来检验即将步入空门的弟子是否合格，也就是说，香客在这一天来寺里烧香的话最灵验，也有很多长期住在寺中的香客会选择在这一天剃度出家，以示自己的虔诚。

佩瑶住在这里已有些日子了，一年一度的剃度节马上就要来了，可是自己却始终没有最后下定决心步入空门，用住持的话说，她凡心未了，与佛终究无缘。是这样吗？自己可是从小就吃斋念佛的，要是自己跟佛无缘，又何苦来到此地，住持的话佩瑶不能认可。自己这一生一晃四十多年，想想前一半活得无忧无虑、人人羡慕，而后一半却如同五味瓶，酸甜苦辣都尝了个遍，用佛的话讲，这就是报应，一切痛苦皆产生于欲望。是啊，自己本就是个平凡的寡妇，为什么要有欲望？命中有的自己保留，不是自己的何苦去自讨烦恼，佛说得一点没错，全是贪念在作祟。想来想去，只有佛最贴心，只有佛能够明白自己的心境，也只有佛才能够告诉自己该如何去做，也罢，缘分这东西也得靠自己把握。

主意一定，佩瑶去见住持，住持是一个身材微胖，面目和蔼的老尼姑。她有一双能够看穿人心的眼睛，那双神眼不大，细长，又像是微微眯着，给人一种若即若离的感觉。面对住持，佩瑶的身体不由得颤抖起来，不知道是害怕还是紧张，老尼姑冲佩瑶微微颔首，"施主不必紧张，佛说，千灯万盏，不如心灯一盏，不知道施主心中的这盏灯想为你照亮何方的道路？"

佩瑶紧锁双眉，努力使自己镇定下来，"什么都瞒不过大师的眼睛，我想，我想剃度，出家为尼。"

住持微微一笑，"放下红尘之事才能得人间大道，否则就是徒增烦恼。"说着，她和蔼地望着佩瑶，"施主真能放下吗？遗忘世间的所有，风声雨声，还有一世的相思？"

听此话，佩瑶忽然泪如雨下，但她还是点点头，"心已绝，定无悔。"

住持说："有泪就有爱，就还贪恋红尘。佛说，我因无爱而成佛。你贪恋凡尘如何成佛，你有未了的前缘，去吧，去续你的前缘吧。"说罢，住持双手合十，轻轻离去。

佩瑶呆坐在地上，心中茫然了，自己心中的这盏灯到底想把自己指向何方？本想找个安静的地方了度残生，可是被住持大师轻描淡写地就拒绝了。

是啊，大师说得没错，自己的确是凡心未了，自己有儿子有女儿，有一份庞大的家业，还有什么不知足的。想到这里，佩瑶擦擦眼泪，仿佛清醒了许多，女儿两年未见了，不知道过得怎么样？儿子当兵了，两三个月见不到一次，不知道现在又去哪里了？父亲的生意，唉，想到生意，她叹了一口气，二十年前就应该关门的，否则就不会这样想一个人想得肝肠寸断。一切皆是因果，欠了他慕家的债，我就要用相思的痛苦来还他。想到这里，佩瑶有些释然了。

仪式马上就要开始了，香客很多，香火很盛，等待剃度的人也很多，但此时佩瑶只是一个看客，她知道自己始终踏不进这个门槛。

慕云鹤此时正狂奔在山路上，他已经听说很多俗家弟子要在今天剃度修行，心中焦急万分，恨不得插上翅膀一下飞到寒烟寺去告诉佩瑶他回来了，再也不会走了，永远陪着她，她以后都不会再孤单了。

寒烟寺的钟声敲响了十二下，意味着仪式已经开始了，慕云鹤飞一般地跑进院子。院中人很多，慕云鹤拨开人群往里面挤，接引殿也被人占满了，慕云鹤根本看不到里面的人。他踮着脚向里张望，见有几个女人一字排开，正准备接受剃度。慕云鹤认为其中一定有佩瑶，用力拨开人群挤了进去。"佩瑶，是佩瑶吗？"他顾不得礼数，冲到女人们面前，但他并没发现佩瑶，不知道是失望还是高兴，慕云鹤脑子一片空白，佩瑶没在，她去哪里了？

"阿弥陀佛，施主不必烦恼，佩瑶施主与佛缘浅，凡事都有定数，不需强求。"住持没有责怪慕云鹤，而是笑眯眯地看着他。

慕云鹤放心了，佩瑶没在这里，更没有出家，那她在哪里？

慕云鹤走出寺门，顿感浑身疲惫，于是他坐在寺门口的松树下喘口气，看着寺里寺外人来人往，却没有自己要找的人，他心中念叨着，佩瑶你在哪里？佩瑶你在哪里？这时，他看到远处一颗白杉树下，有一个人孤独地坐在那里，像一个雕塑，那个人是慕云鹤在梦中几乎天天都能遇见的，他猛地站起来，风一般地跑了过去，"佩瑶，佩瑶，佩瑶。"

佩瑶听见有人喊她，回头一看竟然是慕云鹤，她揉了揉眼睛，断定自己不是在做梦，慌忙站起来，整理了一下衣衫，拢了拢凌乱的头发，不知道该如何应对这突如其来的见面，她真的不想让慕云鹤看到自己这副狼狈的样子。

慕云鹤却顾不得这些，他冲过去一把将佩瑶紧紧地拥进了怀里，好像一松手佩瑶就跑了一样。

两人没有说话，千言万语，都融化在这个激动的拥抱中了。

八十六

致清和文秀从慕云鹤的举动中似乎明白了什么，毕竟都是成年人了，对爱情这东西他们还是能看清的。

两人看到慕云鹤和佩瑶一前一后进门来，高兴地迎了出去，佩瑶见到文秀后，高兴得热泪盈眶，两手捧着文秀的脸，左看看右看看的，唯恐遗漏了哪里，"娘啊，看够了吗？我胖了还是瘦了？"文秀笑着问母亲。

"胖了点好像，不过宝贝女儿更漂亮了。"佩瑶实话实说。

"娘，您可是瘦了，是不是想我想的？"

"是啊，你们一走就是两年，娘想你想得睡不着觉，吃不好饭，能不瘦吗？"佩瑶说着又想流泪。

文秀忙接过手绢，替佩瑶擦了擦，"娘，我们这次不走了，慕伯伯说以后我们就一起在东北生活。"

佩瑶一愣，"你怎么还叫慕伯伯，应该喊爹了吧？"

文秀脸一红，"现在还是喊慕伯伯的，我们……"

"你们难道还没有成亲吗？这都两年了。"佩瑶有些着急，她回头看着慕云鹤，"在山东怎么没给两个孩子把事办了？"

慕云鹤也觉得这件事情拖的时间确实有点长，于是他对佩瑶说："在山东发生的事情实在太多，等回头再跟你慢慢解释，回头你找个日子，把孩子们的事办了吧。"

佩瑶已经知道桂芝的事情了，听了慕云鹤的话，点了点头，"是该如此，好事多磨。"

两个月后。

致清和文秀终于等来了圆房的日子，佩瑶心情大好，笑容天天挂在脸上。

她亲自为两个孩子整理出卧室，添置了各种颜色的崭新被褥，连屋子里的摆件都是亲自精心挑选的，慕云鹤笑她，你不像是嫁女儿，根本就是娶媳妇。

佩瑶笑笑说，"致清是我的女婿不错，可是我看着他长大，在我心中他早就是我的儿子了。"

慕云鹤温柔地拉起佩瑶的手，"是我们的儿子，也是我们的女婿，对不对，我们什么时候也能像他们一样呢？"

"别急，我们……"

正说着话，文秀一步跑了进来，两人赶紧松开了手，见此情景，文秀有些尴尬，进退两难，"文秀，这么急有什么事吗？"慕云鹤开口问。

"你们，哦，没什么事，就是你们快出去看看谁来了。"

"谁啊，这么大惊小怪的。佩瑶，咱们出去看看吧。"说着拉了佩瑶向外走。佩瑶见文秀在场有些尴尬，但慕云鹤却没有松手，佩瑶回头看了看文秀，文秀冲着佩瑶做了一个鬼脸。

"爹，我回来了，我回来了。"前院传来致白的声音，慕云鹤同佩瑶一前一后走了出来，果然是致白。只见致白一身黄绿色军装，肩膀上佩戴着醒目的肩章，头戴军帽，手上雪白的手套特别耀眼，身后一个女孩也是同样的装扮，不等慕云鹤反应过来，女孩上前一步，冲着慕云鹤行了一个军礼，"慕伯伯好。"

慕云鹤一愣，这女孩竟然是如萍。印象中那个娇生惯养的小女孩，现在竟然成了一名神采奕奕的女军人，造化弄人，如萍变化真是太大了，慕云鹤拉着佩瑶走了过来，"致白，见过你佩瑶阿姨了吗？"

致白一见稍愣片刻，便立马恢复了原来的性子，对着佩瑶也行了一个军礼，"佩瑶阿姨好，您要是什么时候成为我的娘就更好了。"说着回头又向慕云鹤行了一个军礼，"恭喜爹，也追求到爱情了。"

"这孩子，说话还是那么不着调。"慕云鹤笑着说。

致白突然回来，大家有些激动，也有些意外，都围着致白让他说说这些日子都干什么去了，致白拉过如萍对大家说："我们已经成亲了。"致清一听捶了致白一拳头，"你小子才认识如萍几天就成亲了，我认识文秀都二十年了，还没成亲呢。"

致白白了致清一眼，"哥，你也太保守了吧，现在都什么年代了，还等着圆房，还要三媒六聘八抬大轿，我们什么都不需要还不一样成亲，"说着他看着如萍，"对吧，如萍，我们过得一样好。"

如萍含笑点点头。

原来，致白带着如萍逃出青城后，直奔济南国民党驻军司令部。司令部的人见致白能说会道，还会讲一口日语，而如萍又写得一手好字就留下了他们。致白被分到参谋处，主要负责调查搜集日本人的情报；如萍则被分到秘书处，整理书写文件，从事一些文职工作。两人找到了适合自己的工作，并成了亲，小日子过得红红火火，幸福洋溢在两个人的脸上。

这次他们上司来找张学良将军洽谈军机要务，考虑致白在此生活过，对此地比较了解，便带上了他们夫妻二人。

看到两人一脸幸福满足的样子，慕云鹤也不想再多说了，幸福这东西只能自己去感受，别人体会不到，两个儿子各自找到了幸福，自己的幸福一定也不远了，想到这里，笑意绽放在了脸上。

几天的时间很快就过去了，致白两口子也要随队回去了，慕云鹤有些不舍得，"好不容易回来一趟，不知道什么时候才能再见面？"说着眼圈红了起来。致白很少见父亲这样，知道父亲即将步入老年，感情开始脆弱了，虽然他也不舍得这个从小长大的家，但是职责在身，身不由己，他拥抱了父亲，并在父亲耳边悄悄地说："我知道您喜欢佩瑶阿姨，喜欢就要像您儿子一样，不计后果地去追，老爹，您要加油了。"

慕云鹤拍了一把小儿子的肩膀，"老爹知道，不用你教，在外面做事注意点，现在世道乱，实在不行就回来，爹会在这儿一直等你。"

听此话致白的眼泪也在眼眶里打起了转，转身对致清说："哥，家里的事情就交给你和嫂子了，你们早给咱爹生个胖孙子，替我多尽孝。"此时眼泪再也控制不住，顺着脸颊流了下来。

　　致清从没见过致白掉眼泪，在他的印象中致白就是一个没心没肺的愣小子，没想到时间竟然把一个人改变得如此彻底。

　　致清点点头，让弟弟放心，文秀拉着如萍也走了过来，四个人又说了不少祝福的话。　致白和如萍终究还是走了，大家都觉得心中空落落的。

八十七

　　两年的时间飞驰而过，慕云鹤跟佩瑶举行了一个简单的仪式，成了亲，终于圆了二十多年的梦想。文秀则为致清生下一大胖小子，药铺也重新开张了，一家人其乐融融地生活在一起。

　　文龙就在本地工作，他时不时地回家来看看，但从不过夜，总是来去匆匆。大家知道他的工作就是保护少帅的安全，因此也没人责怪他，只是佩瑶一直还挂着他和素素的婚事，但是文龙却一直说自己的工作危险，不适合结婚，佩瑶很无奈。

　　9 月的一天，一家人刚刚起床，便听到外面炮声轰鸣，巨大的爆炸声把门窗震得咣咣直响，桌上的花瓶和烛台也都跌落在地上。怎么回事？慕云鹤第一反应是不是地震了？文秀的儿子麟飞被这巨大的声音吓得哇哇地哭了起来，文秀赶紧把孩子抱在怀里，让致清出门去查看。

　　父子俩站在院中，看到北郊火光通明，知道不是地震，像是弹药库爆炸。慕云鹤猛然想到多年前的一个晚上，冷先生带人炸掉日本人的弹药库时，也是这样火光映红了半个天空。

　　慕云鹤双眉紧皱，暗自揣摩，出事了，又出事了。

　　就在此时，大门被咚咚地砸了起来，慕云鹤一惊，这么早，谁这样敲门？致清赶紧过去开门，竟然是文龙，只见他身上的军装被蹂躏得满是土灰，军帽也戴得歪歪扭扭，脸上黑一块红一块的，不知道是血还是泥巴。他一进门就踉跄了几步，差点摔倒，后面跟了一个小兵，一把将文龙扶住了，"团长，你没事吧？"

　　"文龙，你这是怎么了？受伤了吗？"慕云鹤见此情景急着问。

　　"慕伯伯，不，不好了，日本人打进来了，你们得快逃，带着母亲和文秀赶快离开这里，晚了就来不及了。"

"什么，日本人对我们正式开战了？冷先生早就说过这话，看来事情真发生了。"致清听此话想到了冷先生。

"致清，赶紧收拾东西，带他们走吧，我们的部队恐怕抵挡不了多久，现在战场死伤很多，弹药根本不够用的。"

"我们走了不就把这么好的黑土地白白让给日本人了，死也不走。"说话的是佩瑶，佩瑶不知道什么时候出来的，之前的话她大概都听到了，"文龙，先进屋喝口水，休息休息再说。"

"娘，战场上正打仗呢，我不能在家休息，我得回去了，你们自己保重吧。"说着文龙带着小兵迅速消失在门外。

"文龙，子弹不长眼，你要小心啊。"慕云鹤在后面大声地喊着。

1931 年 9 月 19 日上午 8 时，日军占领沈阳全城，东北军撤入关内。此后，日军又迅速占领辽宁、吉林、黑龙江三省。

东三省沦陷如此之快，出乎慕云鹤的意料，他的药铺虽然表面上每天照常开业，却明显与往日不同了。商家要成立日本商会，并选出德高望重的人担任会长。所有商铺要向商会交钱纳税，听从商会统一安排、协调，任何决议不能自己擅自决定，否则就是和日本人过不去，还一再强调，对于抵抗者，绝对严惩，而对于顺从者，日本人会以礼相待，予以重用。因而，在这种情况下，一些没什么骨气的商人们，都归属了日本的商会。人在屋檐下，不能不低头，慕云鹤的药铺也归属了日本商会。只是日本商会会长一职一直空缺。

日本人曾经找到慕云鹤让他来担任此职，但是慕云鹤明确表态，药店不是自己的，自己只是个打工的，哪有资格担任会长一职，即便担任了，其他老板也不服气，自己这会长当也是白当，到头来还会弄得日本人丢了面子，日本人觉得慕云鹤的话有道理，因而没有再找他。

慕云鹤感觉年龄渐老，药店的事情就逐渐交给致清来管理了，自己则赋闲在家陪佩瑶和孙子。

自从跟致清成了亲，又生下儿子，文秀便脱胎换骨成了一个典型的贤妻良母。 她每天都会去药店给致清送午饭，等致清吃完再回家，她觉得幸福其实就是这么简单，生活已无所求了。

这天中午，文秀提着饭盒匆匆出门，与迎面而来的保安队走了个正着，文秀忙站到一边想让他们先过，但是就在这一刻，保安队的队长素素的哥哥竟然认出了文秀，他一把拉着文秀，眼中有些惊喜，"文秀，你还认识我吗？我是素素的哥哥。"

文秀一惊，她知道素素的哥哥狗子已经当了汉奸，只是没想到今天竟然被自己给碰上了，但她反应很快，马上摆出了一副笑脸，"认识啊，怎么不认识，当年你们家人得鼠疫还是我哥给你们送的药。"

"你哥？他就没安好心眼。"狗子一听文龙忽然来了气，"他打伤我妹夫，拐走我妹妹，听说还参加了什么东北军。 文秀，我告诉你，你哥的事情我没完，我不信他不回来了，他什么时候回来，我什么时候抓他。"说着拍拍别在腰中的枪，"老子现在有日本人撑腰，谁都不怕了。"

文秀听了这话，心中不服，犟脾气忽然又上来了，"我哥那是真心喜欢素素，素素根本就不愿意嫁给那个瘸子，都是因为给你换亲，你才是罪魁祸首。"

"你这小嘴还是那么不饶人。"说着狗子凑近文秀，用手托起文秀的下巴，露出一脸色眯眯的样子，"你哥喜欢素素就把人拐走，那我喜欢你呢？可不可以也带你走？"

文秀一把推开狗子，想从旁边走掉，但是狗子却不依不饶，伸手去抓文秀的胳膊。 这时候致清出现了，他二话没说抬腿冲着狗子就是一脚，狗子哪经得住致清这一脚，当场口鼻流血，狗子恼羞成怒，拔出枪对准了致清，文秀大惊忙用自己的身体挡住致清，"你敢开枪，你就是找死，关东军司令部刚发出告示，不能伤害无辜良民。"

狗子一听更急了，"你还拿这个吓唬我，我今天就要打死你们。"说着就要举枪，这时，远处却传来了几声枪响，狗子心中一惊，丢下致清和文秀带人向枪响之处跑去。

八十八

冷先生又回来了。

致清是在药店里接待的冷先生，冷先生带领的共产党部队现在正隐蔽在山里跟鬼子们打游击战。这次来找致清的目的跟以前一样，为药材，部队太需要药材了，约好一周之后前来取货。

致清没有多问，只是抓紧时间给冷先生备货。按照约好的日子，冷先生乔装打扮成了商人模样带着一个伙计赶着马车早早地就来了，装好了货，刚要离开，狗子却不知道从哪里冒了出来，非要搜查车上的东西。致清心中有些紧张，因为狗子认识冷先生，一旦被他发现，后果不堪设想，于是他上前一步，满脸堆笑，拉着狗子，"狗大队长，您怎么有时间光临小店，里面请。"

狗子一愣，没想到致清对他这么热情，"一会儿我进去，我先看看这车里面是什么？"

"都是些山货，这不马上要运走，晚了就关城门了。"说着致清冲里面伙计喊，"把那棵上好的人参给大队长拿出来，让大队长拿回家去孝敬老爷子吧。"

里面伙计回答，"好咧。"

狗子一听有好货，也顾不得检查车了，随着致清进屋去了，冷先生驾车迅速离去，致清长吁一口气。

从那以后，狗子成了店里的常客，有事没事去转转，带点值钱的药材补品走，致清不想得罪他，但是这样下去，终究不是个办法。

这几天，店里进了几棵上好的灵芝，致清害怕被狗子拿走，于是决定给冷先生送到山里去，山里打游击太辛苦了，这几棵灵芝正好可以补补身子。

山路虽然不好走，但是致清从小在这里长大，对这里很熟悉，按照冷先生说的路线他很快就找到了他们。冷先生见到致清备感意外，知道致清冒着生命危险来为自己送灵芝感动得热泪盈眶。

致清见冷先生一身破皮袄，住在漏风的棚子里，心中有些不忍，想说什么却不知道该如何开口。如男和大海听说致清来了，也过来相见，几年不见，大家变化很大，如男怀孕了，挺着肚子，看样子马上就要生了。

见致清盯着自己，如男有些不好意思，冷先生走上前，扶着如男的肩膀对致清说："她现在是我的妻子了，我们一年前结的婚。"致清恍然大悟，原来如男嫁给冷先生了，这也是缘分，他们师生多年，是有感情基础的，这个结局不管是对如男还是对冷先生都是最好不过。

冷先生似乎有话要说，又不好意思开口，致清看出冷先生的意思，"先生有什么话就说吧。没什么不好开口的。"

冷先生笑了笑，"跟你爹一样，侠骨柔情，文秀嫁给你享福了。"

"是我享福了，哈哈。"

冷先生犹豫片刻，抬头看着致清，"山里的情况你都看到了，还得随时防备小鬼子进攻，如男要是在这里生孩子，我害怕……"

致清明白了冷先生的意思，"先生要是放心，我就把如男带回家，家中有文秀，我们会一起照顾如男的。"

冷先生眼圈红红的，他看看如男，如男正眼泪汪汪地看着他，"不行，我不会离开你，老师，我死也要死在你身边。"

"你死孩子怎么办？只要孩子在，我的生命就在，你要好好爱护我们的孩子。"

冷先生一副强硬的口气。

"如男，你就听先生的话吧，暂时离开，等生完孩子再回来，我们都等着你。"大海也劝说如男。

如男点点头，眼泪鼻涕弄了一脸，致清见状，叹了一口气，这要不说，还真认不出眼前这个孕妇竟然是米家二小姐。

如男准备了点简单的衣物便随致清下山去了，冷先生远远地看着他们，虽然心中满是不舍，但是如男的安全却是他现在最关心的。

八十九

　　如男顺利生下一个女儿，孩子长得像极了冷先生，宽宽的额头，高挺的鼻梁。文秀怎么看怎么喜欢，有时候看得都忘了自己的儿子，致清总是笑着埋怨，"你这么喜欢这孩子，是不是看到她就像看到冷先生一样?"听见此话，文秀就会转身追着致清一阵猛打，如男看在眼里，心中羡慕得不得了。

　　孩子马上就满月了，连个名字都没有，如男想冷先生想得厉害，她跟文秀说，孩子满月后她就要回山上去找队伍了，文秀坚决不同意，这刚生了孩子可不是小事，山里那种环境根本不可能带孩子，但是如男天生的天不怕地不怕，主意打定了谁也改变不了。

　　孩子满月这天晚上，她偷偷地整理好东西，背着孩子准备离开，忽然传来一阵轻轻的敲门声，如男以为是文秀，过去把门打开，眼前站着的竟然是自己的丈夫。冷先生看到如男整理好的东西，知道了她的想法，于是从如男背上接过孩子，孩子正睡着，样子憨憨的，小脸红扑扑的，冷先生忍不住凑上去亲了孩子一下。孩子醒了，使劲睁开眼睛，看着冷先生，嘴角一翘，甜甜地笑了起来，冷先生忙把孩子拥在自己怀里，亲了又亲看了又看。

　　见此情景，如男走上前，把头轻轻地依偎在丈夫肩头，"我们走吧，以后再也不分开。"冷先生抬头看着如男，"你们娘俩还得在这里住一段时间，上级给我安排了任务，让我带部队去支援锦州的抗日力量，什么时候回来不一定，在这里你们母女很安全，我也放心，回来后我就接你们回去。"

　　如男点了点头，"那你要注意安全，你现在已经是一个父亲了，要对我和孩子负责任，我和女儿会等你回来。"

　　两人四目相对，任凭泪水默默地流淌。

　　"给孩子起个名字吧。"如男突然说。

冷先生想了一会儿，"叫冷梅吧，梅花不畏严寒，迎风林立，我们的女儿就要有梅花的精神和意志，这样才能成为一个坚强的人。"

如男点点头，"这个名字真好听，"扭头哄着女儿，"梅儿，梅儿，你有名字了。"

说话间，致清和文秀走了进来，看到一家三口热乎乎的场面，进退两难，冷先生赶紧站起来，抱着孩子走到两人跟前，"如男和孩子还得在你们家住几天，我完成任务后回来接他们，又给你们添麻烦了。"

"冷先生何必再说这种话，经历了这么多事，我们已经是分不开的一家人了。"文秀说。

"是啊，如男和我们家也算是世交，照顾她是我们应该做的。"致清接着说。

冷先生点点头，他双手搭在致清的肩膀上，"你们一家为我们做了太多的事情，要是中国人都像你们一样，我们的国家也不会被日本人践踏成这样。"

"冷先生，我们和你们比差得还很远。"致清想了想，"冷先生，其实早在青城就想跟您说的，我和文秀想加入你们组织，不知道我们是不是合格。"

冷先生把孩子交给如男，拉了致清和文秀坐在桌前，"加入我们就要不怕流血牺牲，就要把党和人命的利益当成最神圣的信仰，只有这样才是合格的。"他边说边看着如男，"如男就是为了这个信仰，放弃了大小姐的优越生活，与自己的汉奸父亲断绝了一切关系，能够做到这些其实不容易。"

致清和文秀有些茫然，不知道冷先生的话是什么意思，"先生是让我们也跟如男一样?"

冷先生知道两人没有明白，于是说，"不是所有的共产党人都在战场上战斗，有时候我们更需要藏在暗处的同志。"

两人互相看看，还是听不懂。

"你俩是我多年的学生，我信得过你们，我同意发展你们为我党的地下党员。"

"真的，太好了，我们现在能做什么？"致清和文秀有些激动。

"你们什么都不用做，安心做好现在的自己，到时候会有人联系你们。"

冷先生一去一个多月没有消息，如男"身在曹营心在汉"，时刻担心丈夫的安危，寝食不安。 这天一早，如男房中传来了婴儿的哭声，文秀心中不安，如男怎么不哄孩子？她赶紧过去看看，只见桌上留了一封信，如男不知道什么时候已经离开了，屋子里只剩下嗷嗷待哺的小婴儿。 文秀忙把孩子抱起来，想到孩子的父母现在的境遇，不禁越发可怜起孩子来，把孩子抱得紧紧的。

如男的信很简单，只是说，这么多年跟丈夫在一起已经习惯了，不管是死是活，一定要回到他的身边，女儿就拜托文秀来照顾，有可能的话女儿将来就嫁给致清和文秀的儿子，也算是圆了慕家和米家几代人联姻的愿望。

慕云鹤和佩瑶看到如男的信后，深感如男不但拥有男人般的仗义、豪气，而且还不失女人的细腻柔情，米俊卿生得此女真是几辈子修来的福气。

九十

六年以后，初冬的中午，东北姚家大院，梧桐树叶落了一地。

文秀的儿子和冷先生的女儿冷梅正在打闹着，不小心，冷梅摔倒在地上，麟飞忙跑过去仔细地查看冷梅的伤势，文秀提了饭盒要出门，见此情景忽然想起了自己和致清小时候，不禁笑了起来，这两个孩子要是将来能在一起，也是慕家和米家前世修来的福气。

提着饭盒，文秀向药铺走去，此时的东北已经寒气逼人，路上行人大多数已经戴上了围巾和帽子。文秀怕饭菜凉了，走得很快，拐弯时，突然跳出一人，文秀吓了一跳，定眼一看，原来是大海。文秀刚想喊，大海忙示意她不要出声，大海看四周没人注意他们，就跟文秀说，"你去送饭，我还有点事情要办，一会儿我去药店找你们。"文秀点点头，有些激动，但也没再多说什么，加快脚步向药店奔去。

致清见文秀脸红红的，气喘吁吁的样子，觉得奇怪，"你这是怎么了？脸红得像个苹果，是冻的吧，快进来暖和暖和。"说着拉着文秀走进内房。进屋后文秀关紧房门，"致清，你知道我见谁了？"

"谁啊？这么神秘，不会是冷先生吧？"致清像是忽然想到了什么。

文秀双手抱住致清的脖子，猛地亲了一下致清的脸，"算你聪明，不过不是冷先生，是大海。"

"真的？什么时候的事？"

"就是刚刚，他说一会儿来找咱们。"

"太好了，他们这一走五六年，我还以为他们把我们都忘了呢。"致清有些激动，"是不是冷先生又要给咱们什么任务了？"

"有可能，记得冷先生走的时候说我们已经是秘密党员了，随时等待组织的命令和召唤的。"说着文秀又催促致清，"赶紧吃饭，别凉了，说不定一会儿大海就来了。"

夫妻俩心中既紧张又激动，这样等了一个下午，却也没见大海的踪影。文秀挂着孩子，看天色已黑，心想大海一定是被什么事情耽误了，便收拾东西和致清一起回家了。

走到十字路口，有个卖糖葫芦的冲文秀喊"糖葫芦"，文秀想给两个孩子带两串回家，便走了过去，找钱的时候，卖糖葫芦的塞给了文秀一封信，文秀大惊，慌忙收了起来，拿了糖葫芦，匆忙离开了。回到家后，她和致清忙把信打开，信上只有一句话，"今晚七点，南郊教堂第三排座椅下面。"文秀想起多年前冷先生曾经让她到教堂送过信，并不感到意外，于是两人佯装教徒去了南郊教堂。

南郊大教堂并没有几个人，里面灯火通明，两人顾不得这些，找到第三排座椅坐了下来，装作祷告了一会儿以后，文秀从座椅下找到了东西，两人正要出门，迎面撞上了一队警察，领头的竟然是狗子。狗子现在已经是警察局的治安科长了，在这里碰到文秀两口子，他有些奇怪，"这么晚了，你们来这里做什么？"

致清反应很快，"最近生意不好，来这里祈祷祈祷。"

狗子疑惑地看着两人，"我接到通知，说是这边经常有共产党出没，没想到共产党没捉到，倒是碰到了你们两口子，我不得不怀疑你们了。"

"你神经病，我们俩会是共产党吗？"文秀一听来了气。

"共产党也没写在脸上，是不是你说了也不算，给我搜。"说着上来几个人想对致清和文秀进行搜身。

一看狗子来真格的，致清有些害怕了，忙笑着对狗子说："狗子，文秀一个女人就别搜了，你们搜搜我就行了，回头到店里去，我还给你留了宝贝呢。"

狗子也就是冲这句话来的，于是对手下摆摆手，"算了，慕老板慕夫人都是我多年的朋友，我知道他们不会是什么共产党，走吧。"

于是两口子长吁一口气，慌忙地逃离了教堂。

回到家，两口子打开信一看，竟然是如男写来的，信中写道："六年没见女儿了，很是想念孩子，只是长期在战场上作战，没有时间和精力照顾孩子，只得把思念埋藏在心中，自己感觉对孩子亏欠太多了，这一生一定会补偿她。"

信中还说，在去年的一次战斗中冷先生牺牲了，他为了保护团里的其他战士，坚决不撤出战壕，与鬼子同归于尽了。

读到这里，文秀和致清感觉大脑仿佛迅速地充满了血，胀胀的、晕晕的，两人对视了一下，有些不相信，"冷先生牺牲了？""不会啊，不可能的，冷先生作战经验那么丰富怎么会牺牲了？"

最后信中还说，因为冷先生的牺牲，组织上特意安排了如男带上孩子到大后方延安去，而这次大海来东北就是为了接冷梅走的。

这下文秀和致清终于相信了，冷先生确实是牺牲了，与冷先生相处的一幕幕像过电影一样轮番出现在两人的脑海中，他的勇敢、机智、刚毅、执着无不是两人敬仰和钦佩的，可是这样的人最终也是死在了小日本的手里。冷先生的死，越发增加了文秀和致清对日本人的仇恨。

大海接连数天没有出现，文秀有些奇怪，怎么回事？大海不会出事了吧？文秀不敢多想，想出门买一张报纸，看看最近有没有共产党被抓。刚走到门口，一辆轿车迎面而来，吱的一声停在了文秀身边，车门一开下来了一男一女两个人，文秀一看，竟然是哥哥文龙和素素，文秀兴奋地和哥哥拥抱在一起，忘记了买报纸的事情。

九十一

文龙自从九一八事变以后就再也没有回来过，五六年一点消息都没有，这次回来也是有任务在身，原来文龙已经成为张学良的副官长，掌管少帅的一切行政事务，这次回乡，是代表东北军和关东军司令部进行撤军谈判的，在家可以多住几天。

佩瑶听说儿子回来了，兴奋得两步并一步地向外跑，差点从楼梯上摔下来，亏得慕云鹤抢先一步将她扶住了。

文龙一见，也忙扶起母亲，"娘，看您急的，亏得慕伯伯，要不然准得摔坏了腿。"

"龙儿，你可回来了。娘，娘还以为你永远都不回来了。你啊，这次就别走了，咱们好好在家待着，好不好？"佩瑶几年没见儿子，说话有些激动。

"娘，这次我多住些日子，好好陪陪您和慕伯伯，儿子欠你们的太多了。"文龙说着，回头招呼素素，"素素，你也过来见过娘和慕伯伯吧。"

素素走了过来，跪在佩瑶和慕云鹤跟前，"娘，慕伯伯，我也是你们看着长大的，我和文龙的事情，让你们操心了，我对不起娘，都是因为我，文龙才不得不离开家。"

听素素这么一说，佩瑶也流下了眼泪，自己确实是记恨过素素，可是儿子的性格自己了解，就是不为了素素，他也会找机会离开的，这个院子根本锁不住儿子那颗想飞的心。她起身扶起素素，"孩子，既然你喊我娘，这就是缘分，只要你能够好好照顾文龙，我就不会再怪你了。"

几天后，狗子在宴宾楼摆宴，请素素、文龙、致清、文秀，说是大家都好多年没见了，借此机会老朋友在一起叙叙旧。文龙没有拒绝，因为他也想通过狗子来了解日本人的动态。

宴宾楼的窗子临街，坐下之后，来来往往的人尽收眼底，正因为如此，狗子成了这里的常客，他经常边吃饭边监视着大街上的行人。

文秀他们到饭店时狗子早已等候多时了，见到文龙和素素，狗子忙迎上去，做出一副多年不见十分想念的姿态，"妹子，妹夫，想死我了。"

文龙知道他的性格，寒暄了几句，大家落座。文秀坐在窗边，眼睛不由自主地向外张望，狗子见状，"文秀，这个位置不错吧，我就喜欢坐在这里看大街，谁是共产党我一眼就能看出来，嘻嘻。"

文秀没想到这个家伙这么阴险。她故作惊慌，"啊，你们怎么整天共产党共产党的，哪来那么多共产党啊，你们捉不住共产党，整天自己吓唬自己。"

狗子忽然严肃地看看大家，神秘地说，"谁说抓不住？前几天就抓了一窝，马上就要枪毙了，你们不知道，咱们这里共产党太多了，到处都有。"

狗子的话使文秀想到了大海，于是她故意地问："啊，真的，共产党都长什么样子？"

"什么样的都有，最近还抓了一个山东来的，个子很高。"

"你怎么知道他是山东的？"

"说一口山东话，还不是山东的。"

听此话，文秀心中料想这个山东来的共产党很可能是大海。大海要被枪毙了，这可怎么办，想到这里，文秀有些坐立不安，刚想站起来，她的手就被致清的手紧紧地按住了，致清向她投来意味深长的笑容，她知道，此刻致清想的和她一样，只是自己有些冲动了。

忽然，窗外传来了摩托车和警笛的声音，文秀忙向外看，其他人也凑过来看，只见摩托车车斗里面塞着几个被绑着手脚，堵住嘴的人，其中一个文秀再熟悉不过，就是大海。大海虽然被绑着，但是头却抬得很高，一副不屈不挠的样子，不知道是伤心还是害怕，文秀浑身发抖，致清上前将文秀轻轻拥在怀中，以免文秀的样子被狗子发现。

这顿饭文秀和致清吃得简直是味同嚼蜡，什么滋味都没有，只感到饭菜夹杂着泪水苦水一股脑地流进了肚子里。回到家中,两人刚想回屋,就被文龙喊住了,说是想跟他俩聊聊,两人只得坐了下来,文龙说:"刚刚的共产党是大海。"两人相互看了看,原来文龙也认出了大海。

文龙接着说:"大海他们只是逞一时之快很难成大器。"

文秀一听不服气,"那冷先生呢?他还帮着你们弄到了日本人的黄金呢。"

"冷先生是个特例。黄金那件事情上,我们是合作,我也是帮他的,我们是各为其主。"文龙说。

"可冷先生是我们的老师,你曾经也跟着他参加过抗日活动,你忘了吗?"文秀不依不饶。

文龙说:"我没有忘记,那时候我还年轻,只想寻找一条报国的道路,现在想想,亏得没跟冷先生,不然就是死路一条。你看,徐达、冷先生、大海,结局都是这样。"

"他们视死如归,没有一点屈服,不像你们,日本人来了,就吓得跑了。不然就一再寻求谈判,你们根本就是向日本人示弱,在日本人面前退让。"文秀说话一语中的,文龙听了有些不耐烦,"什么退让、示弱,这是策略,你懂什么。你只要记住,千万不要和政治沾边,特别是共产党。"说完又看着文秀,"对了,文秀,冷先生那闺女最好不要让她再住咱们家了,会有麻烦的。"

文秀没有说话,拉着致清走了出去。此刻她感觉特别压抑,几年不见,哥哥变化太大了,变得那么冷漠,那么没有人情味,感觉自己和哥哥的距离越来越远,远得几乎连影子都找不到了。

两人走到院中,看到墙角边似乎有火光,忙过去查看,原来是慕云鹤在烧纸,致清有些迷糊,又不是母亲的祭日,这是为谁烧的?慕云鹤抬头看到文秀和致清,忙说:"你们俩,来给冷先生烧点纸吧,冷先生是个好汉,不屈不挠的好汉,我慕云鹤这一辈子,没有真正服过什么人,但是冷先生是我最敬重和佩服的人。"

两人点点头,拿了树枝在地上画了一个圈,给冷先生烧了纸钱,在致清和文秀的心中，冷先生又何尝不是自己最敬佩的老师、朋友、战友。

文秀边烧纸边说："冷先生，大海也追随您去了，只是梅儿无法带走，见不到孩子如男一定会担心的，您要是泉下有知，托梦告诉如男，梅儿就住我家了，让她放心，我对梅儿会比对自己的孩子都好的。"说着一行行眼泪夺眶而出，泣不成声。

半个月后，姚文龙跟日本人达成协议，东北军将大部分兵力撤出东北，留下的部分军队与日本人互不干涉，各自为政。

慕云鹤听说这个协议之后很生气，认为这是一再向日本人妥协，张少帅兵强马壮要真跟日本人拼，赢的一定是我们，现在动不动就摆出协商的姿态，这样下去只能助长了日本人的气焰。慕云鹤还断言，日本人的目的绝不会仅仅是东三省，他们的胃口很大，想要侵吞全中国。

文龙对慕云鹤的话不敢贸然反对，只是说，这是权宜之计，现在的主要任务是安抚好日本人，保存实力。

文秀和致清听罢摇摇头，文龙真的已经彻底变了，变成了一个狡猾的政客、官僚，难道这就是所谓的政治，简直是太可怕了。政治彻底泯灭了文龙的人性，使他变得那么陌生，那么冷漠。

文龙是在一个明媚的早晨走的，他走得很坚决，走得很执着，他是向着心中的理想和信仰而去的。他向母亲和慕云鹤道了别，便匆匆上路，只是大家都没有想到文龙这一走就是三十多年，连老母亲去世都没在身边，等文秀和致清再见到文龙时，大家都已经是白发苍苍的垂垂老者了。

九十二

自抗战全面爆发以后，致白和如萍的工作重心就转往了上海，致白已经从军统成功打入了汪精卫在上海的特工总部，而如萍的身份没有变化，依然是致白的妻子。

这天，驻上海的宪兵司令部举办了一个大规模的嘉奖宴，特意邀请了汪伪政府的一些特务骨干携家属参加，致白没有多想，便携带如萍一起去了。其实带如萍参加活动本身也是工作需要，如萍作为一名隐蔽起来的特工，需要现场掌握一些日本人的情况和信息，这样才能够充分完整地向总部进行汇报。

此时如萍俨然一副阔太太的打扮，身着一身宝石蓝的紧身旗袍，旗袍外边罩了一件雪白的貂毛披肩，高贵不失典雅，长卷发自然披在肩头，鬓角两边分别扣了一枚镶钻的发卡，衬托出一张清秀而娇媚的脸庞。

如萍天生的一副美人胚子，这几年生活和工作的经历，让她越发地散发着一股成熟迷人的魅力，不管走到哪里，都会引起男人们的骚动，每每此时致白心中都颇感自豪。他知道，凭现在的身份，不会有人敢打自己老婆的主意。

但是百密一疏，谁都没想到，今天的宴会上多了一个人，这个人就是西村明夫。这些年，他对如萍的思念已经成了一种病，相思病。自从伯父为自己承担了责任剖腹自杀以后，他对中国人由原来的接受和尊敬变成了仇恨和鄙视。明夫后来离开了青城，几经辗转，最后落脚在了上海，现任上海宪兵司令部的三号人物，今天的宴会也是他上任之后第一次公开亮相，只是没想到在这次的宴会上，他竟然见到了朝思暮想的如萍，他远远地看着如萍，竟然热泪盈眶，恨不得冲过去把她一口吞掉，他感觉自己就像中了魔咒一般。

但是他还是保持了镇静，因为他看到如萍身边有一个男人，这个男人不但英俊潇洒，风流倜傥，对如萍也是关心备至，呵护万千。如萍看他时的眼神，包含着说不尽的甜蜜和恩爱。

西村明夫擦了擦眼角渗出的泪水，指着致白向旁边一个参事询问，参事忙向明夫介绍了致白的情况，由于致白和如萍现在都用了假名，明夫听后心中有几分疑惑，他端了一杯酒走到致白夫妻跟前，"康先生，康太太，认识你们很高兴。"明夫装出一副不认识他们初次见面的样子。

致白一愣，没想到西村明夫会主动过来打招呼，赶忙致礼，"西村长官，认识您也是我的荣幸。"致白一点都没感到紧张，因为他根本就不认识西村明夫。

但是如萍一见西村明夫却是大惊失色，张着嘴半天没说出一句话。

致白不知道如萍为何如此紧张，忙替如萍打圆场，"西村长官不要在意，我太太比较害怕见到陌生人。"

"您太太，我看着有些面熟，我们是不是在哪里见过？"西村明夫看着如萍微笑着说。

如萍回过神来，冲着西村淡淡地一笑，"长官怕是认错人了，小女子从来没见过长官。"

"哈哈，也许吧，我的眼睛欺骗了我，"说着他面对致白，"康先生，我想请您的夫人跳一支舞蹈，可以吗？"

"您请。"

明夫伸手拉了如萍走进舞池，如萍心中惶惶不安，不敢看明夫的眼睛，只觉得自己的手被西村明夫抓得好紧，很疼。舞池中霓虹灯光闪烁，人与人摩肩接踵，明夫面带微笑看着如萍，如萍的心跳到了嗓子眼，不知道西村明夫想干什么。如萍的心思明夫自然明白，但是他始终不开口，就这样笑着看着她，如萍感觉自己快崩溃了，身体控制不住地瑟瑟发抖，她终于忍不住先开了口，"明夫先生不要这样看我，我不习惯。"

明夫笑意加深，"习惯不是一天养成的，慢慢来，会习惯的。"

如萍一惊，"你什么意思？"

"我的意思你明白。"

"我不明白。"

"那好，明天中午，凯伦酒店我等你，到时候让你明白。"

"我不会去。"

"你一定会去，或许，慕致白先生会让你去。"

如萍一听西村明夫说出了慕致白的名字，大惊失色，但多年的谍场生涯，使她保持了足够的镇定，"你，你，什么慕致白，我怎么不认识。"

"来不来随你，反正我会在那里等你。"西村明夫没再多说，微笑着把如萍送回了致白身边，"康先生，您太太的舞姿太美了，谢谢。"

致白冲西村举一个躬，伸手拉过如萍，把如萍拥在怀中，西村明夫始终保持着一贯的微笑，"用你们中国人的话，康先生夫妻这叫伉俪情深。"

致白感觉如萍的身体颤抖了一下，脸色变得苍白没有了血色，他忙问如萍："怎么了？身体不舒服吗？"

如萍点点头，"有些头晕，咱们早点回去吧。"

于是致白与大家打过招呼，带着如萍驱车回家。

一路上，如萍心中翻江倒海，思绪万千，不知道今天这件事情是否该告诉致白。要是告诉致白，他们就必须马上撤退，千辛万苦的潜伏计划就算是失败了；要是不告诉，致白现在很可能已经暴露了，西村已经怀疑这个康先生就是慕致白，但是西村并没有见过慕致白，或许他也就是吓唬自己而已。对，明天中午必须跟西村明夫见一面，看看他到底想干什么。

九十三

凯伦酒店房间的午后呈现出暧昧的暖意，法式的壁炉里火烧得很旺，明夫早早地在此等候着如萍的到来，在明夫心中昨天晚上就像是做了一场梦，如萍的身影怎么都挥不去。多少年来，他的心里梦里全是这个女人，他甚至已经忘记了自己的职责，只要是如萍能够如约前来，他将不会追究如萍的身份。

如萍终究是来了，她外穿一件灰色大衣，里面是一件深红色高领旗袍，头戴一顶淡灰色窄沿帽子，这身看上去既随意又刻意的打扮，让明夫不禁怦然心动。他试图拉如萍的手，但是如萍却漠然地把手抽了回去，"西村长官找我有什么事？"

明夫有些无奈，叹了一口气，"如萍，你就别再演戏了，你的心好狠啊，说走就走，你知道你把我伤得有多深吗？我都不明白，这么多年我为什么始终忘不了你。"

如萍故作没有听懂，"您搞错了，我根本不是什么如萍，我只是康太太。"

明夫见如萍一脸的漠然，有些伤心，"如萍，你骗得了别人骗不了我，纵使你千变万化，茫茫人海我也能一眼认出你。如萍，我和你可是定过亲的，按照你们中国人的规矩，你早就是我的夫人了。"

"不可能的，不经过我的同意定了亲也不能算数，何况我已经，已经早就结婚了，我现在是康太太。"如萍有些激动也有些害怕。

"承认了？承认就好，康太太，你那先生一定是假的康有新，他是不是叫慕致白？"明夫脸色忽然一变冲如萍大声咆哮起来。

听明夫此话，如萍反倒明白了，致白没有暴露，西村明夫根本就是自己在猜测，于是赶紧说："什么慕致白，他叫康有新，你乱喊什么？"

"康有新？你们怎么认识的？什么时候认识的？"明夫并不信任如萍。

"什么时候认识的与你没有关系，你要没事我就走了。"如萍说着就向外走。

明夫哪里可能这么轻易放她走，他上前一把抓住了如萍的胳膊，把如萍抱在了怀里，"说不清楚你休想走。"

如萍挣扎着，"你放开我，我告诉你。"

明夫松开如萍，"那好，你说吧。"

如萍便把早已经编好的谎言说给明夫，说是自己逃出来后被一个有钱人收留了，有钱人的儿子就是康有新，于是自己便嫁给了他，然后就随丈夫来到了上海。

明夫看到如萍喋喋不休地诉说着，有些将信将疑，但一时又找不出什么破绽，只好说："好吧，你说的这一切我会进行核实的，到时候要是知道你在骗我，我可是不会客气的。"

如萍理了理头发，"既然这样，没事我就要回去了。"如萍说着就向外走。

明夫忽然走近如萍一把将她横着抱了起来，口中嘟囔着"丈夫，什么丈夫，我才是你丈夫，两年前就应该是，今天我一定要尽尽丈夫的职责。"说罢将如萍扔在床上，将身体压在了如萍身上，如萍动弹不得，也喊不出声，因为嘴巴也被西村明夫死死地压住了。明夫此时已经欲火焚身，如萍知道此时自己已经逃不出这一劫了，她后悔不该来到这里，紧紧地闭着眼睛，眼泪顺着眼角流了出来。也罢，或许这样能够平息明夫的怒火，他就不会再追究致白的身份了。

明夫见如萍不再挣扎，反倒有些懊恼，自己那么爱这个女人，可为什么非要用这种方式才能得到她，但是此时他顾不了很多，双手游走在如萍的身体上，顺着如萍的身体自上而下探索着，直到再也控制不住自己，占有了如萍。

看着躺在怀里的如萍，明夫脸上露出了满意的笑容，他拍拍如萍圆滑的肩头，"放心吧，只要你听话，你的丈夫就会好好的。"

从此以后，明夫隔三岔五就会找如萍来亲热一番，如萍纵然有万般无奈，也只能承受着。致白感觉自己的官运似乎比以前更畅通了，来上海不到半年，已经成为"76 号"举足轻重的人物了，甚至可以直接参与汪伪政府的高级会议，情报的获取更是简便易行。

情报的屡屡暴露引起了日本人的强烈不满，他们认定是内部出现了问题，决定来个内部人员档案大清洗。西村明夫之前确实被如萍说服了，对于致白的身份没有再追究，但是这次的身份大清洗却让他嗅出了什么，直觉上他还是怀疑如萍丈夫的身份有问题。他调来康有新的全部资料，由于军统那边资料做得太好了，看来看去也没有看出什么破绽，但他不死心，决定做个局来测试一下康有新。

议案会议上，西村明夫提出由康有新执行暗杀军统上海站的高级领导人的任务，这个领导的具体行动日程已经掌握清楚，到时候康有新只负责狙击就可以。这个任务对致白来讲如同当头一棒，对自己的同志开枪这是绝不可能的，但是不开枪又说不清楚，想来想去，没有什么好办法。

如萍已经从西村明夫处听说了给致白安排的刺杀任务，其实之前的很多情报都是如萍亲手发出去的，但是这个情报要是发出去致白和自己就会彻底暴露。

见致白紧锁着眉头，知道他在为此事犯愁，于是如萍故意问他："什么事情让你这么困惑？说来听听吧。"

致白看了如萍一眼，答非所问，"你去哪里了，最近好像很忙。"

如萍没看致白，边脱衣服边说："去订了几件旗袍，最近应酬多，衣服太少了。"

致白疑惑地看着如萍，"你原来好像不太重视这些，现在怎么这么在意外表。"

"原来年轻，当然不在意，现在不好好打扮就老了。"如萍苍白地辩解着。"对了，你还没告诉我你为什么犯愁。"

按照工作程序，致白本来就应该把任务告诉如萍，因此致白没有隐瞒，如萍一听也陷入了沉思，这任务确实棘手，做与不做都不会有好结果，如萍暗想，西村明夫这一招果然厉害。

　　两人商量后最终做出决定，唯一的办法就是不打中要害，但是这样日本人能信吗？死马当活马医，只能这样了。

九十四

行动这天，致白早早地做好了各种准备，随时候命，而如萍眼皮却跳得厉害，她越发感觉这次行动有些异常，于是她来到西村明夫处，想再多了解点情况。刚走近门口，就听见西村在打电话，"这次的任务就是为了考验他，如果他是卧底，他就不会打死自己的同志，对，不打中要害，或许会有一点偏差，哈哈。"听到此话，如萍吓出一身冷汗，原来，自己和致白竟然掉进了西村明夫的圈套里了，这个人太可怕了。她转身就向外跑，要赶在致白出发前将此事告诉他，人是假的，一定要打死这个人。

不知是转身的时候碰到了什么还是西村明夫预感到了什么，反正如萍刚出门，西村明夫便追了出来，他问门口的士兵，刚刚谁出去了？士兵说是康太太。西村明夫挥手就打了士兵一记耳光，歇斯底里地喊着："为什么让她进来？"士兵捂着脸，一副无辜的样子，"她，她，不是整天来吗？"西村明夫没再言语，向门外追去。

当如萍赶到家中时，正好见致白开车出去。如萍喊了几声，致白远远的没有听见，于是如萍也赶紧招呼了一辆车一路追去，致白下车，如萍也赶紧下车，见致白走进一家旅店，如萍从后面大声地喊："致白，致白。"这回致白听见了如萍的喊声，回头张望，只见如萍站在马路中间，气喘吁吁的，致白向如萍招了招手，示意她回去，但却没有停下来的意思。如萍急了，冲着致白继续喊，"快下来，致白，这是一个骗局。"致白一听慌忙停住了脚步，转身向如萍的方向跑去，也就在这时候，西村明夫从对面街上走了过来，他看了如萍一眼冲着致白就开了枪。然而中枪的不是致白，却是如萍，只见如萍白色的毛呢大衣上绽开了一朵朵鲜红的刺眼的花朵，那花朵从小变大，渐渐地连在了一起，变成了一片血色的海洋，那样深邃，没有边际。"如萍。"致白和西村明夫几乎是同时喊着如萍的名字。致白疑惑地看了西村明夫一眼，毫不犹豫地冲着他的脑袋就是一枪。西村明夫跟他的伯父一样，死在了这个梦想之都。致白抱起如萍飞快地驱车离去，消失在了茫茫人海之中。

军统的地下医院，医生们看着如萍无奈地摇了摇头，致白跪在医生的脚下，但是医生依然表示已经尽力了。致白紧紧地抱着如萍的身体，小声地喊着如萍的名字，唯恐声音大了会把如萍吓着了，听见致白的喊声，如萍微微地睁开眼睛，伸手摸了摸致白的脸，"凑近点，我，我跟你说件事。"

致白赶紧把耳朵贴到如萍的嘴边，"你，你还记得，在老家青城跟我订婚的日本人吗？"

致白点了点头，"记得，当然记得，就是因为他，我们才逃出来的。"

"西村，西村明夫就是。"如萍艰难地说出了一个名字。

"什么？原来是他。"致白想到刚才西村明夫的表情。

如萍接着说，"他认出了我们，他要挟我，让我和他好，不然他就会对你，"话太长如萍一口气没有说完，便吐出了一口鲜血，致白忙用手接住了鲜血，并制止如萍，"别说了，我知道了，我什么都知道了，我不怪你，你不要再说了。"

如萍双眼含着泪水看着致白，"致白，我是不是根本就不该出生的，我的生命是那样没有意义，什么都没做好，就要走了。"

致白此时已经泣不成声，"谁说的，你的生命最有意义，让我知道什么是爱情，为了你我都能抛家舍业了，你还不知足啊。"

"你后悔了吗？致白。"

"我后悔没有好好保护你，你一定要活着，如萍，要是没有你，我的生命才没有意义了啊。"

"致白，我，我活得很累，走了也好，不用整天提心吊胆的。"

"如萍，你不能走啊，你说过陪我一生一世的。"致白抱着如萍的脸痛哭着。

如萍努力睁开眼睛，"下辈子吧。 到了奈何桥，我，我会跟孟婆好好说，说，不喝她的孟婆汤，我不想，不想，忘了你，下辈子。"说着，如萍永远闭上了眼睛，一颗硕大的泪珠顺着眼角淌了下来。

致白曾经想过很多他和如萍的结局，等把日本鬼子打跑了，他带如萍回青城老家，两人把慕家药铺重新开起来，或是回到从小长大的东北小院，守着自己的父亲、哥哥、嫂子，一大家人其乐融融地生活在一起，但唯独没有想到如萍为了保护自己，早早地把命丢在了上海这个陌生的城市。 致白的眼泪像断了线的珠子，不停地滴落在如萍惨白的脸上。 如萍走得很平和貌似没有痛苦，致白低下头轻轻地吻着如萍脸上的每一寸肌肤，那样认真，唯恐落下哪里。

九十五

　　此时如萍的父亲米俊卿却继续春风得意，全面抗战以后，他摇身一变成为当地教育厅厅长，掌管着大大小小的若干学校，仿佛回到了清朝末年自己当学政时的辉煌时期。 米俊卿不但职场得意，情场更是了得。 他在日本上学期间，老东家山本元三的女儿惠子一直暗恋他，现在四十几岁了硬是没有结婚，这次山本来青城任总领事一职，把这个未出阁的女儿也带来了，一是让女儿散散心，二是想圆了女儿的梦想，找到米俊卿，能嫁就嫁了算了，四十好几了，整天在眼前晃，看着也烦。

　　自悠兰死后，米俊卿没有再讨姨太太，米老爷子也早就把孙子当成了一种奢望，毕竟儿子已经五十多岁了，就是再娶也不一定能有孩子了。 算了，自己还不知道能活几天，不操这份子心了。

　　惠子的到来打破了这份暂时的宁静，十多年前惠子就喜欢米俊卿，但惠子的父亲当时说什么都不同意，一来米俊卿是个中国人，二来米俊卿已经有两房太太，但是惠子后来也没有找到合适的人家，因为她心中始终忘不了米俊卿，山本也很无奈，只能答应女儿的要求去见米俊卿。

　　没想到十几年未见，米俊卿依然身姿挺拔，谈吐儒雅，惠子和父亲都很满意。 山本向米俊卿说出了女儿的心思，米俊卿一听，高兴得差点跳起来，没想到五十多岁的自己竟然还有桃花运，而且还是总领事的女儿，他使劲拧了自己一把，断定不是做梦后，欣然答应了。

　　惠子嫁入米家以后，仿佛找到了自己的幸福。 她太喜欢米家这个大宅子了，每天都会拉着米俊卿在院子里散步。 米俊卿也是幸福满满的，一回到家，惠子就会为他端来洗脸水，洗完脸，再为他端来热茶，没事时总是会伏在他的身旁，帮他捶腿、揉肩，活了五十多年，娶了两房媳妇，米俊卿从来没有享受过这种待遇，在惠子这里他仿佛真正体会到了什么是爱情。

两人如胶似漆一段时间后，惠子怀孕了，这简直太出乎米俊卿和老爷子的意料之外了。听到这个消息，米老爷子拄着拐杖，颤颤悠悠地来到惠子房间，叮嘱惠子保重身体，保护好米家的骨肉，多吃多喝，唠唠叨叨地说了一大堆，弄得下人们都觉得好笑，没见过这样的老公公。

惠子是高龄产妇，生孩子有危险，因而她父亲山本联系了日本医院，实在不行就采取剖腹产。剖腹？米俊卿一听心中害了怕，但还是要听从岳父的建议。生孩子那天，米俊卿早早地出现在医院，焦急地等待着，此时他心中并没有想过儿子或者是女儿，只要惠子平安，他就解脱了，否则……米俊卿想出了一头汗。

"生了，是个胖小子。"医生的声音从产房里传出，"哦，生了。惠子没事吧？"米俊卿站起来往产房里面张望，"没事，是顺产的，没想到四十多岁生头胎还顺产。"

"没事就好。"米俊卿长舒一口气，"惠子没事就好。"

旁边的山本走过来，拍了拍米俊卿的肩膀，"好样的，惠子没看错你，关键时刻没有担心儿子，而是挂念着惠子的安危。"

米俊卿一愣，"儿子，什么儿子？"

山本笑着说："惠子为你生了个儿子，你怎么好像不知道一样。"

米俊卿这才恍然明白，自己有儿子了，米家有后了，此时他不知道如何表达这种兴奋的心情，跑进产房，抱起惠子的脸就是一顿猛亲。医生们忙制止他，"产妇需要休息，你还是先出去吧。"

米俊卿想把这事尽快告诉老爷子，于是他转身往家跑去，老爷子似乎知道儿子要回来，站在大门口向外张望，米俊卿急喘吁吁地一边跑一边喊："爹，生了，儿子，您有孙子了，爹，惠子给您生孙子了。"

老爷子竖着耳朵听得清清楚楚，"孙子，我有孙子了，米家有后了，米家终于有后了。"说着老爷子竟然哭了起来，他颤颤巍巍地来到祠堂，米宝为他点了香，"夫人啊，咱有孙子了，你在天上看到了吧。我知道你走得不甘心，这下你放心了啊，你可以向列祖列宗们交代了，啊。"说着老爷子喜极而泣，随即又浑身发抖。米宝一看，老爷子状态不对，赶紧扶老爷子起来，这一扶不得了，老爷子的身体随即瘫软了下来，像失去了骨头的一堆肉，怎么扶都扶不起来了，老爷子瘫痪了。

几天后，惠子带着儿子回家，老爷子忽然眼睛放光，大家明白，这是想看孙子。柳夫人把孩子抱到老爷子跟前，老爷子看了看孩子的脸，眼睛里充满了慈爱，他使劲伸出手摸了摸孩子的头，然后手就无力地垂了下去。老爷子就这样走了，带着满心的喜悦和满足离开了人世。

九十六

1945 年，日本战败投降。惠子在家收拾东西准备带着儿子随父亲回日本，此时七八岁的儿子天赐已经很懂事了，他知道母亲的想法，但是他真的不想去日本，因为他离不开父亲，舍不得留下他一人，从父亲口中得知，他还有两个姐姐但不知是死是活，自己再去日本，父亲这日子怎么过。

想到这里，天赐走到母亲身旁，"娘，我不想去日本，我是中国人。"惠子一听大惊失色，没想到儿子会说出这种话，她拥抱了儿子一下，抚摸着儿子的脸，"天赐，你有一半的日本人血统，你明白吗？你留在中国，他们一定会欺负你。"

天赐低着头不想看母亲的眼睛，口中嘀咕着，"可是我还有一半的中国血统，到了日本，他们就不会欺负我吗？"

"啊，这——"这一点惠子从来没有想过，对啊，儿子有一半中国血统，在日本能立足吗？父亲年事已高，自己也不再年轻，将来谁能保护儿子，想到这里，泪水不禁夺眶而出，"儿子，可是你留在中国，娘不放心啊，跟娘走，让娘看着你长大，好不好？"

天赐用小手轻轻为惠子擦去了眼泪，"娘也不走了，天赐舍不得爹，更舍不得娘。"

娘俩正哭着，米俊卿回来了。他心情非常糟糕，日本人打了败仗就相当于自己的后台倒了，一旦日本人走了，他们这些人就要倒霉了，唉，都是命啊。米俊卿此刻忽然想到了如男和如萍，她们现在在哪里，说不定关键时刻女儿会保护自己，对，就是有一线希望也要找到她们。他没顾得上惠子娘俩，径直来到书房给慕云鹤写了一封信，信中的意思是说，想女儿了，一直没有她们的消息，不知道她们过得好吗，自己的父亲去世了，临终时还挂念这两个孙女，慕云鹤要是有她们的消息，一定转告。

写完信，他才想起来，刚刚惠子和天赐不知道为什么事情在哭，于是他来到内屋，见惠子还在收拾东西，天赐在旁边的椅子上坐着，低着头不说话。 见此情景，米俊卿明白了几分，走到惠子身边，看了看箱子里的东西，无奈地说，"真的要走吗？不试着留下来？"

惠子抬起头，眼中含着泪水，"俊卿，对不起，儿子我也想带走，你不会怪我吧？"

米俊卿叹了一口气，"这都是命，去了日本，或许儿子的将来会好一些。"

"不行，爹，连你也让我走？"天赐听米俊卿说这话有些生气，他嘟着嘴，大声嚷嚷着，"我不走，我是中国人，我从小就是中国人，我不会说日语，到了日本才受欺负。"说着，天赐转身跑了出去。

夫妻俩相互看看无奈地摇了摇头。

惠子最终还是自己走了，因为临行那天一家人找不到天赐，大家知道一定是孩子不愿意走故意藏了起来，但是山本预订的飞机不等人，到点必须起飞，因此惠子孤单一个人回到了日本。

九十七

　　慕云鹤的回信很快就来了，信中说："如萍是跟致白一起离家出走的，具体去了哪里，自己当时也不得而知，几年之后才知道两人都参加了军统，并成功打入了日本人的心脏，"慕云鹤还写道，"如萍和致白在执行任务时，遇到了一个叫西村明夫的日本人，并因此暴露，如萍最终死在了西村明夫的枪口下。"信读到此处，米俊卿已经泪流满面，又一个女儿死了，自己明显感觉腿好像不听使唤，想站站不起来了，他冲自己的脸打了几个耳光，"都是我作的孽啊，如萍，我的小女儿，爹害了你，你是多么的温柔善良，是爹逼你走上了绝路，都是爹的错啊。"如萍的死，给米俊卿带来的打击太大了，多么乖巧的女儿啊，最终还是死在日本人的枪口下，此刻米俊卿已经意识到自己错了。

　　慕云鹤的信很长，说如男嫁给了她的师父，并参加了共产党，还生了一个女儿，这个女儿现在已经十多岁了，一直生活在慕家，慕云鹤还特别指出，这个女婿米俊卿应该认识，多年前他曾找柳永福借过大洋。

　　读到此处，米俊卿倒吸了一口凉气，怪不得，那天晚上在家中见到如男的师父觉得那么面熟，原来竟然是那个人。米俊卿感叹，这帮共产党太厉害了，简直无处不在。唉，看来，日本人失败了，中国的天下早晚是共产党的了，想到此处，他不禁为自己有个共产党女儿感到庆幸起来。

　　接到米俊卿的来信，慕云鹤虽然有些意外，但想到毕竟都是六十几岁的老人了，有些事情不想再跟他计较了，于是便把自己知道的关于孩子们的事情统统告诉了米俊卿，心想，不管他是真想女儿还是假想女儿，终归是一个父亲，他有权利知道女儿们的下落，特别是如萍的下落。

　　关于如萍的死讯，慕云鹤也是通过致白的家书获悉的。致白和如萍自上次走后再也没有回来过，致白来过几封家书，其中一封告诉父亲如萍为了保护自己牺牲了。 这封信让慕云鹤有种五雷轰顶之感，每每想起，心里就像装了一块大石头，压得自己喘不动气。 多么好的一个姑娘，想当初要不是自己反对，他和致白或许早就成了亲，有了孩子，一定也像文秀和致清一样幸福。 都怪自己啊，要是如萍能活过来，自己一定会为他们举办一个盛大的婚礼，风风光光地让她嫁进自己家的大门。 可是，现在想这些已经晚了，人生没有后悔药。

　　慕云鹤跟佩瑶生活在一起，心中感到无比的满足，不管外边的世界如何，不管孩子们的信仰如何，他始终保持着一颗善良的心，做自己认为该做的事情。 他会每天陪着佩瑶到附近的山头去看日出日落，陪着麟飞和梅儿数天上的星星，他还会在适当的时候帮着文秀和致清打理药店的生意，因为这些事情在他看来都是他应该做的，与其以后后悔，不如早早去做，这是他的原则。 他就像一个卸甲归田的世外高人，无欲无求，默默地做着自己想做事情。

九十八

1949 年。

东北姚家大院来了一辆军车，车上下来一个中年女军人，她站在门口整了整自己的头发，犹豫了片刻，敲响了大门。"谁啊？"莲儿探出头看着中年女军人有些意外，"长官，您找谁？"

女军人笑了笑，反问道："你不认识我了吗？"

莲儿有些茫然，这时候麟飞和梅儿放学回来，见此情景停下了脚步，好奇地看着女军人，"长官，您要是有事情，就请进来吧，我爷爷在家呢。"麟飞边说边冲里面喊："爷爷，爷爷，有客人来了。"

女军人却没有反应，眼睛直直地看着梅儿，看得梅儿有些不好意思。

"爷爷来了。"将近七十岁的慕云鹤依然健硕，疾步走了出来，看到女军人感觉有些眼熟，但一时没有想起来，"你，你？"

女军人扑倒在慕云鹤的怀里，"慕伯伯，我是如男啊，您不认识我了啊。"

慕云鹤一惊，这不是如男是谁？慕云鹤把如男请进屋子，把梅儿拉了过来。梅儿眉眼之间像极了冷先生，如男越看越伤心，抱着梅儿痛哭了起来。

原来，大海被杀害以后，组织上就得到了消息，没有办法，如男只能自己去了延安，在延安的几年她逐渐成长为一名坚定的共产主义战士，并被党组织派到了莫斯科进行学习。

慕云鹤感叹道："怪不得这些年一直没有你的消息。"

如男也叹口气，"我不和你们联系也是为了你们好，在当时那种情况下，要是被日本人或是国民党知道了我和梅儿的关系，你们的日子就不好过了。"

慕云鹤点点头，他能够理解如男的话。

两个月后，如男带着梅儿在慕云鹤、致清和麟飞的陪同下重回青城。

青城的领导热情地接待了他们，并安排参观米家大院。 米家大院已经被政府收回，成为封建地主阶级腐化生活的有力证据，政府准备把院子改建成一处博物馆，供老百姓参观，以便接受反封建反压迫的教育。

此刻如男站在自家的院子里，思绪万千，小时候的一幕幕涌上心头。 这里承载了她人生前二十几年的点点滴滴，这里有她欢乐的童年、倔强的少年，还有对梦想对爱情无畏的追求。 伴着台阶举步而上，慈祥的爷爷奶奶、善良温婉的母亲、至亲至爱的姐妹，一一出现在了自己的眼帘中，对了，还有一个人，自己此生挚爱的老师、恩人、爱人。 这些人像影子一样穿梭在如男的身边，如男转身想抓住他们，但是他们却越走越远，最终消失在一团迷雾之中。

如男心中很乱，她定了定神，喊了女儿继续往后院走，后院有母亲的坟墓，平时少有人过来，如男想去看看母亲，这么多年没有尽孝了，也该为母亲上炷香，烧点纸了。 想着，如男加快了脚步，她没想到，后院角落处竟然有一人，那人微弓着身体，像是在拔草，如男有些奇怪，冲那人喊了一声，"那边是谁啊，在干什么呢？"

听到声音，那人慢慢地回过头来，如男顿时呆住了，"米宝？ 怎么会是你？"如男向米宝冲了过去，"真是你啊？ 我，我还以为，还以为家里已经一个人都没有了呢？"说着，如男的眼泪流了下来。

米宝见到如男却没感到意外，"二小姐，你可回来了，我一直在这等你。"

"等我？"如男有些奇怪。

"是啊，我就是等你，要不是等你，我早就随老爷子去了。"米宝的声音有些沙哑。 "二小姐，你随我来吧，我有事情告诉你。"

如男跟着米宝来到爷爷生前的房间，如男有些奇怪，"这是爷爷的房间啊，怎么到这来说事？"

米宝没有说话，从老爷子床底下拿出一个樟木箱子，从身上掏出一把钥匙，郑重地打开了箱子。 如男凑近一看，大惊失色，竟然是米家的传家宝贝，同治的圣旨，如男大喜，"圣旨怎么会在这里？ 不是已经给那个日本人了吗？"

米宝面无表情，他皱了下眉头，用沙哑的声音说："中国人的东西日本人是抢不走的。"

如男盯着米宝，"快说说这到底怎么回事？"

原来，西村剖腹自杀以后，他的侄子也无心管理西村留下的遗物，米老爷子便找米宝商量，找个大盗趁着西村家混乱时把宝贝给偷回来，米宝得令后找到了江湖上称飞燕子的大盗，很顺利地就把宝贝偷了回来，不知道什么原因西村明夫竟然没有报案。米老爷子临死之前交代米宝，这东西是米家的，米家的几位小姐谁回来，就交给谁。如男一听，感慨万千，米家的三位小姐现在只剩下自己了，看来宝贝只能由自己来管理了。

她忽然想到了慕云鹤曾经跟她说过，父亲和日本女人生了一个弟弟，于是问米宝，"我不是还有一个弟弟嘛？他去哪里了？怎么不把宝贝留给他？"

米宝苦笑了一下，"老爷子听说有了孙子就高兴得不能说话了，只看了孙子一眼就走了。"

如男点了点头，当时爷爷是怎么想的现在已经不得而知。

九十九

推开一扇破旧的院门，梁上的尘土随即落了下来，落了如男一身，如男拍了拍衣服，走了进去，房门虚掩着，门上没有玻璃，糊了不少报纸，一阵风吹过，报纸哗哗地响了起来。

如男推开门，门吱吱地响了一下，里面传出一声苍老的声音，"谁啊?"如男没有吱声。屋里光线很暗，散发着一股股霉味，如男使劲睁了睁眼睛，才看清楚，屋中只有一张床，霉味就是从床上发出的，墙角处有一张破桌子，一个老头正坐在桌前认真地写着什么，他听见了声音，头也没抬，"坐吧，想算什么? 前途、命运、还是姻缘?"

如男没有说话，就这样看着眼前的老人，一阵心酸，热泪涌了上来，这个人就是自己的父亲，曾经那么骄傲、不可一世的父亲，现在却潦倒成了一个算卦先生，唉，真是半世轮回。

见来人没有说话，老人有点奇怪，抬起头来，眼前的中年女人怎么如此的面熟，是悠兰? 是如男? 一时间老人像个傻子一样，呆住了。

"您还好吧?"如男没有喊爹。

"我，我，我还好，好。呜呜呜，如男啊，你终于回来了。"米俊卿见到如男，呜呜地大哭了起来。

如男揉了下眼睛，看着米俊卿，"您现在这样，已经不错了，前些日子政府枪毙了很多汉奸，您应该知足了。"如男想起了在东北亲眼看见狗子被枪毙的情景。

米俊卿一听慌忙站起来，"知足了知足了，没枪毙我都是看在闺女的面子上，我知足了。"

见父亲如此，如男心中说不出是什么滋味，于是转移了话题，"你那儿子呢，他现在在哪里？"

"快放学了，马上就回来了，你见见他，他很好，他很好。"米俊卿这话像是对如男说，又像是对自己说。

说着，天赐放学回来了，人还没进门，在外面就喊："爹，爹，我回来了，做饭了吗？"

听见喊声，米俊卿的老脸上立马呈现出了幸福的喜悦，"做了，爹给你留着馍馍。"

天赐看如男总盯着自己，有些奇怪，"阿姨，您为什么这样看我？"

米俊卿一听，忙向天赐解释，"天赐，快叫二姐，这就是你二姐，米如男。"

天赐有些疑惑地看着如男，"二姐？"他有些不敢相信，但随后脸上立马露出了笑容，"你就是我二姐啊，我二姐回来了，太好了，太好了。"

如男拉起天赐的手，仔细地看着，弟弟长得像父亲，浓密的眉毛，宽宽的额头，一看就是一个聪明的孩子。特别是听说弟弟不跟母亲回日本，而是留下来陪父亲受苦，心中不免对这个弟弟高看了一眼。

她拉着弟弟的手，对父亲说："我以后不会走了，留在青城工作，让天赐跟着我住吧，你这里条件太差，他毕竟还是个孩子。"

米俊卿一听，当然高兴，忙问天赐愿不愿意，天赐摇摇头，表示爹在哪住自己就在哪住，米俊卿和如男也很无奈。

如男忽然想起了柳氏，随即问父亲："大娘呢？怎么没见她？"

"她这几天回娘家了，你那舅舅死了。"

"死了？得什么病啊？"

"心情不好，抑郁而终。"

听了父亲的话，如男有些无语。每个人的一生其实都是一个过程，不管生前多么辉煌灿烂，终究要化为灰烬，埋入黄土。

一百

　　慕家老宅已经破旧不堪了，院中杂草丛生，门窗尘土堆积。 慕云鹤带着儿子、孙子在院子里转了几圈，历历往事不断浮现在眼前，冷先生、桂芝、珠儿，还有不知踪迹的致白，都是记忆中的片段，那样深刻，挥之不去。

　　致清见父亲有些伤感，于是说："爹，我已经订好宾馆了，咱们回宾馆休息一下吧。"

　　慕云鹤点点头，正想往外走，却见门口进来了两个人，两人神情有些严肃，他们拦住了慕云鹤父子，问："你们是慕致白的家属吗？"

　　"是啊，你们是？"慕云鹤有些发蒙。

　　"我们是居委会的工作人员，这是慕致白的入狱证明，既然你们回来了，就签个字吧。"说着两人拿出一张纸递给慕云鹤。

　　慕云鹤接过来一看，"现已逮捕军统特务慕致白入狱接受劳动改造。 新疆劳改支队。"

　　一行大字惊得慕云鹤差点瘫倒在地，致白被逮捕了，并且被发配到新疆改造。 白纸黑字，毋庸置疑。

　　致白没有听从冷先生的建议，因而落得如此下场。

　　慕云鹤眼含热泪用颤抖的手在逮捕令上郑重地签下了自己的名字。

　　东北的佩瑶和文秀也接到了政府的通告，说姚文龙已随张学良逃往台湾。

　　这个消息让佩瑶欲哭无泪，她默默地站起来，走出大门，前面那座小山坡依然秀丽如初，一抹夕阳照在树梢上，依然绯红如血，一切都没有变，只有自己变老了。 她蹒跚着爬上山坡，心中默默地喊着家明的名字，老泪纵横。"家明啊，我对不住你，儿子我没看好，我没尽到一个做母亲的责任，他走了，去了台湾，不知道什么时候才回来，也许这一生一世我都见不到他了，我是多么想他，就像当年我想你一样。"

佩瑶感觉头又开始晕，看样子多年没犯的老毛病又要犯了，她闭上眼睛，努力使自己平静下来。

夕阳西下，夜色渐浓，东北的山风开始肆意地吹了起来，该回去了，文秀要着急了。佩瑶这样想着，慢慢地站起来，或许是坐久了，或许是伤心过度，或许是被风吹着了，佩瑶感到眼前一黑，脚下一软，倒了下去。是在做梦吗？像年轻时一样，竟然还是倒在了一个温暖的怀抱里，佩瑶慢慢睁开眼，慕云鹤，永远的慕云鹤，正用温柔的包含着责怪的眼神看着她，佩瑶有些不好意思，站起来，整理了一下衣服，"回来了？什么时候回来的?"

"刚回来，文秀说你看了通告出去了，我猜你就到这里来了。"

佩瑶笑了笑，把手放进慕云鹤的手中，"什么事情都瞒不过你，回家吧。"

两人牵着手，蹒跚着走向回家的路。

月亮升起来了，弯弯的，照在山路上，两个修长的身影依偎在一起，那样生动，那样美丽。